Chroniques

de Méthée

Xavier Seignot

Johanna Valdizan

Edition : Books on Demand,
12/14 rond-Point des Champs-Elysées, 75008 Paris
Impression : BoD - Books on Demand, Norderstedt, Allemagne
ISBN : 9782322162789
Dépôt légal : Septembre 2019

« *Chacun d'entre nous est un monde inconnu à ses semblables, et pourrait raconter de soi une histoire ressemblant à celle de tout le monde, semblable à celle de personne.* »

George Sand ; Lucrézia Floriani (1847)

Un petit texte sur un mur égaré
Témoin des vies éparpillées,
La danse des Humains, jamais ne ralentit
Devant moi, prise par l'élan de la vie
Défile à mes pieds
Sans jamais s'arrêter,
Les klaxons, les moteurs, je les entends,
Les pas en cadence, le chant des passants,
Ils m'emportent dans leur rythme, la boule au ventre,
Et moi, Charybde, je les aspire dans mon antre
Veillant pour demain, tremblant en se retournant,
Dans l'arène, ils se débattent,
Je leur pardonne,
Le regard fatigué, résistant, bienveillant,
J'écoute cet infatigable refrain,
Une histoire se cache derrière chacun

Méthée

L'amphithéâtre était plein à craquer. Les cours de Mme Chaussé sur les civilisations passionnaient tous les étudiants aspirant à devenir archéologues. Certains par effet de mode, d'autres par réelle vocation. Arsène avait une raison bien plus personnelle, une quête qui avait déjà entraîné la perte d'un être cher. Ce jour-là, le cours portait sur les origines de la capitale. Paris, son évolution au cours du temps, les acteurs ayant permis l'installation des différents pouvoirs en son sein : de Lutèce à Paris telle qu'on la connaissait.

- Se pencher sur l'histoire de sa ville, c'est comprendre les enjeux qui la touchent encore aujourd'hui et pouvoir appréhender le futur, conclut la maîtresse de conférence dans son micro avant de remercier son auditoire et de se diriger vers la sortie.

Arsène se leva d'un bond. Il lui fallait agir vite avant qu'elle ne disparaisse par l'entrebâillement de la porte. Prévoyant, le jeune homme avait occupé le premier rang. Malheureusement, la salle était si bondée que certains retardataires s'étaient assis à même le sol. Arsène les enjamba tant bien que mal mais le laps de temps écoulé avait suffi à la laisser s'échapper. Il se précipita dans le couloir. *Rien...* à croire qu'elle s'était évaporée. Le cœur tambourinant, il pressa le pas dans le labyrinthe qui s'ouvrait devant lui. Le campus était immense et sa connaissance des lieux limitée. Hors de question qu'il la laisse filer, c'était sa chance ! Enfin, il réussit à s'extraire du bâtiment et aperçut la femme qui s'avançait résolument vers une voiture aux vitres teintées garée au bout du chemin. Plus de temps à perdre, il reprit sa course effrénée.

- Professeur Chaussé ! S'il vous plaît, j'aimerais

m'entretenir avec vous un instant, tenta-t-il à bout de souffle.

La femme continua de marcher sans un regard, ses talons claquant sur l'asphalte. Pris de panique, le jeune homme courut à sa hauteur et se posta devant la conférencière. Sous la surprise, celle-ci sursauta et faillit perdre son équilibre.

- S'il vous plaît, je suis venue de loin pour avoir la chance de vous rencontrer. Je suis désolé, je ne voulais pas vous faire peur.

La femme le toisa derrière ses lunettes papillon noires et rouges. Nul doute qu'il n'avait pas fait la meilleure des premières impressions. Arsène fut frappé par sa jeunesse camouflée derrière un tailleur couleur taupe et son carré plongeant qui lui donnaient un air sévère. Au vu de l'étendue de ses connaissances, il avait supposé à tort qu'elle était proche de la retraite. Or, la jeune femme brune qui se trouvait devant lui ne devait pas avoir plus de trente-cinq ans.

- Monsieur, je suis très occupée, je n'ai absolument pas le temps de m'entretenir avec vous. Je vous invite à contacter mon bureau pour expliquer votre requête et prendre un rendez-vous, dit-elle avant de le coiffer au poteau.

Loin de se décourager, il continua de la suivre.

- C'est ce que j'ai fait, à maintes reprises : appel, courriers en recommandé, fax, mais rien !

- Mes collaborateurs n'ont sans doute pas jugé nécessaire de donner suite à vos demandes. J'ai une entière confiance en eux. Je vous demanderais donc de me laisser passer !

Sur ces paroles, elle ouvrit la portière arrière droite en sommant son chauffeur privé de démarrer l'engin.

- Mon nom est Arsène Priam, recherchez mes

courriers, s'il vous plaît. Arsène Priam ! hurla-t-il en courant pour rester à sa hauteur.

La voiture s'éloigna jusqu'à ne devenir qu'un point à l'horizon avant de disparaître.

- Merde ! explosa-t-il en donnant un coup de pied dans un tronc d'arbre.

Cathelyne se retourna une énième fois dans son lit en maudissant l'oreiller qui refusait d'épouser sa nuque. D'ordinaire, elle trouvait le sommeil assez facilement. Ce soir-là pourtant, de multiples pensées se bousculaient dans son esprit. Parmi elles, le souvenir de ce jeune homme brun qui l'avait interpellé un peu plus tôt. C'était sans aucun doute un illuminé mais quelque chose en lui avait retenu son attention. Peut-être était-ce l'urgence dans sa voix grave ou encore la profondeur de ses grands yeux verts qui l'intriguaient. Quelle pouvait donc être la raison de sa venue ? Quel était son nom déjà ?

- Priam, se répondit-elle.

Ce nom lui semblait étrangement familier.

À 2H37 du matin, l'institut national d'histoire de l'art enregistra une activité inhabituelle. La docteure en histoire de l'art et archéologie, la très respectée Dr. Cathelyne Chausée utilisa son pass d'accès pour entrer dans les locaux. S'il lui arrivait parfois de rester dormir dans son bureau, trop absorbée par ses recherches, jamais encore elle ne s'était pointée au beau milieu de la nuit. La jeune femme avait une telle renommée dans le milieu qu'elle faisait partie des rares employés à pouvoir se permettre ce que bon lui semblait. Après avoir effrayé malgré elle le vieil homme grassouillet qui servait de gardien de nuit, Cathelyne évolua à travers la

—

9

vaste allée centrale bordée d'imposantes collections d'ouvrages. De nuit, le décor semblait à la fois austère et menaçant. Seule la lueur de la Lune filtrant à travers la grande baie vitrée guidait son chemin. Au détour d'une allée, elle s'enfonça dans l'obscurité jusqu'à trouver à tâtons la poignée de porte qui ouvrait vers le laboratoire de recherche. Enfin, elle put allumer la lumière et l'étroit couloir blanc apparut devant ses yeux. Sa curiosité se réveilla avec force et elle se précipita vers son bureau.

C'était une pièce peuplée de tant d'ouvrages qu'on dissociait à peine sa table de travail.

- Où Marie a-t-elle bien pu ranger le courrier ? chuchota-t-elle.

Si Cathelyne avait l'habitude de fouiller des sites archéologiques avec brio, avoir un bureau ordonné semblait relever de l'impossible. La voix de sa mère la grondant de ne pas avoir rangé sa chambre résonna dans son esprit. Pourquoi n'avait-elle pas pris de bonnes habitudes dès le départ ? Elle entreprit de déplacer une pile de livres, mais le fragile équilibre régnant sur son bureau s'effondra.

- Punaise ! s'indigna-t-elle en se baissant pour récupérer les carnets tombés au sol. Réfléchis ! Il doit bien avoir une place logique !

L'entrée, pensa-t-elle. Ses yeux se fixèrent sur le range-courrier en bois présent sur l'étagère à droite de la porte. *Bingo !*

Arsène se réveilla en sursaut : le souffle court, le cœur battant, la sueur dégoulinant le long de son dos. Les cauchemars se faisaient de plus en plus fréquents depuis quelques mois. Ils étaient constitués d'un assemblage d'images n'ayant ni queue ni tête. Mais toutes les combinaisons menaient à la même chute : son père le fixant d'un regard empreint de douleur avant de se jeter dans le vide. Des années de thérapies n'avaient pas réussi à les effacer, seulement à les estomper.

Il commença à retrouver un souffle normal et son tonus musculaire une fois sous la douche. La sonnerie du téléphone retentit alors qu'il attrapait sa serviette.

Vous êtes bien chez Arsène Priam ! Si je ne vous réponds pas, il y a forcément une raison ! Laissez-moi un message après le bip ! annonça le répondeur.

Sa serviette était chaude et le contact de l'éponge sur ses épaules continua de le détendre. Il resta quelques instants ainsi à contempler le carrelage fissuré de la salle de bain.

- Euh bonjour... tenta une voix hésitante sur le répondeur. J'ai fini par trouver votre courrier... Je ne vous promets rien mais je veux bien vous accorder une entrevue. Rendez-vous chez Macy's à 20h pétantes.

Puis le silence. Arsène se maudit intérieurement de ne pas avoir décroché. Tant pis ! Il devrait attendre le soir pour converser avec elle.

La main de Cathelyne tremblait allègrement lorsqu'elle reposa le combiné. En décachetant la lettre d'Arsène Priam, elle s'était ouverte à de possibles nouvelles avancées sur ses travaux concernant les origines de la ville de Méthée. Qui aurait cru que le jeune homme saurait captiver son attention ? L'enveloppe avait été rangée dans le compartiment du bas avec des publicités en tout genre. Pas étonnant qu'elle soit totalement passée à côté ! C'était une enveloppe de grand format en papier kraft. À l'intérieur se trouvait un message écrit à la main.

À l'attention du Dr. Chaussée,

Mon nom est Arsène Priam. Ma famille est en possession d'un coffret ayant appartenu à Louis de la Carène. À l'intérieur se trouve une correspondance écrite de sa main. Je pense que cela peut vous intéresser...

Cordialement,

A. Priam

Dans l'enveloppe se trouvait une photographie d'une boîte en fer forgé ornée de l'écusson du fondateur de la ville - un L encerclé de lierre - et de ses sceaux. Cathelyne reconnut la flamme pour la puissance, le cerf pour l'agilité, l'écu pour la générosité, la grappe de raisin pour l'abondance des richesses. Si c'était une imitation, l'effet était saisissant.

Sur une seconde image, on pouvait observer une série de lettres portant sa signature. Elles étaient dans un état remarquable pour des écrits de plus de huit-cents ans. L'image avait été floutée volontairement. Si elle désirait les étudier, elle devait se rapprocher de ce jeune homme.

Arsène arriva sur le lieu de rendez-vous avec vingt minutes d'avance et occupa un box à l'écart des regards indiscrets. Il avait choisi de lui faire confiance à elle, et à elle seule. Cathelyne s'installa face à lui une dizaine de minutes plus tard visiblement mal à l'aise. Le tailleur était resté au placard, remplacé par un T-shirt des Doors et d'un jean. Ces cheveux châtains quant à eux avaient délaissé leur raie au milieu. Mais ce qui frappa le jeune homme, c'était son regard beaucoup plus doux que la veille.

- Vous ne portez pas vos lunettes aujourd'hui ? demanda-t-il après l'avoir chaleureusement remercié de sa venue.

- Je… Ce sont plus des lunettes de confort qu'autre chose, répondit-elle avec un sourire en coin maladroit.

Cette femme incarne un rôle dans son travail, pensa-t-il. Un serveur apparut pour prendre leur commande. C'était la première fois depuis des années que Cathelyne se présentait à un homme dans un bar. La dernière relation qu'elle avait vécue était avec un chercheur espagnol rencontré dans un séminaire international un an plus tôt. Ils avaient correspondu pendant quelque temps par téléphone. Puis, l'éloignement avait eu raison de leurs sentiments. Le barman déposa les deux bières blondes sur la table interrompant le fil des pensées de la chercheuse qui se reconnecta à la réalité du moment. Elle était là pour le travail, non pour faire le bilan de sa vie !

- Avez-vous le coffret avec vous ?

Arsène acquiesça d'un signe de tête et retira la boîte de son sac à dos. Cathelyne le récupéra les mains tremblantes. Les finitions étaient d'une perfection déconcertante. Son cœur s'accéléra alors qu'elle passait ses doigts sur les gravures. La serrure possédait une forme atypique de torche enflammée. Tant de questions se bousculèrent dans son esprit mais l'émotion les empêchait de dépasser l'enceinte de sa bouche.

Arsène la contempla quelques minutes s'extasier devant le coffret. Pour l'aider dans sa quête, il avait besoin d'une personne mêlant passion et connaissance. C'était pour cette raison qu'il l'avait choisie et qu'il allait lui raconter toute l'histoire.

- Je… Euh… Comment ? balbutia-t-elle tout en explorant chaque recoin du vestige.

Arsène prit une longue inspiration et se replongea dans ses souvenirs.

- Aussi loin que je me souvienne, ma famille n'a

jamais manqué de rien. Mon père travaillait en tant qu'ouvrier du bâtiment chez MéthéeBati. Il faisait des heures supplémentaires pour subvenir à nos besoins. Pour moi, c'était dur, je le voyais à peine. Il était associé au son des pas quittant la maison bien avant mon réveil et à cette voix qui s'élevait le soir lorsque j'étais couchée.

Son regard se perdit dans le vague. La jeune femme sentit l'émotion de la confidence la submerger et se laissa porter par le récit.

- Un jour, il a fait une découverte plus qu'étonnante sur un chantier alors que les bulldozers creusaient la terre.

- Ce coffret ?

- Oui. Il s'en est emparé en espérant qu'il pourrait le vendre à un bon prix. Pendant quelque temps, il l'a caché sous une latte de notre plancher. Il a soigneusement attendu d'être en congé pour le ressortir. Ce jour-là, il est venu me chercher à l'école avant la fin des cours prétextant que j'avais un rendez-vous chez le médecin. Je ne l'avais jamais vu si joyeux. Nous sommes allés boire un milk shake et c'est là qu'il m'a montré ce coffret. Il avait fait quelques recherches sur le lieu où il l'avait trouvé. Anciennement, cette parcelle de terre accueillait le jardin du fondateur de notre ville.

- Louis de la Carêne… termina-t-elle.

Alors Arsène fit défiler devant elle toutes les aventures qu'un père et son fils avaient vécues pour percer le secret du coffret. Tout d'abord, il avait fallu trouver le moyen d'ouvrir la boîte. La tâche avait été ardue, car il fallait les talents d'un serrurier qui puisse confectionner une clé de toute pièce sans modèle.

- Au final c'est un forgeron qui a réussi, expliqua-t-il en lui tendant la clé en forme de torche. Il a dû s'y prendre à plusieurs fois, car le mécanisme est très complexe. Le loquet est régi par des lois d'équilibre de poids. C'est plus un mécanisme qu'une clé à vrai dire.

Cathelyne fit coïncider la flamme avec la fente et la tourna délicatement. Un cliquetis résonna dans le box et la jeune femme laissa échapper un rire nerveux. À l'intérieur se trouvaient des photographies de lettres dans un langage étranger. Évidemment, il gardait les originales en lieu sûr pour ne pas les soumettre aux éléments extérieurs et risquer de les dégrader.

- Du grec ?

- En effet.

La jeune chercheuse n'en revenait pas. Comment était-ce possible ? Dès qu'un mystère se présentait, elle se mettait à exposer les faits à toute vitesse.

- Louis de la Carêne était initialement un émissaire envoyé par le roi hors de la France pour participer à la quatrième croisade entre 1202 et 1204. Le but de cette excursion était de reconquérir les lieux saints. La campagne fut une victoire pour les croisés qui récupérèrent Constantinople et fondèrent l'Empire latin d'orient. Au cours de cette croisade, Louis de la Carêne se prit d'affection pour la Grèce si bien que lorsque le roi l'accueillit triomphalement à son retour et lui offrit une Seigneurie, Louis décida de la nommer Méthée en l'honneur du mythe grec de Prométhée.

- Le titan qui a donné le feu sacré aux hommes ? l'interrompit Arsène.

- Oui et qui par la même occasion leur a permis d'accéder au savoir. Louis de la Carêne se considérait comme un bienfaiteur à l'écoute de son peuple. Il avait à cœur d'instruire ses sujets.

- C'est pour cette raison que l'un de ses symboles était une flamme…

- Exactement ! Mais jamais rien dans les archives historiques de cette époque ne stipule qu'il parlait grec et encore moins qu'il l'écrivait ! C'est une avancée exceptionnelle ! Je dois absolument les récupérer et les envoyer au laboratoire pour une analyse plus poussée.

- Surtout pas !

Le ton tranchant du jeune homme interloqua Cathelyne qui perdit son sang-froid.

- C'est un héritage historique, cela ne vous appartient pas, ni à vous ni à votre père !

Arsène refréna la colère qui montait en lui. Dès que l'on parlait de son père, il avait tendance à perdre le contrôle. Il inspira un grand coup avant de reprendre la parole en pesant soigneusement ses mots.

- Vous avez raison. Mais je vous en prie avant de prendre votre décision, écoutez mon histoire jusqu'au bout.

Elle hésita, son professionnalisme la poussait à partir mais quelque chose dans le regard du jeune homme lui intimait d'élucider le mystère qui l'entourait tout autant que celui du coffret.

- Je vous donne cinq minutes.

Il avait fallu exactement cinq minutes à Arsène pour convaincre Cathelyne de l'accompagner chez lui. L'appât était de taille et la jeune femme n'avait pu résister : une traduction certifiée par un linguiste de chaque lettre. Après des heures de travail, elle aurait sans doute pu arriver au même résultat mais la patience ne faisait pas vraiment partie de son quotidien. L'appartement était sombre et mal rangé. *Une vraie garçonnière ! p*ensa-t-elle. En s'asseyant sur son canapé de cuir usé, elle pria mentalement de ne pas être tombée entre les mains d'un psychopathe. *Ne suis jamais un* *inconnu même s'il te promet des bonbons !* La mettait en garde sa mère lorsqu'elle était petite. Nul doute qu'elle ne serait pas très fière de sa fille en cet instant. Peut-être Arsène était-il de ce genre de serial killer qui incarnait un personnage pour s'adapter à leur proie tout en faisant en sorte de l'isoler du monde extérieur pour que rien ne les relie à leur victime. Cette idée lui fit froid dans le dos. Cathelyne sursauta lorsque le jeune homme s'assit à ses côtés en lui tendant un verre d'eau.

- Merci d'être venu, je suis un peu nerveux je dois l'avouer, c'est la première fois que je montre ces écrits à quelqu'un.

Dans d'autres circonstances, elle aurait pu se laisser séduire par ces yeux verts emprunts de doute mais elle avait une mission. Et son travail passait avant tout.

- Où sont les traductions ?

Arsène hocha la tête avant de se lever et de disparaître dans ce qui devait être sa chambre. Il réapparut triomphant et lui tendit le cahier relié de cuir rouge regroupant les différents documents. L'excitation était à son comble ! Plus de retour en arrière possible. Cathelyne ouvrit le livre avec délicatesse.

Le 4 septembre 1206,

À Méthée,

Mon amour, qu'il m'est dur de vivre loin de toi. Je t'ai juré fidélité éternelle pourtant je ne puis honorer mon engagement. À mon retour de croisade, le roi me pourvut d'une seigneurie. Quel immense honneur qu'il me fit ! Pourtant si je pus remonter le temps, je le ferais sur-le-champ. Obéir à Sa Majesté est mon devoir. Sa volonté est de me voir uni à une marquise du nom de Danièle de Bergerac. Son pouvoir lui vient du tout puissant, je ne puis protester.

Sache cependant que mon cœur n'appartient qu'au

tien.

Pour l'éternité,

Louis de la Carêne

- Il avait une maîtresse ?

Cathelyne n'attendit pas la réponse pour commencer la lecture de la seconde lettre.

Le 9 novembre 1206,

Louis,

Mon amour, te perdre fut un tourment. Vivre dans ce pays lointain du tien requiert une force dont je suis incapable. Les quelques instants que nous vécûmes dans les bras l'un de l'autre suffirent à sceller l'amour qui nous lie à jamais. Ni ta femme, ni ton roi, ni même le Seigneur ne sauraient nous détourner de cette passion et des sentiments que j'éprouve pour toi. Ma vie perdit de son éclat lorsque tu n'en fis plus partie. Ma décision est résolue, je fuis Athènes ce soir. J'ai passé un accord avec des croisés pour qu'il m'escorte jusqu'à toi. L'entreprise est des plus dangereuse pour une femme seule, je le sais bien. Mais le risque que j'encours n'est rien comparé aux souffrances que j'endure loin de ta personne.

Sincèrement tienne,

Ariadnê

Cathelyne referma le cahier un instant pour s'imprégner du récit qu'elle venait de lire. Les mots se mêlaient pour créer des images d'un ancien temps. Arsène la contemplait avec curiosité, ses yeux reflétaient la réflexion intérieure qu'elle menait. Il voulut lui parler mais se retint de peur d'interrompre la magie du moment.

- J'imagine qu'elle a réussi à le rejoindre ? chuchota la chercheuse.

Arsène acquiesça d'un petit sourire en coin.

18

Cathelyne se replongea dans la lecture, des dizaines de lettres se succédèrent les une aux autres recréant l'histoire et le mystère qui entourait Louis de la Carêne.

Ariadnê traversa les frontières pour retrouver son amant mais la route ne se fit pas sans embûches. Elle arriva quelques mois plus tard, meurtrie, sans le sou et épuisée. L'écuyer de Louis la retrouva évanouie sur le bord de la route et la ramena dans sa demeure. Le seigneur insista pour que les meilleurs soins lui soient prodigués, se fichant bien des commérages qui s'élevaient autour de sa venue. Que faisait une étrangère dans la Seigneurie ? Lorsque Ariadnê reprit connaissance et aperçut l'élu de son cœur, la flamme de la vie se raviva en elle et ses forces revinrent peu à peu. Mais malgré l'amour passionnel qui dévorait Louis, il était un homme droit et fidèle. Alors, il éloigna Ariadnê de lui en lui imposant d'épouser son écuyer. C'était la seule solution qu'il pouvait lui offrir : vivre une vie confortable avec un homme respectable. La jeune femme le haït pour sa décision, et mit un terme à leur correspondance dans un courrier qui transpirait la souffrance et la colère. Les années s'écoulèrent, Louis de la Carêne continua de lui écrire mais ses courriers restèrent sans réponse. Comprendre son silence ne lui épargnait pas la souffrance. Au quotidien, il devait endurer le supplice de l'apercevoir sans pouvoir l'approcher. Ce n'était qu'à la mort de son mari, trois ans plus tard, que Ariadnê reprit contact. Si la femme avait appris à aimer son compagnon au fil du temps, sa passion dévorante pour Louis avait perduré. Peu à peu leurs échanges redevinrent de plus en plus intimes.

Cathelyne inspira un grand coup. Les personnages de ce récit lui semblaient peu à peu étrangement familiers. Son ventre se tordait devant leur souffrance. *Un amour impossible…* Arsène la contemplait du regard. Chacune de ses expressions lui rappelait ses propres émotions à la lecture et l'enthousiasme de son père lorsqu'ils en parlaient. Son cœur se serra à cette pensée. *Peut-être vais-je réussir à trouver des réponses, pour toi papa…*

8 Juin 1209,

À Méthée,

Mon amour, ma femme a tout découvert : nos lettres et pire encore cette nuit enchanteresse passée au creux de tes bras. Elle m'interdit de te revoir, je ne puis la blâmer pour cela. Je l'ai trahi même si c'est toi que j'ai le sentiment de trahir chaque jour en vivant auprès d'elle. Si je dois ne plus jamais t'étreindre, sache que ces instants ont ravivé en moi le feu sacré. Celui que tu avais allumé, il y a bien longtemps. Tu resteras à jamais l'amour de ma vie. Je ne puis me résoudre à briser notre lien cependant... Où que je sois, quelque prison que ce soit, je trouverais toujours un moyen de revenir vers toi.
Bien à toi,

Louis de La Carêne.

- C'est à partir de ce moment-là qu'ils ont utilisé le coffret, chuchota Arsène. Il leur fallait être plus discrets et Louis ne pouvait se résoudre à se débarrasser de leurs lettres. Alors, il l'enterra au pied du chêne à l'orée du parc bordant sa seigneurie, commenta Arsène.

- Là où votre père l'a retrouvé…

- Oui, le décor a considérablement changé depuis. Le chêne a été abattu le jour où mon père était sur le chantier.

- Un héritage historique tel que celui-ci... quel

dommage ! commenta Cathelyne en dévorant des yeux les correspondances suivantes.

Sur l'une d'entre elles se trouvait une succession de symboles. Certains représentant des images couronne, flamme, cerf, clé, Soleil, d'autres proches du grec.

- Mais qu'est-ce que… chuchota l'archéologue.

- Louis de la Carêne est tombé malade…

- … En 1211 oui, nul médecin n'a pu trouver de remède à ses souffrances.

- Dans ses derniers écrits, il avoue à Ariadnê qu'il pense être victime d'un empoisonnement.

- Sa femme ?

- C'est ce qu'il soupçonnait du moins.

Cathelyne parcourut à la va-vite le récit qu'elle tenait entre ses doigts. Plus l'histoire se dévoilait, plus le mystère grandissait. Pourquoi cet homme avait-il codé l'une de ses lettres ? Qu'avait-il à cacher ?

- Un héritage… pour Ariadnê… réalisa-t-elle.

- À nous de le découvrir… s'enthousiasma Arsène.

Cathelyne n'en revenait pas ! Si un voyant lui avait prédit quelques heures plus tôt qu'elle se retrouverait avec un inconnu aux portes d'un cimetière à l'écart de la ville dans le but de résoudre les mystères entourant Louis de la Carêne, elle l'aurait traité de charlatan. Arsène tira avec force sur la chaîne scellant entre eux les deux battants de l'imposant portail. Il sortit de son sac à dos sa panoplie de cambrioleur amateur et entreprit de sectionner les liens avec la pince coupante. L'archéologue retint sa main.

- Allons, Arsène, je refuse de commettre un délit.

Se rendant compte que c'était exactement ce qu'elle s'apprêtait à faire avec ou sans pince coupante, elle rectifia ses paroles.

- Enfin, du moins je refuse de laisser des traces derrière moi.

Arsène laissa échapper un rictus d'amusement. Les options étaient limitées, soit ils sectionnaient les maillons métalliques soit il faudrait passer par-dessus le muret.

- Nous allons devoir escalader du coup.

La jeune femme eut un léger mouvement de recul.

- Vous oui ! En ce qui me concerne, c'est hors de question !

La peur du vide avait ressurgi et rien ne pourrait lui faire entendre raison. Elle retourna face au portail, tira avec force sur l'un des battants. La chaîne se tendit aussitôt mais un interstice de vide apparut entre les deux portes. Il n'en fallut pas plus à Cathelyne pour y voir un espoir. Elle y engouffra sa jambe et entreprit d'y frayer un chemin pour l'ensemble de son corps.

- Vous allez vous faire mal Cathelyne, tenta de la retenir le jeune homme.

La détermination décupla les forces de l'archéologue qui se retrouva bien vite dans l'enceinte du cimetière, le corps endolori. L'ensemble de ses membres semblaient être passés dans un rouleau compresseur mais son sourire triomphant ne laissa rien paraître.

Arsène la contempla avec admiration. Plus les minutes passaient et plus il se félicitait de lui avoir fait confiance. Elle aurait pu le dénoncer sur-le-champ, réquisitionner le coffret et le mettre entre des mains expertes. Mais elle avait décidé de croire en lui et de ne pas l'évincer de sa quête.

Cathelyne le rappela à l'ordre interrompant le fil de ses pensées. Le temps était compté ! Plus ils restaient à découvert, plus ils risquaient de se faire repérer par le gardien. Le jeune homme étudia les moindres recoins du muret à la recherche de prises. *Bingo !* Sauter par-dessus le muret lui parût aisé et il remercia mentalement son prof de sport de l'avoir poussé à faire de l'escalade. Cathelyne le pressa de la rejoindre. Seuls quelques pas les séparaient encore de leur but.

La tombe du fondateur de la ville se trouvait au sommet de la colline. D'en haut, on pouvait apercevoir le fleuve en contrebas serpentant Méthée avant de se jeter dans la mer, guidé par les éclairages de la ville. En ce lieu, la vie émanant des avenues semblait entraîner la mort dans un ballet des plus étonnants. L'émerveillement s'empara de Cathelyne qui ne put s'empêcher de sourire. Pour Arsène, en revanche, le spectacle avait des allures de champs de bataille. D'ordinaire, il faisait en sorte de rester à bonne distance du cours d'eau. Le son émanant des rouleaux puissants le ramenait en permanence à ce jour des années plus tôt où sa vie avait basculé. C'était un lundi. Le cours de Mathématiques touchait à sa fin lorsque le directeur de l'école était entré dans la salle, l'air grave, pour l'inviter à le suivre. Une fois dans le couloir, sa mère s'était jetée dans ses bras, baignant sa joue de larmes. Son père avait été repêché dans le Tiès, quatre jours après sa disparition. Un suicide… Arsène avait refusé de le croire pendant un temps, puis avait fini par se rendre à l'évidence. Il les avait abandonnés.

Le jeune homme chassa de son esprit ses idées morbides et se retourna pour faire face au mausolée. L'imposant monument de pierre semblait éclipser les tombes aux alentours. Un géant parmi le commun des mortels.

- L'accès à la tombe est condamné depuis la

tentative de soulèvement des Méthéens contre leur maire en 1925. Pour montrer leur mécontentement, ils n'avaient trouvé d'autre moyen que de saccager le caveau du fondateur à coup de pioches et de jets de pierres.

Avec l'obscurité ambiante, Arsène avait fait l'impasse sur les fissures présentes sur les blocs de marbre.

- Vous ne l'avez jamais vu ? s'étonna Arsène.

Cathelyne acquiesça d'un hochement de tête.

- Seulement des croquis, c'est comme ça que j'ai reconnu certains symboles de la lettre.

Deux immenses portes métalliques aux armoiries du seigneur fermaient la sépulture. La pince coupante ne ferait rien face au cadenas unissant les deux anneaux de portes entre eux. Arsène sortit son pied-de-biche.

- Mais vous avez perdu la tête voyons ! s'indigna Cathelyne.

- Vous voulez des réponses oui ou non ?

La jeune femme fut prise au dépourvu. Évidemment, rien ne comptait plus que la vérité. Mais à quel prix ?

- Je ne suis pas une profanatrice de tombe !

- Vous êtes archéologue.

- Oui ! Un métier respectable...

- ...dans lequel vous profanez des tombes au quotidien !

À ces paroles, il frappa un grand coup dans le cadenas, puis un autre, jusqu'à ce qu'il cède.

- Vous n'aurez qu'à dire que je vous aie séquestrée, lui concéda Arsène.

L'homme poussa l'un des battants de toutes ses forces et la porte s'entrebâilla en un bruit de crissement suraigu. La lumière des lampadaires s'insinua par la fente découvrant peu à peu l'intérieur du mausolée, ses murs si grands qu'on ne pouvait en apercevoir le haut sans se tordre le cou, ses tapisseries usées par les années et en son centre un bloc de marbre rectangulaire surplombé d'une sculpture représentant un chevalier à genoux prenant appui sur son épée pour se relever. Cathelyne ouvrit la marche. L'adrénaline s'insinua dans chacun de ses membres. Jamais elle n'aurait osé rêver avoir cette opportunité. La fraîcheur et l'humidité ambiante la firent frissonner. Chacun de ses pas résonnait avec fracas contre les parois du lieu. Soudain, elle se figea. Louis de la Carêne et son secret reposaient à quelques centimètres d'elle. Elle laissa sa main s'aventurer sur la pierre glaciale. Peu à peu, ses yeux s'accommodaient à l'obscurité et les lettres gravées se dessinaient lentement devant elle.

- Monseigneur Louis de la Carêne, pour l'amour de Méthée, 1180-1211, lut-elle à voix basse.

- Décidément, cet homme était très attaché à sa ville… commenta Arsène.

- … sans doute l'un des meilleurs dirigeants que la ville ait connus.

- Il se retournerait dans sa tombe s'il savait ce qu'elle est devenue.

Arsène déglutit avec peine, le spectre du fondateur de la ville emplissait l'espace d'une ambiance solennelle qui le mettait mal à l'aise. L'archéologue quant à elle se sentait dans son élément. Comme le terrain lui avait manqué ! Elle s'accroupit et commença à étudier la façade latérale droite du bloc de pierre. Le jeune homme lui tendit la lampe frontale qu'il avait bazardée dans son sac avant leur départ précipité. Ils se lancèrent un regard entendu. *C'est le moment de vérité !* Cathelyne appuya sur l'interrupteur. Un faisceau de lumière jaune perça l'obscurité pour éclairer la surface plane.

- Bingo ! s'exclama Arsène.

Ils échangèrent un sourire de satisfaction, les mêmes symboles que sur la lettre encadraient une gravure représentant le retour de croisade victorieux de Louis de la Carêne. La réponse à leurs questions se trouvait quelque part dans la succession de lettres, de chiffres et d'emblèmes figuratifs. Parmi eux, la couronne, la flamme, le cerf, l'écu, la grappe de raisin dépeignant les différents aspects de la personnalité du fondateur ainsi que des lettres grecques. Un flash suivi d'un bruit de crissement électronique interrompit l'archéologue dans sa réflexion. Arsène se déplaça de façon à quadriller l'ensemble de la tombe avec son appareil photo polaroid tandis que Cathelyne essayait d'assembler les pièces du puzzle entre eux. Les différents symboles devaient suivre un ordre logique. Comme à son habitude, l'archéologue se mit à réfléchir à voix haute.

- L'écusson de Louis de la Carêne présente son rang et celui de la ville symbolise son amour pour Méthée. Le cerf pour l'agilité, l'écu pour la générosité, la grappe de raisin pour l'abondance des richesses, l'épée pour la force physique. Le tout est entouré de lettres grecques et symboles qui de prime abord ne se suivent pas... Pourquoi ? Quelle est la logique dans tout ça ?

Soudain, un crissement suraigu déchira le calme de la pièce faisant sursauter Cathelyne. Arsène réagit très vite et se précipita vers la porte de métal pour la retenir. Trop tard. Un fracas lourd résonna dans la pièce avant de la replonger dans un silence de plomb ?

- Merde ! hurla Arsène.

De l'intérieur, pas de poignée. Dans un élan d'espoir, il tenta d'introduire son pied-de-biche entre les deux battants. Rien. C'était peine perdue, les deux battants du portail étaient parfaitement jointifs. Perdant son sang-froid, Arsène lança un coup de poing dans le métal qui les retenait captifs. La douleur remonta le long de son bras et il jura de plus belle.

- Je vous en prie… chuchota la voix frêle de sa coéquipière sur sa droite.

Dans l'agitation, elle avait perdu la lampe frontale qui se mit à grésiller sur le sol dans un dernier souffle de vie avant de s'éteindre. Cathelyne se mit à paniquer et laissa échapper un sanglot. Ses jambes se mirent à trembler et elle dut s'asseoir contre la stèle pour ne pas tomber.

Arsène la rejoignit à tâtons. La jeune femme posa son visage empli de larmes sur son torse, sa respiration de plus en plus courte.

- Ça va aller, nous allons trouver une solution.

- Non, c'est...

Elle lutta pour dire ces quelques mots tant l'air lui venait à manquer.

- Vous êtes claustrophobe ?

La jeune femme n'eut pour réponse qu'un sanglot étouffé. Arsène fut aussitôt pris de remords. Pourquoi l'avoir mêlée à cette histoire. Combien de temps allaient-ils rester enfermés ? Et si personne ne venait les délivrer de leur prison. Ce tombeau serait le leur. Non ! Il ne fallait pas céder à la panique. Il serra un peu plus fortement Cathelyne dans ses bras et lui chuchota des mots de réconfort. Ensemble, ils trouveraient un moyen de sortir et élucideraient le mystère. Il voyait déjà les titres dans les journaux : « L'archéologue et historienne Cathelyne Chausée lève le voile sur les origines de Méthée ».

- On fera même un film sur vous, une version

féminine d'Indiana Jones !

Cathelyne se laissait bercer par la douce mélodie des paroles du jeune homme rythmé par les battements de son cœur. Peu à peu, le calme s'insinua en elle, sa respiration devint plus régulière. Elle reprit conscience de son corps et de celui de l'homme auprès d'elle.

- Si je suis Indiana Jones vous devez avoir un rôle important aussi. Demi-Lune vous irait bien, chuchota-t-elle.

- Comment ? s'insurgea-t-il en la repoussant. Je vous amène un trésor historique sur un plateau d'argent et j'hérite du rôle du petit vietnamien qui sert de faire valoir au héros !

Cathelyne laissa échapper un rire nerveux. Arsène avait le don de chambouler son monde. Non seulement, il l'avait entraînée dans cette dangereuse aventure mais ses angoisses pourtant si tenaces d'ordinaire semblaient s'apaiser à son contact.

- Bon, on réfléchira plus tard à la distribution, conclut le jeune homme. Réfléchissons à un moyen de s'échapper d'ici.

À ces mots, il se leva puis tendit une main à sa coéquipière qui manqua de retomber en arrière tant ses jambes semblaient refuser de se détendre. Sans lampe frontale, il était difficile de partir à la recherche d'une issue. Ils convinrent tous deux que leur meilleure chance était de frapper avec force sur la porte, jusqu'à ce que le gardien les délivre. Les minutes passèrent… Toujours rien. Épuisés, ils s'assirent dos à la porte et tendirent l'oreille dans l'espoir d'entendre les bruits de pas de leur sauveur.

- Vous avez entendu ? chuchota la jeune femme.

- Non, je crois qu'il n'y a personne, nous aurons peut-être plus de chance une fois le Soleil…

Cathelyne plaqua une main sur sa bouche et lui fit signe de se taire. Tous deux retinrent leur souffle. Soudain, une douce mélodie, à peine perceptible s'éleva dans l'obscurité.

- De l'eau s'écoule sous nos pieds Arsène ! Et si on l'entend aussi bien, c'est qu'il doit y avoir un accès quelque part.

Elle se leva, animée par un nouvel espoir.

- Comment n'y ai-je pas pensé ? Louis de la Carêne était surnommé Louis le généreux mais aussi l'énigmatique. Savez-vous pourquoi ?

Avant même qu'il n'ouvre la bouche, elle reprit.

- Parce que le domaine entier était parsemé de passages secrets en tout genre. Nul doute que son tombeau ne fait pas exception.

Suivant son instinct, ils se rapprochèrent de l'endroit où l'écoulement de l'eau était le plus audible, derrière le tombeau. Arsène s'empara de son flash afin d'éclairer le lieu. Il fallait être attentif, car chaque éclair de lumière était bref et le temps de charge pour obtenir le suivant assez long.

- Là ! s'écria Cathelyne en entraînant Arsène vers la droite du mur.

L'obscurité était de retour et la jeune femme prit la main de son acolyte pour le guider. La paroi lisse et froide ne présentait aucune discontinuité si bien que la délimitation entre deux blocs de pierre était à peine perceptible. Pourtant, les doigts de la jeune femme le menèrent délicatement jusqu'à un interstice plus large à quatre-vingts centimètres du sol.

- Bingo ! chuchota Cathelyne sentant une vague de soulagement la gagner.

Le soulagement ne fut que de courte durée.

Cathelyne regrettait presque sa place dans le mausolée alors qu'elle avançait en rampant vers une mort certaine. La voix du jeune homme l'encourageant à quelques mètres de là était semblable à un écho lointain étouffé par le son de ses propres sanglots. Plus elle évoluait dans ce labyrinthe, plus les parois semblaient se refermer sur elle.

Arsène appuya sur l'interrupteur et la lumière du flash se propagea dans le tunnel.

- Plus que quelques mètres et le chemin s'agrandit. On y est presque ! Tenez bon !

La vue de l'archéologue devint trouble et sa tête se mit à tourner. Cela faisait bien longtemps qu'elle avait dépassé le stade des larmes, l'épuisement et la tension la firent vaciller et sa tête percuta avec force la pierre.

L'odeur nauséabonde lui fit reprendre connaissance. Ces yeux hagards scrutèrent l'obscurité. Le tunnel dans lequel elle se trouvait avait gagné en largeur. Sur sa droite, de l'eau s'écoulait dans un flot continu vers ce qui devait être leur échappatoire. Elle tenta de relever sa tête avec peine mais le tournis s'empara à nouveau d'elle.

- Ne vous précipitez pas, chuchota Arsène en lui caressant les cheveux, c'est un sacré coup que vous avez reçu sur la tête.

Le visage du jeune homme apparut au-dessus du sien et Cathelyne prit soudain conscience qu'elle se servait de ses jambes comme d'un oreiller.

- Vous êtes revenu me chercher… chuchota-t-elle.

Arsène sentit le soulagement l'envahir. Il avait eu si peur qu'elle se soit blessée, ou pire…

- J'ai bien hésité à vous laisser dépérir…

- Vous auriez pu trouver le trésor seul…

- Il faut croire que j'ai une conscience.

Tous deux échangèrent un sourire entendu puis le jeune homme l'aida à se relever avec délicatesse. Une fois sur ses deux pieds, Cathelyne se reposa sur son acolyte pour évoluer à travers la galerie.

Par-ci un rat remontant le cours d'eau en couinant, par-là un couloir menant vers un autre quartier de la ville. Tous deux convinrent qu'il valait mieux suivre le sens de l'écoulement plutôt que de s'aventurer dans des bifurcations hasardeuses. Les minutes passèrent sans que la sortie ne se dévoile à leurs yeux. Leurs bruits de pas s'ajoutaient au son du vent s'engouffrant dans le labyrinthe. Peu à peu, l'eau devint de plus en plus abondante, le sol de plus en plus glissant et Arsène dut redoubler d'efforts pour ne pas les entraîner tous deux dans une chute. Soudain, au tournant, à une cinquantaine de mètres de leur position, une embouchure dévoilait une vue imprenable sur le Tiès et les lumières de la ville. La sortie était à portée de main. L'euphorie les gagna. La concentration se relâcha, trop tôt. Un moment d'inattention et le pied d'Arsène butta contre un barreau métallique. Tous deux perdirent l'équilibre et le courant s'allia à la pierre lisse pour les entraîner dans un toboggan infernal. Le jeune homme tenta de s'agripper mais toutes les prises lui échappèrent. Dans un dernier sursaut, il attrapa la main de Cathelyne. Un cri déchira l'espace. Le sol se déroba sous eux. Le fleuve se rapprocha à grande vitesse. L'impact.

Cathelyne regagna la surface, suffocante.

- Arsène ! hurla-t-elle en se débattant avec le tumulte du fleuve.

Ses yeux balayèrent frénétiquement l'eau

environnante. Rien. Elle l'appela de plus belle, le suppliant de lui répondre. Les larmes commencèrent à couler le long de ses joues. À travers l'obscurité, elle aperçut le corps d'Arsène de l'autre côté de la rive, retenu par des branches. Sans plus attendre, Cathelyne poussa sur ses jambes. Adolescente, elle avait gagné des compétitions régionales de natation mais jamais elle n'avait eu affaire à une telle résistance. Mue par une force insoupçonnée, elle se lança dans une bataille acharnée contre les éléments. Le temps était son ennemi. Plus il passait, plus l'épuisement se faisait sentir et avec lui la possibilité grandissante que ses forces l'abandonnent. Enfin, l'archéologue atteignit la rive opposée et s'aida des racines jonchant le sol pour remonter à contre-courant jusqu'à Arsène. Son cœur manqua un battement lorsqu'elle comprit qu'il était inconscient. Elle se hissa sur la terre ferme avant de tenter de le libérer de ses liens et d'user des dernières ressources qui lui restaient pour le ramener sur le quai. Une fois tous deux sauvés, elle s'allongea auprès de lui quelques secondes pour reprendre son souffle. La cage thoracique du jeune homme se soulevait lentement et ce mouvement presque imperceptible de la vie quotidienne lui sembla d'une rare poésie.

Le chemin du retour leur sembla interminable. Lui, toujours un peu sonné. Elle, vidée de toutes ses forces. Ils prirent chacun leur tour une longue douche chaude avant de se pencher sur le décodage de la lettre.

Cathelyne sursauta dans son jogging et pull trop grands lorsque Arsène lui tendit une tasse de thé bouillant. C'était à peine si elle l'avait entendu sortir de la salle de bain.

- Tu t'étais endormie ? demanda le jeune homme

avant de s'asseoir à ses côtés sur le canapé.

Il l'avait tutoyé machinalement et si cela la surprit, elle se garda bien de le montrer. Après tout, ils avaient dépassé ce stade en manquant de perdre la vie ensemble.

- Non… J'étais juste perdue dans mes pensées.

- Que d'émotions, hein ?

- Oui…

Le regard d'Arsène sembla se tinter de tristesse et Cathelyne eut une irrépressible envie de le prendre dans ses bras, mais se retint. Le tutoiement était déjà un grand pas en avant. Malgré tout, elle posa sa main sur la sienne avec maladresse.

- Mon père est décédé quand j'avais treize ans. C'est un pêcheur qui l'a retrouvé quelques jours après sa mort, son corps était remonté à la surface.

- Que s'est-il passé ?

- La version officielle est un suicide. J'ai refusé d'y croire pendant des années. Puis, je me suis fait une raison. Sa quête pour percer le mystère de Louis de la Carène l'obsédait tant qu'elle l'avait mené à sa chute. En quelques mois, il avait tout perdu, ses économies, son travail, ses espoirs, la confiance de sa femme, et enfin la vie.

- Ça a dû remuer beaucoup de souvenirs très douloureux, commenta la jeune femme en lui caressant la main.

Arsène acquiesça d'un hochement de tête.

- Mais plus que ça, j'ai perçu une autre explication possible à sa noyade. Et s'il avait fait le même parcours que nous aujourd'hui ? Et si tout ça n'était qu'un accident ?

Un immense sourire envahit son visage, miroir du soulagement qu'il ressentait.

La conversation se poursuivit pendant encore quelques minutes puis ils s'endormirent, chacun à une extrémité du canapé.

Au petit matin, Arsène fut réveillé en sursaut par la voix empreinte de surexcitation de l'archéologue. La lumière l'éblouit et il mit quelques instants avant de se remémorer les événements de la veille.

- Nous avions tout faux ! Méthée, ce n'est pas une ville c'est une personne !

Le jeune homme se demanda si son coup à la tête n'avait pas causé plus de dégâts qu'il ne l'aurait cru.

- Qu'est-ce que…

- Vous êtes un vrai dormeur, vous savez ! Le coupa-t-elle en s'asseyant auprès de lui. Je me suis réveillée il y a bien deux heures, moi ! Du coup j'ai commencé à étudier les photos de la pierre tombale. D'ailleurs, heureusement que vous aviez un sac à dos étanche sinon tous nos efforts auraient été vains !

Elle sortit les clichés, ses mains tremblantes d'excitation.

- La réponse est là, c'était évident ! J'ai essayé différentes combinaisons en prenant l'initiale du nom de chaque symbole comme lettre de référence mais ça ne marchait clairement pas, je ne me retrouvais qu'avec des consonnes.

Un rire de nervosité lui échappa, mais cela ne tarit pas pour autant le flot de paroles qu'elle déversait.

- Finalement, je suis allée chercher trop loin. Les deux écussons nous donnent la clé : le L symbolisant Louis de la Carène et le M symbolisant Méthée. Sur le L, on peut voir que le trait vertical est très épais. Et je me suis demandé à quel symbole sur la lettre il pouvait bien se référer, dit-elle en lui tendant les documents.

Arsène étudia consciencieusement les deux preuves

- C'est un tronc ?

- Oui celui de l'olivier ! Et le M semble plus large que haut, comme la lettre sigma en grec, donc M devient Σ. Tous les symboles placés avant l'écusson de Louis sur la tombe correspondent aux lettres précédant le L et celle après le M sont les suivantes.

Le débit de ses paroles frôlait un record et la jeune femme dut reprendre son souffle avant de poursuivre.

- Et voilà, tout est devenu si clair !

Elle lui tendit une feuille griffonnée à la va-vite au crayon à papier.

Le 6 juillet 1211

À Méthée,

Mon amour, ce dernier écrit pour te dire que si je meurs peu à peu, mon amour pour toi brûlera pour l'éternité. Ton souvenir est si présent auprès de moi. Te souviens-tu de notre rencontre ? Tu lisais sous un olivier. Tu portais une robe blanche et le soleil semblait ne briller que pour toi. Je m'étais approché et t'avais adressé la parole. Nous ne parlions pas la même langue et pourtant, nous avions trouvé le moyen de nous comprendre. Tu me racontas le mythe de Prométhée, l'homme qui vola le feu sacré aux dieux pour le donner aux hommes. C'est ce que j'ai ressenti ce jour-là, tu as allumé le feu sacré en moi, en devenant ma Méthée. C'est le nom que j'ai donné à cette ville pour me rappeler que je ne pouvais vivre dans un lieu où tu n'existais pas. Aujourd'hui, tu portes notre enfant, rien ne me brise plus le cœur que de ne pouvoir le connaître. Pourtant, je sais que de là où je serais, je trouverai toujours mon chemin vers vous. Je transmets ce message au tailleur de pierre qui s'occupera de ma tombe. Il te remettra cette lettre ainsi que notre coffret dans lequel se trouve un acte de propriété et des bijoux appartenant à ma famille depuis des générations

pour que tu ne manques jamais de rien.
Tu as fait de moi le plus heureux des hommes,

À toi pour l'éternité,

Ton Louis

Le sentiment d'avoir accompli sa dette envers son père mêlé à l'émotion provoquée par l'histoire de ses deux amants lui saisirent la gorge. Avant même qu'il ne détourne le regard, Cathelyne lui caressa la joue et l'attira dans ses bras.

- Ton père serait si fier de toi, chuchota-t-elle à son oreille.

Les flashs crépitèrent lorsque les acteurs montèrent sur scène sous l'acclamation du public. C'était l'avant-première tant attendue de *Méthée : la légende du feu sacré*, film américain librement inspiré de la découverte historique menée par l'éminente archéologue Cathelyne Chausée. Pendant plus d'une heure trente se mêlaient sur grand écran deux récits enchâssés, le présent avec la quête de la valeureuse Mindy Maze, et l'histoire d'amour épique unissant le fondateur de Méthée et sa maîtresse. L'équipe insista pour qu'Arsène et Cathelyne les rejoignent sur l'estrade et les applaudissements s'intensifièrent.

Sur le chemin du retour, ils échangèrent sur le film qui, ils devaient bien l'avouer était d'une efficacité rare.

- Tu vois, je savais bien que mon personnage passerait à la trappe, se plaignit Arsène.

- Ne dis pas n'importe quoi…

- Je suis devenu un adolescent Cherokee du nom de Soleil-Égaré… On a vu mieux, se plaignit-il. Du coup, Mindy se tape le pêcheur qui les sauve lorsqu'ils tombent dans le Tiès.

Cathelyne s'arrêta net et fit face au regard boudeur de son acolyte.

- Serait-ce une crise de jalousie M. Priam ?

- Certainement pas ! se défendit-il.

La jeune femme le défia du regard puis commença à se rapprocher avec délicatesse de son corps.

- Cela fait maintenant plus d'un an et demi que j'attends que tu fasses le premier pas… chuchota-t-elle.

Arsène tenta de bredouiller quelque chose mais la bouche de Cathelyne vint s'écraser sur la sienne, l'interrompant dans son élan.

- Je suis quelqu'un qui aime prendre son temps, se justifia Arsène.

- Heureusement que Mindy a rencontré un pêcheur, sinon on aurait pu attendre longtemps avant qu'il lui arrive quelque chose de palpitant, le taquina-t-elle avant de s'éloigner de lui.

Arsène éclata de rire. Comment avait-il pu être aussi aveugle ? Cela faisait des mois qu'il tentait de se convaincre qu'il n'avait aucune chance. Pourtant, comme Louis, il avait ressenti son cœur se raviver en sa présence. Plus question qu'il ne la laisse s'échapper. Il la rattrapa en quelques enjambées et unit sa main à la sienne.

Deux Mondes

(histoire simultanée au roman Au Jour le Jour ;
peut être lue sans crainte de révélations)

Il les connaissait ces étoiles au-dessus de sa tête pour avoir refait le monde des centaines de fois sur le toit de la galerie marchande des Ulysses.

Karim tira sur sa clope longuement, scruta le ciel, puis recracha la fumée qui se dissipa dans la nuit. Au sol, une radio crachait ses poumons sur un air de hip-hop, mais qu'importe, la musique ne demandait pas une pureté d'écoute, seul son esprit suffisait à charmer. Ses potes étaient avec lui, posés sur le gravier qui recouvrait le toit, sur les conduits d'aération, les pieds suspendus dans l'air. On se raillait, on composait des textes de rap sur des mélodies faméliques, on imaginait ce qui se passait derrière les murs des résidences du centre-ville qu'ils apercevaient depuis les hauteurs.

« Eh, Karim ! lança Alexandre, son acolyte de toujours qui habitait le même immeuble que lui, tu veux qu'on bouge ?

- Hein ? Ah… Nan, on est bien là, nan ?

- Ouais, mais les flics finissent toujours par rappliquer… »

Le jeune homme inhala une nouvelle bouffée sous le crépitement du tabac.

« On les verra arriver, on s'tire dès qu'ils sont là…

- OK, vas-y… »

Il savait qu'ils n'étaient qu'une bande de zonards enfermés dans une spirale où ne pas finir en prison était le but. Mais ce soir-là, Karim avait envie de prendre des risques, de ne pas se préoccuper des conséquences.

L'adolescent de dix-huit ans ressentait un

attachement particulier pour cet endroit, prenait un plaisir singulier à contempler la ville depuis le toit du centre commercial. Le vide sous ses pieds, il éprouvait plus que jamais ce que signifiait *être libre*. Pourtant, rien ne remplaçait son quartier, là où il se sentait vraiment chez lui, au nord de Méthée. On racontait plein de choses sur cette zone délaissée par les politicards. Les médisants colportaient des rumeurs sur le nombre de trafiquants, sur le marché noir, les on-dit racontaient qu'il valait mieux vivre sous les cartons que dans ces bas-fonds. Même les flics n'y mettaient plus les pieds depuis bien longtemps. Au fond, Karim se disait qu'il y avait peut-être un peu de vrai dans tout ça, mais lui s'y sentait bien, c'était comme ça. Les gens peignaient un tableau sale de ces quartiers, mais ils ne savaient pas y voir le beau. Lui ne préférait pas voir la peinture qui s'écaillait sur les murs des immeubles pour cacher la misère, mais plutôt la solidarité de ceux qui s'en donnaient la peine, lui s'en fichait de manger décemment, la chaleur qui émanait de son groupe de potes malgré le froid nocturne lui suffisait.

Et puis, il y avait quelque chose d'inexplicable dans le fait de partager une pizza obtenue en aidant le pizzaiolo à récupérer toutes ses pancartes publicitaires.

Les lumières s'éveillaient dans les rues. Les gens quittaient les magasins, se réfugiaient dans leur voiture, se terraient chez eux. Mais lui restait là, encore et toujours. Certains de ses potes partaient avant le couvre-feu imposé par leurs parents. Et lui occupait le terrain, inexorablement. Le jeune homme avait toujours eu ce sentiment : ceux qui restaient étaient ceux qui comprenaient l'esprit de la rue. Après tout, c'était peut-être elle qui avait remplacé son père.

Au loin, une sirène se fit entendre, l'éternel rituel

du soir, il était temps de se tirer.

Karim, Alexandre et une poignée d'autres adolescents de la bande décampèrent vers l'échelle de secours, se faufilèrent sous la cage d'escalier pour rejoindre les parkings du personnel, puis cavalèrent en direction de la route nationale avant de se planquer une petite demi-heure dans les caves d'une cité bordant la côte.

Quand les sirènes se calmèrent, Karim décida de rejoindre son quartier. Le froid qui s'installait doucement devenait coutumier. En approchant de la plage, la bande d'adolescents aperçut le dernier bus du soir qui embarquait les travailleurs de la zone portuaire. Ils grimpèrent à leur tour, s'installèrent à l'arrière. S'ils restaient discrets, le chauffeur devrait faire l'impasse sur leur clandestinité.

Les rues défilaient, les lumières des lampadaires et des enseignes chancelaient dans l'esprit du jeune homme, le regard dans le vague. C'était la berceuse du soir avant le silence du froid.

Au moment de s'installer sur un banc du quartier, deux, trois de ses compagnons de galère le quittèrent, certains bossaient tôt le lendemain. Mais lui resta là, il irait sans doute s'endormir dans une cage d'escalier, ici ou ailleurs, qu'importe. Sa mère s'inquiétait pour lui, le harcelait de questions quand il se décidait à faire une halte à la maison.

« Pourquoi tu ne dors pas ici ? Tu traînes où ? »

Karim n'avait aucune réponse à lui apporter, il aimait la liberté, l'air frais sur son visage, le chant de la ville, l'ambiance du groupe, l'insouciance du lendemain. Alors, il ne lui offrait qu'une brève accolade comme réponse en lui précisant qu'il ne faisait rien de mal, qu'il n'y avait pas à s'inquiéter, omettant au passage de lui préciser comment il se débrouillait pour se *servir* dans les grandes surfaces et par quel moyen il parvenait à se faire son blé.

Là où il habitait, l'adolescent avait l'impression qu'il ne pouvait échapper à tout ça, qu'on lui proposait inlassablement des coups fourrés, des coups foireux, pour faire rentrer quelques billets. Pourtant, il avait l'amer sentiment que ce n'était pas vraiment son truc, qu'il était différent. Parfois, il lui arrivait même de vouloir dire merde à tout ça, mais il acceptait pour faire comme les autres du quartier, pour ne pas les lâcher. C'était de l'argent facile, il se l'avouait bien. Bon gré, mal gré, quand l'occasion s'offrait à lui, il suivait tantôt les autres, comme ce Mike Callaghan, un ado de dix-neuf ans qui avait la main mise sur quelques trafics du centre-ville. Il y a quelques mois, on l'avait viré du lycée Victor Hugo, implanté près des quartiers Nord, là où on apprenait davantage à organiser un braquage à main armée que le savoir académique. Puis, quand Mike était arrivé au lycée Jean Moulin du centre-ville, il avait vu là l'opportunité d'installer son autorité, et son business par la même occasion. En à peine un an, son ascension avait été fulgurante, il avait réduit à néant toutes les bandes de petites frappes pour n'en faire qu'une seule. Les *grands* lui avaient interdit de venir fourrer son nez dans les affaires des quartiers Nord et de la côte, chacun avait sa propre part du gâteau, et chacun y trouvait son compte.

Ce monde paraissait étranger pour Karim, il cohabitait avec par nécessité, comme la plupart des habitants du quartier. Mike le savait, il l'avait croisé une poignée de fois et avait directement vu dans son regard que Karim n'était pas fait pour ça. Entre eux résidait cette forme de pacte tacite : tu t'occupes pas de mes histoires, je ne m'occupe pas des tiennes. Mike faisait partie de ceux qui avaient encore un code moral, un honneur, et si on ne venait pas le chercher, rien ne devrait dégénérer.

« Il te reste une clope ? demanda Alexandre, posé sur le trottoir.

- Nan, j'ai plus rien… C'était ma dernière » informa Karim avant de se tourner vers Bendigiou, un garçon plutôt discret de la bande.

Ce dernier chercha dans sa poche, y sortit un paquet de cigarettes, l'ouvrit, et quand il aperçut la dernière qui se débattait au fond seule comme une oubliée, il la balança vers son ami.

« Tu m'en rachèteras…

- Ouais, vas-y, dès que ça ouvre… »

Karim sortit alors les écouteurs de son walkman, il en tendit un à Alexandre pour lui faire écouter le dernier son qu'il avait enregistré à la radio. C'était un style qui depuis quelques années s'imposait dans les cours de récréation, dans les halls des immeubles, dans les oreilles des jeunes. Certains installaient des platines dans les caves des H.L.M. pour scratcher sur des disques de funk et de soul music. On scandait des textes dessus, on dénonçait son quotidien, on peignait une certaine réalité. Ils avaient tous ce mot-là à la bouche : le rap ; Rythm and Poetry.

Au moment d'appuyer sur play, Billy, le dernier des ados à être resté à ces heures tardives, lui demanda s'il avait entendu parler des rumeurs qui planaient sur son lycée.

« Quoi ? À propos de Mike ?

- Ouais, j'ai entendu tout un tas d'trucs… »

En début d'année scolaire, après avoir insulté un prof, Karim s'était lui aussi fait renvoyer de son lycée

42

pour être scolarisé à Jean Moulin. Là, il avait promis à sa mère de se tenir à carreau ; parole tenue jusqu'à présent.

« Les flics ont débarqué chez lui, nan ?

- Ouais, j'étais là, enchaîna Alexandre, j'ai tout vu. À six heures du mat', ils ont défoncé sa porte… Ils l'ont traîné par terre, c'était moche à voir…

- C'est chaud…

- Ça m'amuse pas de dire ça, ajouta Karim en rembobinant sa cassette, mais bon, on savait tous que ça arriverait un jour…

- Il suffisait qu'une seule personne le balance… Il est encore en taule, là ?

- Nan, j'l'ai croisé l'autre fois, j'pense qu'il est en attente de son jugement… répondit Bendigiou, les deux mains plaquées sous ses aisselles pour se couvrir du froid.

- Mais il s'est passé quoi ? On l'a juste balancé ?

- J'crois pas… fit Karim. J'me mêle pas trop de ces histoires-là, mais au lycée j'ai entendu qu'il s'était embrouillé avec un gars qui s'appelle Stéphan…

- Stéphan ? C'est qui c'bouffon ?

- Il a osé s'en prendre à Mike ? Il a dû s'faire bien défoncer, le pauvre… »

La bande d'adolescents se mit à rire, chacun avait en mémoire des anecdotes sur la manière dont finissaient inlassablement les histoires avec Mike : des voitures brûlées, des humiliations, du sang sur l'asphalte. Toutefois, Karim savait que cette fois-ci, il n'en était rien ; le sang avait coulé, certes, mais sans doute pas celui de Stéphan... On racontait tout bas que Mike avait pris une violente correction, on murmurait ici et là que toute sa bande était tombée sous les coups d'un gang adversaire dirigé par ce mec qui ne payait pas de mine. C'était ça que la rue enseignait ; on ne restait jamais indéfiniment sur son piédestal, on ne vivait qu'au jour le jour. Karim se demanda s'il devait en informer ses potes, puis se ravisa. À quoi bon colporter les rumeurs ? Cela risquerait de lui retomber dessus. Alors il se tut, enfila son écouteur, donna le second à Alexandre, puis appuya sur play.

« Une famille à charge, il me fallait de l'argent
J'ai dealé... Et j'ai pris deux ans
Les gens si ouverts qu'ils soient ne peuvent pas comprendre
Ils parlent des cités comme une mode
Ils jouent à se faire peur, puis ça les gonfle au bout de six mois
Mais j'apprécie les chansons qui parlent des crèves comme moi
Je ne suis pas l'unique, je ne veux plus qu'on m'aide
Je ne peux pas tomber plus bas, j'suis raide...
Accroché à un aimant... »

Karim allait écouter cette chanson en boucle sur son banc, puis affalé sur sa table d'école, le fil caché dans sa manche pour remonter jusque dans son oreille, l'écouteur dans le creux de sa main, comme s'il était appuyé dessus.

En attendant, il allait passer une nuit blanche dehors, sommeiller ici et là, la tête plongée dans les étoiles, rire aux deux ou trois anecdotes évoquées par ses potes de galère et refaire le monde une fois de plus.

Le levé fut rude, il n'était qu'à peine six heures, mais les premiers commerçants commençaient à installer leurs étalages. Quelques vrombissements de voitures se fondaient dans la brume matinale ; le chant de la ville. La douce lumière de l'aube l'accompagna dans son long bâillement.

Karim avait encore sommeil, pourtant, il savait qu'il ne retrouverait pas les bras de Morphée. Et puis après tout, les cinq prochaines heures de cours seraient assez confortables pour fermer un peu l'œil.

Le jeune ado s'empara de son sac partiellement rempli de ses affaires de cours, salua ses amis en sachant qu'ils se retrouveraient le soir même au centre commercial des Ulysses, puis, se dirigea vers le bus. Le garçon allait arriver bien à l'avance, mais dans l'immédiat, il avait besoin de bouger, de se dégourdir les jambes. Deux de ses trois compagnons travaillaient tôt au marché du coin, et Alexandre devait passer par chez lui pour prendre une douche et un petit déjeuner. Se poser sur les marches du lycée était une option qui lui convenait très bien.

Quand il arriva, il remarqua avec étonnement que la porte d'entrée était déjà ouverte. Habituellement, le gardien n'ouvrait que sur les coups de sept heures cinquante. Alors, l'ado se faufila discrètement à l'intérieur, jeta un rapide coup d'œil vers la loge, ne vit personne, puis, dans l'incertitude, se dit qu'il valait peut-être mieux ne pas se faire remarquer au risque d'être jeté dans le froid de ce mois d'avril.

Karim grimpa à la hâte les escaliers qui rejoignaient les couloirs des salles de langues, jeta son sac, et s'installa comme il le put à côté de la porte des toilettes. Il avait une heure devant lui pour récupérer de sa nuit et profiter de sa musique. Les couloirs étaient vides, les agents d'entretien étaient déjà passés. Provenant de la zone administrative, il perçut le bruit de talons frappant le sol mais ne s'en soucia guère. Il n'y avait aucune raison qu'on vienne par ici. Sur le mur en face de lui, le jeune homme vit un tag au marqueur noir : *Guerriers Fous.*

Il s'agissait du nom stupide que Mike Callaghan donnait à sa bande. Stupide, mais efficace pour faire taire les témoins, se dit-il, un sourire en coin de lèvre.

D'un coup, il perçut un autre bruit, comme un gémissement, ou des pleurs étouffés. Comment cela était-il possible ? Dans un premier temps, Karim crut avoir mal entendu, peut-être s'agissait-il d'une télé laissée allumée dans la salle informatique ou d'un chat s'étant réfugié dans le bahut. Mais nan, en tendant davantage l'oreille, cela ressemblait sans équivoque à des sanglots.

Dans le doute, il se leva discrètement, laissa la curiosité guider ses pas, remonta le couloir sur quelques mètres, puis, au moment de bifurquer sur la droite, il découvrit avec étonnement une jeune femme recroquevillée sur elle-même, la tête dans ses bras, son sac posé à la renverse. Que faisait-elle là à cette heure-ci ? Et en pleurs ? Pris au dépourvu, le garçon ne sut alors comment réagir, de plus, il n'avait jamais été vraiment à l'aise dans ce genre de situation. Réconforter les gens, c'était pas vraiment son truc. Sa décision fut un peu lâche, il le savait, mais qu'importe, il préféra rester loin de tout ça. Se faire silencieux, rebrousser chemin, voilà ce qu'il devait faire. Au moment de tourner les talons, la jeune femme sembla subitement remarquer sa présence et releva la tête dans sa direction. L'échange de regard fut une fracture. Un coup rude. Inexplicablement, un grand frisson s'empara violemment du corps du jeune homme. Les traits de la fille lui bloquèrent la respiration. Il la reconnut immédiatement, il s'agissait de Lisa Mineaut, la présidente des élèves. Il l'avait déjà croisée dix fois, cent fois dans les couloirs du lycée, mais cette fois-ci, ce fut différent. Ses yeux, bien que remplis de larmes, avaient une douceur qu'il n'avait jamais remarquée jusque-là. Les traits fins de sa bouche étaient comme hypnotiques. Le jeune homme voulut dire quelque chose, n'importe quoi pour sortir de sa torpeur, de cet état qu'il n'avait jamais ressenti auparavant, mais en vain. Les deux s'échangèrent un long regard tant chacun ne savait comment réagir. Karim avait déjà eu des coups de cœur à gauche, à droite pour certaines filles du lycée, mais là, c'était différent.

« Dé… Désolée… fit la jeune femme de sa voix troublée par les pleurs.

- Que… Quoi ? Heu... Nan... 'Faut pas... »

Karim voulut s'avancer d'un pas, mais resta figé sur place. Garder une distance lui permettait de garder un certain contrôle de lui-même.

« Je… Je sais pas… Je veux pas t'embêter… Tu peux partir, si tu veux…

- Heu… Désolé… Je… »

Le jeune homme n'avait pas les mots pour finir sa phrase, il fit une moue embêtée, marqua un temps, puis se retira. Que pouvait-il faire d'autre ?

Lisa le regarda s'en aller, elle n'aurait jamais cru rencontrer un lycéen à cette heure-ci. En tant que présidente des élèves qui avait basé tout son programme sur son engagement pour rendre les couloirs plus sûrs, elle fut contrariée à l'idée qu'on la voie dans cet état, surtout par un adolescent qui habitait le quartier Nord. *Et s'il racontait ça aux autres ?* La jeune femme replongea sa tête dans ses bras, ce ne serait qu'un autre problème de plus à gérer.

D'un coup, elle sentit une légère tape sur son épaule, quelque chose d'hésitant. Quand elle leva les yeux, elle découvrit de nouveau ce jeune homme, lui tendant du papier hygiénique.

« J'ai… J'ai trouvé qu'ça… » dit-il, laconiquement.

L'attention lui fit faire son premier sourire depuis des semaines.

« Merci… » dit-elle, la bouche pincée, comme si ce simple geste lui redonnait du baume au cœur.

Il y eut un léger silence, Karim ne put poser le regard sur elle bien que l'odeur de son parfum l'appelait.

« Tu préfères… que j'te laisse tranquille ?

- Nan… Si tu veux rester… Ça me ferait plaisir… »

Il acquiesça d'un mouvement incertain de la tête.

« Tu… Quelque chose va pas ? »

À peine eut-il posé la question qu'il la regretta déjà. C'était stupide, comme s'il pouvait s'attendre à : « *Si, si, tout va pour le mieux ! Ce sont des larmes de joie que je viens manifester seule dans les couloirs du lycée à sept heures du mat' !* »

Néanmoins, comme réponse, il eut d'abord un sourire timide provoqué par la maladresse du garçon, puis, un regard doux.

« T'es sûr que tu veux m'écouter ? Tu sais, je t'en voudrai pas… Les gens s'en foutent des états d'âme de la présidente des élèves…

- Quoi ? Mais nan, arrête, j'veux savoir… Tu… T'es populaire, les gens vont t'écouter si quelque chose va pas… »

Lisa garda ses bras autour de ses jambes repliées sur elle-même. Elle hésita un instant, puis, d'un signe de la tête, elle lui indiqua de jeter un œil derrière lui. Là, Karim découvrit la porte de la salle informatique entrouverte ; la serrure forcée et des éclats de bois jonchant le sol.

« Y'a… Y'a eu un cambriolage ? »

La présidente des élèves confirma d'un bref

hochement de la tête.

« Ah ouais, tu prends vraiment trop ton rôle au sérieux, toi ! tenta Karim comme trait d'esprit. Tu sais, la principale se mettrait pas dans cet état si tu t'faisais cambrioler…

- Je sais bien… fit Lisa, un sourire lapidaire. Sauf que… je connais l'auteur du cambriolage…

- Ah... Mince... Tu peux... Enfin, tu veux en dire plus ? »

Ses traits tirés laissèrent deviner qu'elle était tiraillée entre les deux choix possibles.

« Pourquoi tu veux savoir ? Tu ne dois pas ignorer que je suis opposée à Mike, et je crois que tu habites près de chez lui, nan… ?

- Si… Si… Mais c'est juste un gars du quartier, rien d'plus… »

La jeune femme hocha de nouveau la tête. Elle se pinça les lèvres, fixa le garçon droit dans les yeux bien que celui-ci préférait contempler le sol. Sans préambule, elle lui demanda si elle pouvait lui faire confiance. La question était soudaine, presque déroutante. Toutefois, l'adolescent n'avait ni l'envie de répondre oui par simple curiosité malsaine, ni l'intention de jouer avec elle. Il s'assit alors à ses côtés, plaqua la tête contre le mur, expira longuement.

« Tu sais, j'suis personne ici, moi, peut-être qu'tu devrais en parler à quelqu'un d'autre, à la CPE, j'sais pas… »

Lisa plongea la tête dans ses bras. De son côté, Karim crut percevoir un infime rapprochement de leurs épaules, comme si, à ce moment-là, elle avait eu besoin de chaleur humaine. L'instant parut s'éterniser. Il sentit des fourmillements le saisir dans les entrailles. L'ado secoua alors la tête pour faire fuir certaines idées de son esprit. Ce n'était qu'un pauvre type des quartiers Nord de Méthée, jamais une fille aussi populaire ne daignerait poser un regard sur lui. C'était comme ça, et ça avait toujours été comme ça.

« Tu sais qui est mon copain ? demanda soudainement Lisa.

- Heu… Ouais… fit Karim, après un temps de réflexion. C'est… le gars qui a remporté le tournoi d'arts martiaux de Paris, Stéphan, c'est ça ? Stéphan Sentana ? »

Elle hocha de la tête, puis montra de nouveau la porte fracturée de la salle informatique.

« Ah… lâcha Karim lorsqu'il comprit. Merde, ça craint…

- Ouais… soupira-t-elle. Comme tu dis…

- Et… tu sais ce que tu vas faire ?

- La présidente des élèves, oui, mais Lisa Mineaut, nan… On m'a élue justement pour que ce genre de choses n'arrive plus…

- C'est vrai, j'étais là le jour des élections… Mais pourquoi tu sors… Nan, rien… se ravisa-t-il. Laisse tomber… »

Le silence inhabituel des couloirs baignant dans une lumière bleutée matinale était reposant. C'était autre chose que les réveils dans les caniveaux froids auxquels il était coutumier.

« Tu ne diras rien, hein ? reprit Lisa. Je ne veux pas que tu subisses de représailles… Tu diras que tu n'as rien vu…

- T'inquiète, j'ai l'habitude de ne rien voir… »

L'ironie de la réponse amusa la présidente des élèves. Elle s'était battue durant toute l'année scolaire pour délier les langues, pour que les élèves prennent leur courage à deux mains et acceptent de dire ce qu'ils savaient sur les divers trafics et agressions, notamment ceux de ce Mike Callaghan, et aujourd'hui, c'était elle qui demandait à ce qu'on se taise.

« Et toi, dit-elle alors, qu'est-ce que tu fais là à cette heure-ci ? J'ignorais que certains élèves aimaient tant le lycée…

- Ah ah… C'est une longue histoire…

- Ça tombe bien, je crois qu'on a encore un peu de temps devant nous…

- Je vois ça… Bah disons, qu'en fait… Comment dire…

- T'as fait la fête ?

- Même pas…

- T'as passé la nuit avec une fille ?

- Ah… Si seulement…

- Ah ah… Que de mystères… sourit la fille.

- La vérité est beaucoup moins intéressante… J'ai juste passé la nuit dehors…

- T'as oublié tes clés ?

- Même pas !

- Alors quoi ?

- Alors j'aime bien profiter de la nuit, c'est… beau… Nan, tu trouves pas ? »

Un sourcil arqué, elle le considéra longuement avant de répondre. Pendant un court instant, Karim parvint à se plonger dans le bleu océan de ses yeux avant que l'affolement de son rythme cardiaque ne le contraigne à s'extirper de son regard.

« T'es un drôle de garçon, quand même…

- …dit la présidente des élèves ! » enchaîna l'adolescent, la voix qui transportait un brin de taquinerie.

Elle sourit, au fond, il avait raison, avoir son rôle n'avait rien de commun.

« Ça m'a vraiment fait plaisir de te parler, fit-elle après un temps, mais je crois qu'il vaut mieux que tu y ailles…

- Ah, heu… Oui… Tu veux être seule, j'comprends…

- Je te chasse pas, hein… reprit aussitôt la jeune adolescente. Mais Stéphan est dans ma classe, il va pas tarder à arriver, et je préfère que… Enfin, tu vois…

- Ouais, ouais… J'vois, pas d'souci…

- Et puis, si tes potes te voient papoter avec moi, tu risques d'avoir des problèmes, toi aussi… »

Le jeune homme ne rebondit pas sur la dernière réplique, à vrai dire, à cet instant, il n'avait pas vraiment envie de réfléchir à tout ça. Au moment de partir, il eut un mouvement vers elle pour lui faire la bise avant de se raviser, c'était sans doute déplacé de sa part. Alors, il lui adressa un signe de la main, contempla une fraction de seconde la femme aux yeux envoûtants, puis se retira.

« Eh, vous avez entendu l'histoire de ouf qui s'est passée à Jean Moulin ? » leur lança Alexandre au moment d'arriver sur le parvis du centre commercial des Ulysses.

Karim et Billy les attendaient déjà depuis une demi-heure. Ils étaient accoutumés au retard d'Alexandre et de Bendigiou qui trainaient toujours un peu des pieds pour arriver à l'heure.

« Tu parles du cambriolage ?

- Ouais, c'est des ouf les gens !

- Quoi ? lâcha Billy en direction de Karim, mais c'est dans ton lycée, pourquoi tu m'as rien dit ?

- Ah, j'sais pas, ça m'est sorti de la tête… » fit évasivement l'adolescent.

Ils lui réclamèrent davantage d'informations sur l'histoire du jour, mais le jeune homme répondit qu'il ne savait rien de plus que les quelques bruits de couloir qui avaient circulé toute la journée.

Au moment où Bendigiou arriva, le visage encore marqué par les plis de son coussin, Karim écrasa sa cigarette au sol avant de suivre le mouvement de la bande. Ils commencèrent leur sempiternel tour par quelques boutiques de fringues, bien qu'un possible achat ne restait que de l'ordre de la fantaisie. Puis, ils firent une halte dans un magasin de jeux vidéo. Ce n'était pas vraiment leur passion, mais tous leurs amis du même âge s'y adonnaient comme des toxicos réclamant leurs doses. Enfin, vers dix-neuf heures, le groupe bifurqua vers la grande surface de la galerie marchande ; il était temps de choisir leur repas du soir !

La technique était simple, il suffisait de glisser le sandwich sous le manteau et de le maintenir avec une légère pression du bras tandis qu'ils passaient à la caisse pour payer une bouteille d'eau et un paquet de chips. Ne pas tendre le mauvais bras au moment de régler était conseillé. Tant que les vigiles ne leur tombaient pas dessus, le groupe d'adolescents pouvait réitérer le larcin autant de fois que nécessaire. Cela devenait coutumier, et parfois, Karim se servait même un dessert qu'il cachait directement dans sa manche. Pourtant, ce jour-là, au moment de faire passer le sandwich dans le repli de son manteau, une pensée lui traversa l'esprit : Que penserait Lisa de lui en le voyant faire ?

C'était une pensée stupide, il le savait, et surtout, ça ne l'aiderait pas à se nourrir ce soir-là.

« Bah alors, tu fous quoi ? lui lança Billy dans son dos quand celui-ci traînait derrière eux.

- Hein ? Ah… Rien ! J'arrive… »

Il glissa sa main à l'intérieur de son manteau, puis remonta la fermeture éclair.

« Vous croyez qu'un jour on pourra s'faire un tas d'fric en allant là-bas ? » demanda Bendigiou, assis sur le rebord du toit du centre commercial.

Il désignait du doigt le Casino apercevable de son point d'observation. Ce dernier bordait le Tiès, le long fleuve qui traversait Méthée du nord au sud.

« C'est ça ton avenir ? La tirette d'une machine à sous ? répliqua Alexandre, en finissant son sandwich.

- Arrête, c'est pas ton rêve ? Tu mets une pièce, les chiffres défilent, et bam, t'as tout le fric qui te tombe dessus ! »

L'adolescent mima la scène comme s'il était recouvert d'argent, ce qui fit rire ses amis.

« Et après tu lâcheras tes potes ?

- T'es ouf ! On partira tous ensemble, sur un yacht, ou un jet privé, ah ah !

- Il t'en faut peu pour rêver… »

Karim ne participa pas vraiment à la conversation, le regard voguant dans le lointain, son sandwich à peine entamé. Et d'un coup, sans se tourner vers eux, il changea de sujet.

« Eh, au fait, le gars dont vous parliez hier soir, vous savez, celui qui a défoncé Mike…

- Hein ? Qui ? Stéphan ? fit son camarade de toujours.

- Ouais… lui. Il… Il s'est passé quoi au juste ?

- Ah, moi j'ai entendu que Mike avait pris cher…

- Stéphan… Il est vraiment si balèze ? poursuivit Karim.

- Pourquoi tu veux savoir ça ? T'as envie de t'le faire ? »

La supposition amusa Billy et Bendigiou qui firent semblant de sortir des billets pour tenir les paris. Aucun ne fut en faveur de leur compagnon.

« Mais nan, j'suis pas assez fou pour ça… Mais comme vous en parliez, j'me suis posé des questions…

- Bah on sait pas trop d'où il est sorti c'mec... enchaîna Billy. Avant, il était déjà là ?

- Ouais, répondit Alexandre. J'me souviens, en seconde j'le voyais toujours tout seul dans la cour.

- Il rasait pas les murs ?

- J'sais pas…

- Et d'un coup, reprit Karim, il a décidé de s'en prendre aux Guerriers Fous ? Une bande super organisée et vachement nombreuse ? »

Ils s'interrogèrent du regard, restèrent prudents sur ce qu'ils avançaient ; les rumeurs étaient nombreuses et on racontait tout et son contraire sur cette histoire. Bendigiou, en tirant sur sa clope, avança que Mike ne faisait profil bas depuis quelques semaines que parce qu'il avait les flics au cul, et que cela n'avait rien à voir avec ce Stéphan. Là-dessus, Billy rétorqua que si cela était la vraie version de l'histoire, Mike ne laisserait pas planer des ragots sur son dos et irait voir ce Stéphan pour régler ses comptes.

« Et si tout simplement, la rumeur était vraie ? lâcha Alexandre. On m'a dit, et il y a eu des témoins, qu'en boite de nuit, ils se sont embrouillés, Mike s'est fait virer, et à la sortie, y'a eu une grosse baston. Mike a fini en sang…

- C'est qui tes témoins ?

- Y'en a eu plusieurs… Attends, heu… Lisa ! Tu vois, celle qui veut mettre des caméras de sécurité à Jean Moulin ? »

À l'évocation de ce nom, Karim tilta, il redressa la

tête dans sa direction. À vrai dire, depuis la matinée, il n'avait pas réussi à l'extirper de son esprit. Sa respiration s'était tellement emballée l'espace d'un instant qu'il eut l'impression qu'elle occupait tout l'espace.

« Des caméras ? répéta-t-il, pour paraître naturel.

- Ouais, tu savais pas ? C'est une folle, elle veut espionner tous les lycéens ! »

Bendigiou et Billy soufflèrent pour exprimer leur mépris. Ils n'avaient rien spécialement contre la présidente des élèves du lycée du centre-ville, toutefois, ses prises de position étaient parfois trop fermées.

« Et puis, c'est la meuf de Stéphan, bien sûr qu'elle va le défendre en disant qu'elle était là…

- Tu crois qu'elle ment ? rétorqua Karim, se tournant vers lui. Qu'est-ce qu'elle gagnerait à mentir ? J'sais pas si c'est bien pour son image que son copain aille se bastonner à la sortie d'une boite…

- Tu vas la défendre maintenant ? fit Billy. Elle est comme tous les autres, elle s'en fout des gens… »

Là-dessus, la discussion bifurqua sur la direction du lycée et la principale, madame Adrianne, qui avait l'air aussi proche des élèves qu'elle avait de chance de remporter le prix de meilleure principale de l'année. Et enfin, ils n'oublièrent pas d'évoquer le maire de la ville, monsieur Bonneteau, un homme rond, rigolard pour un rien, qui avait souvent les deux mains dans ses poches de veste comme pour ne pas qu'on y fouille dedans.

« Bon, désolé les gars, mais j'crois que j'vais y aller… lâcha d'un coup Karim, en écrasant sa dernière cigarette sur le gravier du toit.

- Quoi ? T'es sérieux ? » rétorqua Alexandre, les yeux écarquillés.

Il tenta de percevoir dans son regard si quelque

chose n'allait pas, cela faisait des années qu'ils se connaissaient et aussi loin qu'il se souvienne, jamais Karim n'était rentré en premier. Il était de ceux qui squattaient les bancs quand le silence envahissait les rues.

« Y'a rien, t'inquiète, le rassura-t-il. Juste un peu fatigué… Tu sais, les nuits blanches, les galères avec les flics…

- Ah OK… Demain, tu seras là, hein ?

- Bien sûr ! Allez, les gars, bonne soirée… »

Aussitôt, il disparut derrière l'échelle de secours. Bien qu'il avait assuré que tout allait bien, Alexandre jura tout bas que quelque chose était différent dans son regard.

Elle était inlassablement accompagnée de monde, de son mec, de ses amies populaires qui captivaient le regard de tous les adolescents. Les profs la sollicitaient, la principale la convoquait. C'était comme si d'un coup Karim réalisait que Lisa était partout, impliquée dans la vie du lycée, investie dans son combat pour la sécurité. Elle lui adressait parfois de petits sourires discrets imbibés d'amitié mais aussi d'une certaine reconnaissance pour sa discrétion. Comme promis, il n'avait rien lâché de ce qu'il savait.

Un soir après les cours, posé à l'abribus, une clope posée sur ses lèvres, le regard perdu vers le ciel, il perçut les bribes d'une conversation d'un groupe de lycéens. Certains prétendaient que Mike avait fait le coup du cambriolage, d'autres rétorquaient en disant que Stéphan lui-même avait avoué en être l'auteur. Karim sourit tout bas. Les lycéens détestaient tous les Guerriers Fous, néanmoins, ils se délectaient de la moindre info qui planait au-dessus d'eux. Un vrai syndrome de Stockholm, se dit-il. Puis, les conversations cessèrent d'un coup dans le groupe d'adolescents, Karim redressa alors la tête pensant que le bus arrivait. Or, il ne vit qu'une silhouette féminine se diriger vers eux. Son cœur sembla s'arrêter un bref instant quand il reconnut ses cheveux bruns et légèrement bouclés ainsi que ses yeux bleu azur. Elle adressa un sourire de politesse au groupe, et, après deux ou trois échanges de banalité, la jeune femme sembla remarquer la présence de l'adolescent assis en retrait.

Dans la foulée, elle leur demanda de bien vouloir l'excuser, puis s'avança vers lui. Ses talons frappèrent le sol humide.

« Salut… Tu vas bien ?

- Ah ! Heu… Lisa ! fit-il comme s'il venait tout juste de remarquer sa présence. Ouais, tranquille… Et toi ?

- Ça va… »

Elle jeta alors un rapide coup d'œil derrière elle pour s'assurer qu'on ne prêtait pas attention à eux. Alors, une jeune fille du groupe détourna aussitôt le regard d'eux, comme soudainement captivée par autre chose.

« Je… Ça va, je t'ai pas fait passer l'envie de te retrouver seul dans le lycée à sept heures du mat' ? reprit-elle, discrètement.

- Ah ah… Il va malheureusement falloir que j'arrive à m'passer de cette lubie…

- Je ne vois pas pourquoi… dit-elle, amusée.

- Sache que c'est à contrecœur… »

Affalé, Karim se redressa légèrement sur le banc de l'abribus et écrasa sa cigarette au sol. Il se sentit ridicule à vouloir montrer à la présidente des élèves qu'il pouvait lui aussi être présentable. Elle, elle était vêtue d'une manière très élégante tout en restant jeune. Bien qu'elle faisait partie de la direction, la présidente des élèves ne faisait en rien pète-sec ou coincée comme madame Adrianne, la principale. Il y avait ce petit truc de bienveillance chez elle qui faisait tout son charme.

« Je voulais te remercier… Tu sais, pour…

- Ouais, j'sais… C'est normal…

- Ça fait plaisir de voir qu'on peut encore faire confiance à certaines personnes…

- Tu lui en as parlé ? À ton copain… »

La fille souffla, perdue.

« Je crois que je me suis habituée à m'inquiéter… Il est toujours en vadrouille, il rentre tard, il me promet que tout cela va bientôt s'arrêter, qu'il ne le fait que pour aider les lycéens à se rebeller contre Mike… »

Karim ne répondit rien à cela, les mots ne venaient pas. Il était touché par l'intonation affligée de la jeune femme, il aurait voulu la serrer dans ses bras, ou même lui adresser une simple main sur l'épaule, mais voilà, il n'en eut pas le courage.

« Et moi, comme une conne, je fais confiance…

- Mais nan, 'faut pas dire ça ! Tu dois lui parler, il est où là ?

- Je sais pas… Quand ça a sonné, il est parti direct avec ses potes…

- Ah… Il t'a même pas adressé un mot ? »

Lisa hocha négativement la tête.

« Mais… Tu rentres seule ? »

À cela, la jeune femme ne fit qu'une petite moue d'approbation comme réponse.

« Tu veux… Tu… Enfin, j'peux te raccompagner, si… si tu veux…

- Pff… C'est sympa de proposer, mais je crois que tu réalises pas qui est vraiment mon copain…

- Peut-être que j'sais pas tout sur lui, répondit Karim en se relevant, mais j'sais juste qu'il est pas là encore une fois, quand t'as besoin d'lui... »

Au loin, le bus scolaire arriva alors, ses phares inondant le parvis du lycée.

« Je pense que t'es un chouette type, mais je peux pas te mêler à mes histoires, tu risquerais de...

- J'te propose juste de te raccompagner... T'es seule, j'vois bien que t'es pas en super forme, ça me ferait plaisir de t'écouter... »

Elle sourit à la réplique du garçon.

« Lisa, tu montes ? » lança soudain une fille derrière elle.

Quand elle se retourna, elle découvrit Margaux, une amie proche, un pied sur la première marche du bus, qui l'attendait pour valider sa carte de transport. Elle hésita un bref instant, voulut saluer le jeune homme qui avait su garder son secret, puis finalement décida de rester encore un peu.

« T'es sûre ? lui demanda son amie, un sourcil arqué.

- Oui, t'inquiète pas, je vais prendre le prochain, j'ai des petites affaires à régler, enfin, tu sais ce que c'est, les réunions...

- Heu... Ouais... Bon, bah... À plus alors ! »

Son amie lui fit un signe avant de grimper dans le véhicule. Le moteur gronda paisiblement et le bus quitta derrière un nuage de fumée le parvis du lycée.

« J'espère que t'es du genre sportif ! lança Lisa en se tournant vers l'adolescent. J'habite pas tout près !

- J'ai dû faire vingt fois le tour de la ville à pied, t'habites où ?

- Vers Grande Rue, tu vois ? »

Dans un premier temps, le jeune homme fut étonné

de la réponse. Puis après réflexion, il se dit qu'une fille aussi chiquement habillée ne pouvait qu'habiter là-bas, tandis que dans le quartier Nord, la mode était plutôt au chichement habillé.

« Madame la princesse attend peut-être son carrosse ? répliqua-t-il, d'une voix qui voulait copier un ton noble.

- Ah ah, te moque pas, on choisit pas où on grandit !

- Nan, c'est sûr, on choisit pas… »

À l'intonation de Karim, Lisa voulut lui demander s'il avait un certain ressentiment vis-à-vis de son milieu, puis, elle fut rattrapée par une autre pensée :

« Mince ! Nan ! Il vaut mieux pas que tu me ramènes chez moi !

- Ah… Tes parents le prendront mal s'ils te voient avec quelqu'un comme moi ?

- Hein ? Quoi ? Nan, mais ça va pas ! Ils sont très accueillants ! D'ailleurs c'est justement ça le problème, rétorqua-t-elle. Mon copain s'est fait virer de chez lui et je l'héberge pour quelque temps…

- Ah, et tu préfères pas qu'il nous voie ensemble ?

- Tu vois, il saura qu'il n'y a rien entre nous, mais bon…

- J'comprends…

- Il rentre toujours à des heures pas possibles, mais dans le doute… »

Comme pour balayer le sujet, elle lui expliqua brièvement que depuis quelque temps, Stéphan traînait avec son groupe d'*amis,* qu'on le sollicitait toujours davantage et que lui se prêtait facilement au jeu de la popularité. Il avait déjà eu quelques démêlés avec la justice et avec la direction du lycée, et jusqu'à présent, elle ne s'en était jamais formalisée car Stéphan n'avait fait que ce qu'il lui semblait juste pour défendre les jeunes de Méthée. Or, elle redoutait désormais que cette excuse ne soit plus que prétexte.

Squatter un abribus ne dépaysa pas Karim. Pourtant, quand les dernières lueurs du Soleil déclinèrent sur l'horizon après une longue discussion qui avait dérivé sur les anecdotes et rumeurs planant autour du lycée, il ne put s'empêcher de se demander ce qu'une fille comme elle faisait là, à discuter avec lui. Qu'est-ce qu'il pouvait bien lui raconter ? Comment il avait piqué un magnétoscope dans la salle de réunion de la mairie ? Pourquoi il suivait parfois les grands du quartier dans la fièvre des jets de pierres sur les voitures longeant la nationale ? La fois où il avait frôlé de peu la mort dans le tumulte d'une course-poursuite traversant aveuglément une route ? L'espace d'un temps, il crut même que la seule raison pour laquelle la présidente des élèves vivant à Grande Rue puisse lui porter de l'intérêt était d'obtenir les faveurs de la plèbe. Pourtant, dans le regard de la jeune femme, il y avait cette chose qu'il n'avait vue que trop rarement. Il n'y avait pas cet imperceptible frémissement de peur en rencontrant des gens différents, il n'y avait pas cette lueur de plaisir en se délectant du malheur des autres. C'était tout autre chose de chaleureux.

« Tu vas prendre le prochain bus ? dit-il au moment où le froid se soulevait.

- J'ai dit à mes copines que je prendrai le prochain, mais 'va falloir aller à la station pour prendre le tram…

- J'peux au moins t'accompagner là-bas, on risque pas de tomber sur Stéphan ?

- Nan… Je suis sûre qu'il traine chez Child… »

Child était un redoublant de terminal ayant hérité son surnom de sa pilosité proche du néant et de son visage encore rond comme celui d'un enfant. Il sembla à Karim que ce dernier avait traîné quelque temps avec Mike avant de lui tourner le dos et de rejoindre les rangs de Stéphan. Lisa le savait-elle ? Il l'ignorait, mais qu'importe, ce soir, il avait envie de s'extirper du monde des embrouilles, des rivalités, des inimitiés et de la quête de la popularité.

Le tram traversait les différents quartiers du centre-ville et le trajet vers la station ne fut que de courte durée. Par chance, ils ne croisèrent aucun jeune en redescendant la rue qui longeait le quartier des affaires où d'immenses tours flirtaient avec le ciel. Karim avait l'habitude de ne les voir que depuis le toit du centre commercial des Ulysses, là où ses potes devaient être en train de l'attendre.

« C'est là qu'tu voudrais travailler plus tard ? fit-il en s'asseyant sur le banc de la station.

- Quoi ? Dans ces grands buildings ?

- Bah ouais… J'sais pas, comme trader, c'est pas c'que font les gens comme toi ? »

Elle s'arrêta devant lui, cligna frénétiquement des yeux comme pour mieux exprimer son interrogation, puis répondit :

« T'en as de ces idées préconçues ! OK, mes parents gagnent bien leur vie, ma sœur est même partie faire ses études aux États-Unis, mais c'est pas pour moi tout ça…

- Ah ouais ? Alors tu voudrais faire quoi ? »

La jeune femme fit quelques pas en direction des rails, observa un temps l'obscurité qui se mariait avec l'horizon, puis se tourna de nouveau vers Karim :

« Tu trouves pas qu'il y a des choses à apporter à cette ville ?

- Méthée ? Pff… Qui s'en préoccupe ? Ici, dans cette partie de la ville, on est bien, le reste, tout le monde s'en fout…

- Ah ouais ? Et le prix des logements qui grimpe en flèche ? Les braquages quotidiens et souvent à main armée ? La pression sociale pour suivre la trace de ses parents ?

- Tu veux qu'on parle de la misère dans d'autres quartiers plus reculés ? rétorqua le jeune homme, un sourire narquois en coin de lèvres.

- Je ne suis pas en train de faire une compétition, *mon petit monsieur,* fit-elle, le ton sarcastique. Je parle de Méthée dans son ensemble. »

Il ouvrit la bouche comme pour répliquer, puis, se ravisa, à court d'arguments. Lisa, victorieuse, fit une moue qui voulait dire : *Et toc ! On t'entend moins !*

« Oui, bon, OK ! lâcha-t-il. Et donc, tu veux faire du social ? *Assistante sociale ?* Pour nous expliquer qu'on a besoin d'aide ?

- Rha, t'es vraiment rabat-joie ! Sache qu'il y en a plein de bonne volonté, mais c'est pas un métier facile, il y a tellement de choses à faire, et si peu de moyens…

- Et si t'avais les moyens, tu ferais quoi ? »

Inexplicablement, une vague de frisons s'empara de son abdomen. Aussi loin qu'elle se souvienne, jamais personne ne s'était intéressé plus que de formalité à ses ambitions. Elle était la Lisa populaire, celle que tous les garçons convoitaient, image qui ne lui plaisait en réalité guère. Elle était la présidente des élèves, la fille sérieuse et engagée pour qui chacun avait voté, comme une mode. Mais son programme, qui s'en était réellement soucié ? Qui était allé plus loin que les deux ou trois phrases-chocs qu'elle avait balancées lors des débats ? Elle avait fait de nombreuses propositions pour rendre la vie lycéenne plus agréable, elle avait monté des dizaines de clubs, amélioré les horaires du ramassage scolaire, fait financer quelques installations audiovisuelles. Mais personne ne semblait s'en être rendu compte. De plus, pour contrer la vague de violence et de rackets, elle avait proposé de mettre un agent de sécurité devant le lycée jour et nuit. Proposition à laquelle elle avait dû elle-même mettre un terme face à l'emportement de son petit ami au moment du débat. Quelques jours plus tard, il cambriolait le lycée… En fin de compte, elle avait plus l'impression d'être une mascotte, jolie et docile, que la présidente des élèves. Finirait-elle comme son prédécesseur, conspué pour ses échecs et oublié pour ses réussites ?

Vraiment, se dit-elle, *c'était la première fois qu'on s'intéressait réellement à son engagement…*

Elle s'assit à ses côtés, lui fit un sourire, les deux mains dans les poches afin de se couvrir du froid puis répondit :

« C'est encore vague dans ma tête, mais si la Justice faisait bien son travail, il n'y aurait pas de jeunes comme Stéphan se sentant obligés de faire la loi. Même s'il a une manière bien à lui de faire la justice, je le reconnais… Et… je sais pas, mais… si on mettait un peu plus la culture en avant, on ne serait peut-être pas dans une situation où des gens comme toi et moi avons des aprioris l'un sur l'autre…

- T'as des *aprioris* sur moi ?

- Sans doute… Tout comme tu en as eu sur moi tout à l'heure… »

Il confirma d'un bref son grave puis continua de jouer avec les petits objets qu'il détenait en main, comme pour évacuer une certaine tension. Lisa remarqua qu'il s'agissait d'écouteurs de walkman, et à la réflexion, elle se fit la remarque que le garçon ne s'en détachait jamais.

« T'aimes la musique ? dit-elle alors.

- Hein ? Ah ouais ! J'adore…
- T'écoutes quoi ?
- Pas ce que tu dois écouter…
- On va encore continuer avec les préjugés ? »
Elle sourit, il sourit.

« Tiens, c'est mieux que tu découvres par toi-même ! »

Quand elle posa l'écouteur dans le creux de son oreille, elle fut surprise par le tempo très urbain, par les percussions qui rythmaient une voix scandant un texte :

« *J'ai commencé à vivre ma vie dans les poubelles*
Dans un quartier de cramés où les blattes craquent sous tes semelles
Les mecs observent ta voiture neuve
En te félicitant et t'enculent dès qu'ils le peuvent
Putain, c'est dément : les gosses de dix ans
Ils parlent déjà de faire de l'argent et tu le comprends
Quand le quartier est l'unique exemple
Où l'on monte des statues aux dealers de blanche ou braqueurs de banques
Et sur les murs, pas de graffs extraordinaires
Que des traces de pisse et "Policier le con de ta mère" »

Bien que les premières secondes d'écoute avaient demandé un temps d'adaptation, l'esprit qui animait le chanteur rendait le tout familier, et presque chaleureux. Elle percevait cet homme, elle percevait la rue, elle percevait son quotidien. Il était là, palpable, sans jamais y avoir mis les pieds.

« T'aimes ?
- Hein ? Heu ouais ! C'est… captivant !
- Tu t'fous pas d'moi ?
- Nan, je suis sérieuse ! Y'a… un truc ! 'Faudrait que tu m'en fasses écouter d'autres !
- Ouais, pas d'souci… Et… Et toi ? T'écoutes quoi ? *Mozart ?* »

Le jeune homme esquissa un sourire en coin,

cherchant la complicité, mais un coup de coude bien placé le stoppa net.

« Eh, mais tu vas arrêter ! Déjà, *Mozart*, c'est très bien ! Et j'écoute plus… »

Sa phrase se perdit dans des mots incompréhensibles quand elle s'empara de son sac, l'ouvrit, fouilla dans chacune des poches avant d'en sortir une cassette audio.

« Tiens, mets ça ! »

Le boitier avait quelques noms griffonnés dessus, sûrement des groupes qu'il ne connaissait pas captés à la radio. Quand il appuya sur *play*, Karim se heurta à un son d'harmonica dont il n'avait pas l'habitude d'entendre les chants.

« Sara, Sara,
Wherever we travel we're never apart.
Sara, oh Sara,
Beautiful lady, so dear to my heart.

How did I meet you? I don't know.
A messenger sent me in a tropical storm.
You were there in the winter, moonlight on the snow
And on Lily Pond Lane when the weather was warm. »

« C'est… Waouh… Il parle de… ? »

Lisa confirma d'un mouvement de la tête ce que l'intonation du jeune homme voulait timidement exprimer. Alors, ils partagèrent des dizaines, des vingtaines de titres qui baignaient dans leur esprit. Chacun leur évoquait un souvenir, une trace nostalgique de leur passé.

Quand le dernier tram arriva, alors que la nuit était pigmentée de milliers de fenêtres qui s'illuminaient les unes après les autres, alors que le froid tentait de se faire une place dans les rues de Méthée, Lisa suggéra à contrecœur qu'il valait mieux retrouver la route du retour. Il se faisait tard, et bien que ses parents étaient du genre compréhensif, elle ne voulut pas les inquiéter de trop pour autant.

Un long bruit sourd accompagna l'entrée du tram dans la station, Karim insista pour raccompagner Lisa jusque chez elle, ensuite, il se débrouillerait pour retrouver son quartier. L'adolescent avait l'air d'être coutumier des grandes escales nocturnes, alors, la présidente des élèves ne put refuser la proposition. Pourtant, au moment de grimper dans le transport en commun, elle agrippa d'un coup la manche du jeune homme pour le retenir en arrière.

« Quoi ? Mais qu'est-ce que tu fous ?

- Baisse-toi ! Baisse-toi ! »

Elle le tira de nouveau afin de se cacher sous les vitres du tram. Face à l'incompréhension du jeune homme qui manqua de se fracturer le crâne au sol, elle lui fit un signe précipité pour se taire.

« Mais…

- Stéphan ! Il est là ! »

L'adolescent se tut instantanément, il comprit comme s'il venait de se prendre une baffe : son copain était là, dans le wagon qu'ils comptaient emprunter. Et même avec le plus subtil des mensonges, il y avait fort à parier que si Stéphan tombait sur lui à cette heure-ci en compagnie de sa copine, Karim allait se mettre à regretter d'avoir sécher les cours de sport.

Descendait-il ici ? se demanda Lisa, elle n'en savait rien. Pendant la courte fraction de seconde où elle l'avait aperçu, elle put également remarquer qu'il était accompagné de deux ou trois garçons de la bande, ainsi que de Child et de sa *petite-amie*, Samantha, qui habitait à trois pas d'ici.

Merde…

Alors, la présidente des élèves indiqua aussitôt à Karim de la suivre. Ils remontèrent les rails afin de rester à l'abri des regards, puis, quand ils aperçurent un second tram arriver en sens inverse, la jeune femme lui fit comprendre d'un signe qu'ils allaient se réfugier dedans.

Dans la foulée, Lisa agrippa de nouveau la manche de son acolyte, cavala le long de la station afin de rejoindre la tête du tram, et, quand Karim passa devant elle, il n'hésita pas à lui saisir à son tour la main afin de déguerpir au plus vite.

Aussitôt, ils plongèrent dans le wagon, se plaquèrent presque à terre, retinrent leur respiration comme si on pouvait les entendre de l'extérieur et se risquèrent à jeter un œil sur la rue.

Stéphan était là, avec toute sa bande, ils étaient une dizaine. Lisa les connaissait tous, elle en appréciait certains, mais se posait des questions sur d'autres.

Comment Stéphan pouvait trainer avec eux ? Lui qui il y avait encore peu était plutôt du genre discret, sans histoire.

Une secousse indiqua que le tram était en route, un éclatement de rire s'en suivit. La pression retomba et Lisa céda à son tour, le rire était communicatif.

« Ah ah ! Le hasard de ouf ! lâcha Karim.

- J'arrive pas à y croire, on a failli se faire prendre !

- J'ai rien compris quand tu m'as poussé dehors ! Ah ah !

- Ouais, bah ris pas trop, si Stéphan t'avait vu… D'ailleurs, t'as ton ticket ? »

Elle n'eut qu'un long pouffement comme réponse,

comme si la réponse tombait sous le sens.

« S'il y a des contrôleurs, tu courras tout seul cette fois-ci…

- Ah bah vive la solidarité ! »

Dans cette période où tout semblait aller dans le mauvais sens, la jeune femme reçut les plaisanteries comme un vent de fraîcheur.

« Et maintenant, on fait quoi ? dit-elle. On s'écarte de chez moi là, du coup…

- Ouais, et on s'dirige même vers chez moi, dans les quartiers Nord…

- Ah, c'est pas la meilleure idée… »

Elle se pinça les lèvres, d'ordinaire, ce n'était pas vraiment le genre d'endroit où elle aimait mettre les pieds, mais à cette heure-ci, c'était presque une forme de suicide.

« Au fait, reprit Karim, qu'est-ce que tu fous avec ce mec, Stéphan ? »

La question tombait de nulle part, celle que chacun devait se poser intimement sans jamais oser l'exprimer tout haut. Elle aurait voulu lui répondre, merde, qu'elle faisait ce qu'elle voulait et qu'elle n'avait aucun compte à rendre à personne. Toutefois, elle venait de se poser la même question à propos des fréquentations de Stéphan. Alors quoi ? Elle était aussi aveugle que son petit-ami ?

« Quoi ? Tu vas juger mon couple ? lâcha-t-elle.

- Nan ! Nan… Enfin, tu vois… Vous êtes… différents, nan ?

- On ne l'était pas ! »

Son ton vindicatif semblait davantage destiné à elle-même qu'à l'adolescent. Le tram arriva à la station suivante, descendre lui permettait de changer de sujet. Elle prit son sac, se leva et descendit sur le quai, sans même se retourner.

Alors, elle réalisa que les grands ensembles qui dessinaient un monstre au dos vouté dans la nuit étaient le quartier où logeait Karim. Le tumulte du centre-ville, des phares et des klaxons, des piétons et des conversations téléphoniques avaient laissé place à un silence grave. On percevait au loin des voix, parfois des moteurs de bolides qui perçaient l'obscurité, des sirènes de flics.

« Bon, alors on fait quoi ? souffla Lisa, en se tournant vers le jeune homme. Je vais pas rester ici…

- Et pourquoi pas, hein ? Tu veux pas que j'te fasse découvrir mon quartier ?

- Heu… Je veux pas… Enfin, le prends pas mal, mais avec tout ce qu'on entend… Je sais pas si c'est sérieux… »

Karim souffla longuement, il en avait entendu des racontars sur son quartier, il en avait vu des gens faire d'immenses détours pour ne pas mettre un pied ici, mais pour lui, c'était justement ce type de comportements qui alimentait le climat d'insécurité.

« Allez, t'es avec moi, il t'arrivera rien… »

Elle écarquilla les yeux, surprise. C'était exactement le genre de répliques que pouvait sortir Stéphan, et voilà où il en était aujourd'hui.

« Tu vas jouer les héros si on nous agresse ?

- Pff… Qui t'a parlé d'ça ? Ce que j'veux dire, c'est que j'connais tout l'monde ici, y'aura pas d'souci… »

Lisa scruta les bâtiments plongés dans l'obscurité. Après tout, elle ne demandait que ça de découvrir les conditions de vie d'autres milieux sociaux. Mais on racontait tellement de choses… Puis, quand Karim lui tendit la main pour lui faire comprendre qu'elle n'avait rien à craindre, son expression de visage changea.

« Promis ? dit-elle.

- Ouais, j'te jure… »

Les voitures envahissaient les parkings, certaines stationnaient sur les trottoirs. Lisa en aperçut une autre qui semblait pousser son dernier souffle, ravagée par les flammes. La verdure se mélangeait au goudron, les aires de jeux pour enfants tentaient de se faire une place entre deux routes. Quand ils passèrent devant une rangée de garages dont les tôles et les vitres étaient explosées par des jets de pierres, elle ne put s'empêcher de demander s'il allait y avoir des rénovations.

« Ah ouais, et avec quel argent ?

- Les proprios en ont bien, nan ?

- Ça appartient à des logements sociaux, y'a plus important à faire avec cet argent… Et puis, même si on les réparait, ce serait de nouveau bousillé dans deux mois… »

Il n'y avait pas vraiment d'émotion dans la voix de l'adolescent, comme s'il s'était résolu à vivre de cette manière.

En s'engouffrant davantage dans les bas-fonds, ils longèrent une petite allée qui serpentait entre deux tours. Le bitume était parsemé de trous causés par les racines des arbres zébrant ici et là le chemin.

« Mais toi, ça te dérange pas que ce soit comme ça ?

- Laisse tomber… Vraiment, les gens comme vous, vous pouvez pas comprendre… »

Dans un seul mouvement, elle agrippa le garçon par sa manche, lui fit faire un demi-tour afin d'être face à lui, puis lâcha sèchement que ce serait la dernière fois qu'elle entendait ça de sa part.

« On n'est pas plus débiles que les autres, je suis là, avec toi, tu crois pas que tu pourrais faire un pas vers moi, toi aussi ? »

L'emportement de la jeune femme avait quelque

chose d'authentique. Il se doutait qu'elle n'était pas le genre de personnes à se rendre ici comme certains journaleux venaient en safari visiter le monde de la plèbe. Pourtant, le ton sarcastique qu'il avait utilisé maintes fois avec elle était plus fort que lui, comme un mécanisme de défense.

« Excuse… C'est pas ça, mais tu vois… Rien ne va changer, les choses sont comme ça…

- Et tu m'as pas demandé de venir pour que je découvre ton quartier ?

- Si, mais…

- Alors, vas-y, je… »

Sa réponse fut interrompue par des bruits de pas provenant du second chemin qui rejoignait le leur. Des rires. Des voix. D'un coup, Karim crut reconnaître l'une d'entre elles.

« Merde ! 'Faut qu'tu…

- Karim ? fit quelqu'un derrière lui. Qu'est-ce que tu fous là ? On t'a attendu toute la soirée aux Ulysses et… »

L'individu s'arrêta net au moment d'apercevoir Lisa, déconcerté par la situation.

« Lisa, j'te présente Alexandre, mon meilleur pote… Et ça c'est Billy, et Bendigiou… »

La bande d'adolescents fit quelques signes qui s'apparentaient à des salutations de formalité. Ils se tenaient raides, le regard fixe.

« Qu'est-ce… Qu'est-ce tu fous avec elle ? » lâcha Alexandre en désignant la jeune femme du revers de la main.

Habituée à ne pas se faire manquer de respect, cette dernière adopta cette fois-ci un comportement plus diplomatique. Elle n'avait aucune idée de la manière dont les choses pouvaient dégénérer, même si quelques souvenirs d'une sortie en boite de nuit avec Stéphan pouvaient lui en donner un aperçu. De plus, c'était elle qui était venue ici, chez eux, se dit-elle. Alors, la jeune femme voulut s'excuser et quitter le quartier sur-le-champ.

« Heu… On doit taffer un devoir, pour demain… répondit Karim qui bricola un mensonge un peu comme il le put.

- Un devoir ? À cette heure-là ? Tu t'fous d'ma gueule ? »

Karim hésita, prit son temps avant de répondre, mais Alexandre s'impatienta.

« Il a rien fait du tout… lança alors Lisa. C'est pour demain, et… et je ne le lâcherai pas tant qu'il n'aura pas fait sa part de travail… »

Alexandre fit quelques allers-retours du regard entre ses deux interlocuteurs, puis jeta un œil interrogateur vers ses complices. Inexplicablement, bien qu'Alexandre semblait irrité de voir la fréquentation de Karim, Lisa jura tout bas que ce qu'il y avait de silencieux dans le regard des deux autres semblait davantage hostile envers elle.

« OK… Qu'est-ce que vous attendez pour aller *travailler*… ? » lâcha Alexandre, après un bref répit.

Karim n'ajouta rien, il passa devant son ami, le regard inébranlable, brûlant à l'intérieur. Pendant un bref instant, le jeune homme eut envie de prendre la main de Lisa, pour la rassurer, l'accompagner, mais il n'en fit rien. On les verrait.

Derrière eux, le groupe resta étonnamment silencieux, Karim savait qu'on les sondait. Demain, il aurait quelques explications à donner.

« Je t'avais dit que c'était pas une bonne idée, lui glissa Lisa, une fois à distance.

- Dis… Dis pas d'bêtises… Ça devrait pas être comme ça…

- Mais ça l'est… »

Karim se terra dans le silence. La réaction d'Alexandre était prévisible, pourtant, il avait intimement espéré que les choses prennent une autre tournure. Les mots se perdaient face à la gêne.

« Y'a… Y'a un endroit que tu aimes bien ? fit alors la présidente des élèves, un sourire qui demandait à aller de l'avant. Et que tu voudrais me montrer ? »

L'adolescent marqua un temps, refusant de l'emmener là où il prenait parfois l'habitude de se poser, seul, puis, finalement, il se dit que ça pourrait être amusant.

Il l'invita à entrer dans un bâtiment et à grimper les étages. Sur les murs de la cage d'escalier étaient tagués des noms de rappeurs, des quartiers de Méthée, des insultes envers la police, envers le maire. « Bonneteau enculé » semblait presque être le refrain entre les couplets d'étages. Puis, une fois au huitième sans ascenseur, Lisa tomba sur un graffiti qui la laissa sans voix. Elle n'aurait jamais cru découvrir une telle œuvre parmi cet enchevêtrement d'inscriptions. On voyait le visage d'un jeune homme, de trois quarts, le visage enfoui sous une casquette et une capuche, le regard fixé vers ce qui semblait être l'horizon. Il y avait quelque chose dans ses yeux de vivant, de si expressif que la jeune femme trouvait qu'ils racontaient une histoire, une mélancolie.

« Whouah, c'est hallucinant ! Tu sais qui a fait ça ? demanda-t-elle en enchâssant le pas de Karim.

- Ouais, un p'tit jeune du quartier… Abderrahmane…

- Il… Il fait une école d'art ? »

Bien qu'ils continuaient à grimper les étages, elle ne put décrocher le regard que lorsqu'il disparut derrière le virage.

« Nan, j'crois pas…

- Mais, il faut ! Il a un talent incroyable !

- C'est ce qu'on lui dit, mais j'sais pas s'il s'en rend vraiment compte… »

L'instant lui laissa une émotion très singulière, comme si elle venait de découvrir une musique qui était là depuis toujours sans jamais avoir pris le temps de poser les yeux dessus.

« Tu m'en montreras d'autres ? dit-elle avec un sourire dynamique qui dissimulait derrière lui une certaine humilité.

- Ouais, pas d'souci… Y'a même d'autres graffeurs si tu veux…

- Ah ouais ! Super ! »

L'ascension lui parut interminable, elle crut même qu'ils avaient gravi plus d'étages qu'il y en avait, que la tour était habitée de magie.

« On va où comme ça ? »

Karim resta muet, un petit air amusé par la situation. Et, d'un coup, ils se retrouvèrent sur le palier du dernier étage. La décoration des murs était plus sobre, comme si le lieu était moins fréquenté. Lisa aperçut dans un coin du sol une petite cuillère, un morceau de journal, une sangle, une seringue. Un poids au ventre, la jeune femme préféra détourner le regard. Alors, elle aperçut Karim qui grimpait à la rampe du mur pour ouvrir la trappe donnant accès au toit. Grâce à la force de ses bras, il se souleva avec une certaine aisance, posa un coude sur le rebord métallique de la trappe, s'agrippa de son pied comme il le put, puis, parvint enfin à se hisser sur le toit. Alors, il se tourna vers la jeune femme pour lui tendre une main.

« Vas-y, à toi !

- Nan, mais attends, t'es sérieux là ? Tu crois que je vais monter comme toi ?

- Bah ouais, il est où l'problème ? s'étonna l'adolescent.

- T'as bien conscience que je vais jamais réussir ?

- Mais j'vais t'aider, allez !

- Et si je tombe ? »

Karim sembla prendre un temps de réflexion avant de lui répondre d'un ton très sérieux.

« Bah, on ira à l'hôpital… »

Les deux bras croisés, l'air faussement indigné, elle esquissa un sourire face à l'insouciance du jeune homme. Puis, après avoir glissé un : « *T'auras ma mort sur la conscience…* », elle se décida enfin à grimper sur la rampe en s'aidant de la porte de la cage d'escalier. Puis, la jeune femme tendit la main en direction de son complice. Qu'elle accepte de lui faire confiance lui provoqua une certaine chaleur agréable dans le ventre. Un frisson l'envahit lors du contact doux avec la main de Lisa. Il la souleva, et à vrai dire, le jeune homme aurait voulu que cet instant ne s'arrête jamais. Toutefois Lisa, qui pratiquait régulièrement les arts martiaux avec son petit ami, parvint à se hisser avec une simplicité qui l'étonna elle-même.

Cette soirée-là, c'était non seulement la première fois qu'elle pénétrait dans les quartiers Nord, mais en plus, elle en découvrait une facette totalement cachée. La vue la subjugua. Un long soufflement admiratif s'échappa de ses lèvres. Les tours de bétons s'élevaient autour d'elle, les ruelles orangées serpentaient dans la nuit. Elle apercevait des moments de vie à travers les fenêtres éclairées, des silhouettes mouvantes qui racontaient des histoires derrière les rideaux.

« Tu… Tu viens souvent ici ? » fit-elle, comme un réflexe.

L'adolescent s'approcha d'elle, s'il se laissait aller, il profiterait de la vue en l'enlaçant.

« Ouais… Quand j'suis seul, j'aime bien…

- Y'a… Enfin, c'est étonnamment joli, la nuit, les lumières, l'horizon brumeux, rougeâtre…

- Quand j'viens, j'me pose ici, ajouta-t-il en montrant un muret qui délimitait un passage vers les conduits d'aération. Et j'fume ma clope, j'écoute ma musique…

- Tu m'as pas dit que tu étais souvent avec tes amis ?

- Si… Ouais, mais ici, c'est mon endroit ! Avec mes potes, on va là-bas ! »

Karim désigna une infrastructure se dessinant dans le lointain.

« C'est les Ulysses, c'est ça ? demanda Lisa qui reconnut les demi-cercles lumineux décorant la devanture du centre commercial.

- Ouais… Y'a un chemin par derrière pour grimper sur le toit, c'est top aussi, on voit l'quartier des affaires.

- Tu vas faire tous les toits de la ville comme ça ?

- T'as pas envie toi ? répliqua-t-il avec un sourire. J'voudrais trop monter sur le toit des buildings du centre des affaires, t'as vu comment c'est haut ? »

D'où ils se situaient, ils pouvaient distinguer la dizaine de gratte-ciel qui se perdaient dans la brume nocturne.

« Ah ah, t'es un grand malade, toi !

- Mais allez, j'suis sûr que tu trouverais ça ouf !

- Ouais, ça doit être magnifique…

- Alors, on ira ? »

Karim fit un immense sourire qui refléta son engouement à l'idée de fouler le plus haut bâtiment de la ville.

« Allez, reprit Lisa, chiche ? »

Pour accompagner ses mots, elle leva son petit doigt afin de lui demander de sceller le pacte. Cela amusa le jeune homme, peu habitué à ce rituel. Mais après tout, se dit-il, pourquoi pas ? Alors, il leva à son tour le petit doigt, serra celui de la présidente des élèves, et lui promit qu'un jour, ils grimperaient tout là-haut.

Quand Lisa fut plus à l'aise avec la hauteur, elle tenta de chercher sa maison, à l'ouest de Méthée. Cependant, son regard ne parvenait pas à faire le tri parmi les milliers de points scintillants qui fuyaient vers l'horizon. La ville brillait dans un contraste de lumière et d'obscurité.

D'un coup, des bribes de mots lui parvinrent depuis le sol. Un groupe d'adolescents passèrent juste en dessous d'eux accompagné de vives exclamations de rire malgré l'heure tardive.

« T'inquiète, ils peuvent pas nous entendre…

- Nan, c'est pas ça, dit-elle, mais la voix… J'ai l'impression de la connaître… »

Le jeune homme se pencha légèrement pour apercevoir le groupe, puis, quand l'un d'eux éleva le ton, il comprit alors de qui il s'agissait.

« C'est... Mike…

- *Mike ?* Mince… »

Quelque chose sembla échapper à Karim. Il savait que Mike et Lisa n'avaient pas l'intention de passer les prochaines vacances ensemble, pourtant, loin de lui était l'idée que cette dernière puisse redouter autant une rencontre.

« T'as peur de tomber sur lui ?

- S'il me voit ici, je sais pas ce qu'il serait capable de faire ?

- *De faire ?* Tu veux dire, te frapper ? »

Le silence appuyé d'un pincement des lèvres trahirent la pensée de la jeune femme.

« Tout ce qu'on raconte sur lui… Et même si je n'ai pas peur de m'opposer à sa bande, on est chez lui, ici…

- Ouais, mais bon… »

Lisa interrogea le jeune homme du regard pour qu'il achève sa phrase. Mike était celui qui avait évincé tous les gangs de petites frappes du lycée pour n'en faire qu'une, il n'avait pas hésité à brûler tous les scooters des élèves récalcitrants afin de les faire rejoindre les rangs, on disait qu'il brassait des liasses de billets sur l'argent de la drogue, et tout ça, sans la moindre preuve bien sûr ; chacun s'arrangeait pour oublier ce qu'il savait ou avait vu. Alors oui, un face à face avec lui n'était pas prévu dans son planning avant quelque temps.

« Mais bon… enchaîna Karim, il fait partie de ceux qui ont su garder un certain honneur…

- Un *honneur…* Je crois bien que c'est la première fois qu'on me dit ça sur lui ! »

De leur mirador, ils purent observer la bande de Mike qui s'installait sur un banc du quartier. Des rires éclataient ici et là. Lisa en reconnut certains, il y avait ce Arnold, un garçon qui éprouvait une haine viscérale contre Stéphan depuis toujours à cause d'une brouille d'enfant, et aussi cet autre gars, deux mètres, une centaine de kilos, on l'appelait le Colosse. Une vraie brute qui terrorisait les lycéens à la sortie. Enfin, elle reconnut également une fille, une vraie garce, le regard perçant, un sourire qui glaçait le sang, des cheveux rouges. Discrète aux premiers abords, Lisa avait la conviction qu'il fallait se méfier d'elle. Mais, étrangement, avoir un point d'observation sur eux sans qu'ils n'en sachent rien apporta un autre sentiment à la présidente des élèves. Ce n'était qu'une bande de potes, rien de plus. Il n'y avait plus cette agressivité, cette envie de se montrer, de jouer des muscles, de frimer, d'imposer le respect.

« J'veux pas m'faire l'avocat du diable, mais Mike, tu l'fais pas chier, il te fait pas chier…

- Et c'est ça qui fait de lui quelqu'un de bien ? rétorqua Lisa.

- J'sais c'est compliqué à comprendre, j'sais pas comment expliquer… Mais Mike… Quand tu l'rencontres en tête à tête, c'est un autre gars…

- Ah, bah on va peut-être pouvoir vérifier ça ce soir ! »

Le ton ironique de la jeune femme amusa Karim qui tenta alors de la rassurer. Ici, non seulement ils étaient à l'abri mais en plus, ils pouvaient attendre sagement le départ de la bande de Mike avant de redescendre.

« Et puis, après tout, reprit l'adolescent, Stéphan ne fait pas pareil que Mike ?

- Quoi ? T'es sérieux là ? »

L'intonation ferme n'invita pas Karim à poursuivre dans cette voie. Il n'avait fait que tâter le terrain et eut vite l'impression que celui-ci était parsemé d'embûches.

Pourtant, bien que la réplique du garçon avait heurté Lisa, au fond, elle dut reconnaître qu'il n'avait fait qu'avancer ce qu'elle se refusait de voir.

« Ça a rien à voir, rétorqua-t-elle tout de même. Stéphan n'a fait que réagir aux agressions de Mike et de ses potes ! Avant, il n'avait jamais été impliqué dans la moindre histoire !

- Ça, j'veux bien te croire, mais en fin de compte, quelles que soient les raisons qui ont poussé Mike ou Stéphan, ils agissent presque de la même manière aujourd'hui…

- Stéphan agresse des gens, peut-être ?

- J'sais pas… Mais t'avais pas l'air d'avoir envie qu'il te croise avec... moi… Enfin, un pote, quoi… »

Lisa secoua la tête, Karim ne faisait que comparer deux choses qui n'avaient rien à voir. Stéphan était jaloux, certes, mais il ne cassait pas la gueule pour réclamer l'argent de la drogue !

« T'aimes pas Stéphan parce que tu habites ici ! Malheureusement, tout le monde sait qu'entre différents quartiers, à Méthée, ça fait pas bon ménage…

- Et c'est pas valable pour toi et Mike ?

- Si… Bien sûr, je n'ai jamais prétendu le contraire… Je voudrais qu'il en soit autrement, mais bon, qu'est-ce qu'on peut faire ? »

Le jeune homme n'eut aucune réponse à lui proposer, seulement un sourire compatissant. Il savait que Lisa était une présidente des élèves intègre, honnête, et qu'elle avait un réel souci pour agir au mieux. Mais les choses étaient ainsi, rien n'était voué à changer.

« Désolée, fit Lisa après un instant de silence. Peut-être que tu n'as pas complètement tort… Tu te souviens du premier jour où l'on s'est rencontrés ? »

Karim hocha de la tête.

« Je pleurais comme une fillette, impuissante… Stéphan avait cambriolé le lycée… Pourquoi il a fait ça ? »

Hormis une caresse dans le dos pour la soutenir, Karim se sentit perdu face à la détresse de son amie. Les règles qui régissaient son monde lui échappaient parfois, quant à connaître celles qui planaient sur le monde de Lisa… Il n'était rien face à elle et se demanda même ce qu'elle pouvait bien foutre avec un gars comme lui, en pleine nuit, sur le toit d'un immeuble. Il n'avait que ça à lui offrir ; une brèche dans son quotidien. Il se sentait comme la Belle et la Bête, la Belle et le Bad boy.

Son écouteur crachait sa toux matinale caché dans le creux de sa main. Karim était affalé sur sa table, le prof l'ayant peu à peu isolé au fond de la classe, comme une plaie qu'on ne voyait plus.

Quelques heures plus tôt, le réveil avait été dur. Aux premiers rayons de Soleil, l'adolescent s'était rendu compte que Morphée s'était doucement immiscé dans leur conversation. Quand Lisa avait pris conscience qu'elle avait passé la nuit dehors, la panique l'avait d'abord saisie. Comment expliquer ça à ses parents ? À quelle heure allait-elle arriver au lycée ? Puis, dans un revirement soudain, la jeune femme décida qu'il valait mieux ne pas se formaliser. Il y avait eu quelque chose de magique cette nuit-là, une féérie improvisée dans les rues de Méthée. Alors tant pis, elle raconterait à ses parents qu'elle avait créché chez Margot, et rattraperait les cours de la matinée d'une manière ou d'une autre.

La fatigue qui martelait les paupières de Karim semblait plus vigoureuse que les jours précédents. Toutefois, si c'était le prix à payer pour une nuit auprès de Lisa, alors il règlerait sa note avec un généreux pourboire.

Le soir même, aux Ulysses, il n'y eut aucun préambule.

« Putain, qu'est-ce que tu foutais avec elle ? balança d'emblée Billy.

- J'vous l'ai dit, on taffait un devoir !

- Quoi ? Mais tu t'fous vraiment d'nos gueules ou quoi ?

- Bon, lâchez-moi avec ça les gars, c'est pas vos histoires !

- Nan, mais j'espère juste pour toi que Mike ne saura jamais que tu l'as ramenée ici ! »

La question n'avait pas traversé un instant l'esprit de Karim. Que penserait Mike de tout ça ? Il pensait faire profil bas quelque temps, espérant que les médisants se tairaient. Pourtant, quand il le croisa quelques jours plus tard dans le quartier, ce dernier sembla ne lui en tenir aucunement rigueur. Ne savait-il rien ? Étrange car ici, tout se savait, même si chacun jouait les ignorants. Ils se saluèrent d'un ton habituel, échangèrent deux ou trois mots, puis, au moment de se quitter, Mike ne glissa qu'un : « Du moment qu'tu balances rien sur nous… »

L'accord était tacite, et cela convenait parfaitement à Karim. Hors de question de s'éterniser sur sa *relation* avec elle. Et à vrai dire, il ne s'était jusque-là jamais vraiment posé la question du type de relation qu'il partageait avec elle. De l'amitié ? Des amis se cacheraient-ils à la vue du petit copain ?

Ressentait-elle comme lui, des bouffées de chaleur, des palpitations jusque dans l'extrémité des phalanges, à sa simple vue ? Faisait-elle en sorte de se retrouver au même endroit à la même heure ? Espérait-elle le voir surgir à chaque intersection ?

Les jours passaient, et il était difficile de retrouver cette brèche, cet instant isolé du temps où ils avaient pu se retrouver. Lisa était perpétuellement entourée de monde, impliquée dans les réunions de la direction, prise par les révisions du bac. Quand ils se croisèrent un jour dans les couloirs du lycée entre deux cours, ce fut bref mais assez intense pour lui redonner le sourire. La magie avait de nouveau opéré instantanément. Un regard, une phrase, un rire, puis, ils se quittèrent.

Alexandre lui avait confié qu'il avait été obligé de prendre sa défense auprès de la bande quand celui-ci arrivait systématiquement en retard et repartait plus tôt qu'à son habitude. On se posait des questions sur lui, il avait changé, et son ami ne pourrait pas le couvrir éternellement.

« Merci, mais te prends pas la tête avec les autres pour moi » avait simplement répondu Karim.

Plus le temps passait, moins il ne comprenait de quoi on devait le couvrir. *Mais merde ! Ne pouvait-il pas fréquenter une fille tout simplement ? Rien à foutre des histoires du quartier ou des rivalités stupides !* se disait-il. Désormais, il se contraignait à mentir pour rentrer tôt et arriver à l'heure au lycée ; rare moment où croiser Lisa était possible. *Et alors ? Qui ça pouvait déranger ? Reprochait-il à ses amis de rentrer plus tôt quand ils avaient le boulot le lendemain ?*

« C'est même pas ta meuf ! rétorquait Alexandre quand ils se retrouvaient isolés du groupe. Lâche l'affaire, Stéphan va te tomber dessus ! »

Bien qu'il apercevait nettement l'orage de coups de poing qui se profilait à l'horizon, c'était plus fort que lui. Un jour, à la cantine, il tenta de s'installer à la même table que Lisa ; les têtes défilaient tellement autour d'elle qu'il ne serait qu'un parmi tant d'autres. Stéphan racontait ses exploits au dernier tournoi d'arts martiaux, beaucoup semblaient subjugués par lui, comme s'ils vivaient par substitution la vie qu'ils n'auraient jamais. De son côté, Karim savait que ce dernier était une vraie arme à tuer, un combattant né, une brute sauvage quand il décidait de faire parler ses poings. Il avait terrassé Mike peu de temps auparavant, et bien que la rumeur cahotait sur une route semée d'embûches, Karim en avait eu la confirmation de la bouche même du perdant.

Lisa semblait silencieuse, presque éteinte. Elle n'était pas celle qu'il avait vue contemplant la ville pleine d'entrain, de convictions. Plusieurs fois, il voulut attirer son regard, savoir ce qui n'allait pas, mais en vain, Stéphan mobilisait à lui seul l'attention de tous. Alors, comme une bouteille à la mer, il se lança quand même :

« Salut Lisa, ça va aujourd'hui ? »

La fille lui fit un sourire, sincère, et réservé.

« Oui, je suis un peu fatiguée… Le bac, les révisions…

- Ah mince, et tu penses que ça va aller ? »

L'atmosphère avait d'un coup changé au-dessus de la table, un silence étrange venant de Stéphan.

« Heu, excuse-moi, mais elle est déjà prise… » lâcha-t-il dans sa direction, un ton qui tentait de jouer sur la corde de la plaisanterie.

Chacun s'arrêta alors. On jetait des regards vers l'un, puis vers l'autre. Stéphan avait un léger sourire en coin, comme pour paraître amical.

« OK… »

Les mains tremblantes de rage, Karim s'empara de son plateau-repas et quitta la table, fuyant le front. Il était fou d'elle, mais encore assez lucide pour savoir dans quoi il se jetait. Lisa voulut calmer la situation en rappelant à son petit ami qu'ils ne faisaient que discuter. Ce n'était pas la réponse cinglante de Stéphan affirmant qu'il savait ce que ces mecs-là voulaient qui fit fuir Karim, mais il fallait se retirer, retourner à sa place, c'était comme ça.

« Toi, j'sais pas c'que t'as, mais t'as des problèmes ! » lui balança Bendigiou quand il remarqua son regard qui se délavait depuis plusieurs jours.

Karim cacha la boule qui lui rongeait les entrailles derrière un sourire de façade. Il tira douloureusement sur ses joues, ouvrit tant bien que mal les yeux pour faire rentrer un peu de lumière. Depuis peu, il se débrouillait pour ne rien laisser paraître du poids qui lui comprimait la poitrine, des cernes qui meurtrissaient son visage. Il taisait ses escapades nocturnes au moment de quitter son groupe d'amis pour se rendre silencieusement dans la rue de Lisa ; il avait besoin de la voir, d'être près d'elle, d'avoir encore la moindre attache qui lui faisait ressentir que, peut-être, rien n'était fini. Il savait que plus il restait dans sa vie, même à l'horizon, plus le destin finirait par lui offrir des instants avec elle. Il veillait, comprit que Stéphan rentrait aussi tard que lui, laissant sa *bienaimée* souvent seule. Par ailleurs, un soir, ce dernier ne rentra pas.

Deux jours plus tard, ce fut le moment tant attendu par tous les terminales de Méthée : la fête de fin d'année organisée par la mairie.

On s'habillait chiquement, on se parfumait, on cherchait la cavalière avec qui passer la soirée. Mais pour Karim et sa bande, il fallait jouer les solitaires, ceux qui n'avaient pas besoin de copines, et quand ils en avaient une, ils se montraient indifférents, comme si ce n'était que pour passer le temps. La meute valait mille copines. Ils arrivèrent dans la grande salle, des éclats de rire les accompagnaient. On se moquait de ceux qui jouaient les beaux-gosses galants pour mieux amadouer les filles et les mettre dans leur lit. Le genre de mecs qui adorent faire innocemment des massages en pensant que les filles sont assez idiotes pour ne pas sentir le guet-apens dans lequel on tente de les faire tomber. Au fond, chacun rêvait de trouver le flirt à cette soirée, de plaire, de charmer.

Quand Stéphan arriva avec sa bande, sous une salve de salutations, Karim remarqua d'emblée l'absence de la présidente des élèves. Peut-être était-elle restée à l'extérieur avec des amies ? Mais non, il reconnut bien Margot et Zoé, les deux filles qu'elle fréquentait régulièrement.

Bon gré mal gré, il devait passer à autre chose, sans doute Lisa avait-elle déjà oublié la parenthèse qu'ils avaient échangée ensemble. Tout ça n'était sûrement plus qu'un lointain souvenir pour elle. Et lui, il devait en faire autant ! Pour son bien, il se convainquit alors que tout cela devait rester intime dans son for intérieur, qu'il ne devait rien laisser fuiter. Il dansa avec ses amis, rit, but quelques coupes d'alcool qui entraient clandestinement de l'extérieur.

Tandis qu'il parvenait à s'extraire Lisa de son esprit, cette dernière passa soudainement devant lui, seule. Comme une oubliée, elle n'avait pas été happée par la fête. Le bar était son refuge. Bien que la tentation d'aller à sa rencontre était forte, il s'était juré de ne pas faire d'écart ce soir-là, de rester avec la meute.

Par chance, la musique changea, c'était l'une que lui et les jeunes de son quartier écoutaient en boucle. L'adolescent se laissa porter. Les fêtes n'étaient habituellement pas son truc, pourtant, ce soir-là, il eut envie de tout oublier, de profiter de la fin du lycée. Bientôt, tout changerait pour lui !

Des jeunes femmes leur jetèrent quelques regards. Après un sourire, Alexandre les invita même à les rejoindre, il fallait profiter.

« Tu t'appelles comment ? lui fit l'une.

- Moi ? Karim, et toi ?

- Émilie ! On s'est déjà vus, nan ? »

Elle s'amusa alors à retracer toutes les soirées auxquelles ils avaient tous les deux assisté.

« J'savais bien qu'on s'était déjà croisés, dit-elle quand ils remontèrent jusqu'à la seconde.

- T'as une sacrée mémoire ! répliqua Karim, charmé par la manière qu'avait l'adolescente de se mouvoir sur la musique.

- Nan, mais on se connait tous un peu de vue au lycée…

- Ouais, t'as raison, fit-il. Toi, t'es souvent avec… »

D'un coup, le jeune homme fut interrompu par un mouvement de foule qui venait du centre de la piste. Une vague de cris les emporta. Karim trébucha, Émilie avec lui. Il la rattrapa. Puis, quand chacun se ressaisit, il remarqua alors qu'un cercle s'était formé autour de deux personnes qui se battaient violemment au milieu de la piste. Personne ne semblait les séparer.

« Je reviens ! » lâcha Karim à son groupe.

Un mauvais pressentiment le poussait à aller voir de plus près. On criait, on scandait des noms. À vrai dire, il savait sur quoi il allait tomber, c'était prévisible. Stéphan et Mike réglaient leurs comptes une toute dernière fois pour clore l'année en beauté. Les coups furent violents, on n'osait à peine les séparer ou s'interposer. Du sang gicla au sol, Mike tomba raide rejoindre le pays des songes. On racontait que ce dernier s'en était pris à un garçon de la soirée, et que Stéphan n'avait fait que le défendre, encore une fois. On jeta le fautif dehors et encensa le vainqueur. Le calme et la soirée pouvaient revenir. Pourtant, la suite prit une tournure imprévue. Karim s'était attendu à ce que chacun retourne bien sagement dans son coin, sans faire plus de vague. Mais de son côté, Stéphan n'en resta pas là, il s'emporta contre un autre lycéen. Le poussant, il vociféra de rage des insultes envers lui et ses acolytes ; sans doute des insoumis à son autorité. Dans le tumulte des évènements, Karim ne comprit pas tout, il aurait juré que le vainqueur clamait que sans lui, ils seraient tous encore en train de lécher le cul de Mike sans oser se rebeller. L'adolescent des quartiers Nord observait la scène en maintenant une certaine distance avec lui, un coup pourrait vite partir.

Soudainement, venue de nulle part, Lisa intervint pour tenir le bras de Stéphan, comme si elle tentait de le calmer, de lui demander de reprendre ses esprits. Pourtant, ce dernier ne sembla même pas lui prêter la moindre attention et, dans sa fureur envahissante, il se dégagea d'elle en la bousculant du bras. La présidente des élèves, le souffle coupé par le choc, se fit propulser en arrière. Elle tituba et céda sous la force. On la rattrapa. Cela n'arrêta d'aucune manière son *petit ami* qui poursuivait sa diatribe tonitruante face à ses opposants. Puis, une fois que chacun avait bien saisi à qui ils avaient affaire, Stéphan quitta les lieux, sa horde sur ses pas. Les on-dit racontaient qu'une autre fête moins chiante s'était improvisée sur le parvis du lycée.

« Hey ! Tu viens avec nous ? lui lança Bendigiou. Y paraît qu'y a une fête devant le lycée !

- Hein… Ah, heu… Allez-y, j'vous rejoins… »

Alexandre tenta de comprendre le refus de son ami, puis, quand il saisit ses intentions, il adopta un ton dégagé.

« Vas-y, comme tu veux… Tu nous rejoins tout à l'heure… »

On le salua. Émilie voulut rester avec lui, mais ce dernier lui rétorqua qu'il avait quelques petites affaires à régler. Étonnée, elle n'ajouta aucun mot, presque vexée de se faire repousser.

On lui tendit une main. Lisa leva ses yeux mouillés ; Karim. Un sourire malgré tout. En stoppant ses larmes, elle accepta l'aide de son ami.

« Qu'est-ce… Qu'est-ce que tu fais là ? Ton groupe, ils…

- Ils avaient pas besoin d'moi, eux… »

Il la soutenait du regard, parvint à dessiner les traits d'un sourire sur le visage de la jeune femme.

La salle s'était considérablement vidée avec les minutes. Margot et Zoé avaient également fini par suivre le mouvement. Il ne restait plus qu'eux et quelques autres oubliés. Elle le serra dans ses bras, fortement. Lâcha de nouveau quelques larmes. Elle s'était leurrée durant tout ce temps.

« Merci…

- C'est rien… S'il était là pour toi, je n'aurais pas à faire tout ça…

- Merci encore…

- C'est normal, vraiment, j'serai là si t'as besoin d'aide… »

Ils restèrent un temps, l'étreinte ne devait pas se finir.

« J'ai… J'aurais de la chance de trouver quelqu'un comme toi… » dit-elle.

La phrase venait de l'assassiner, mais après tout, il l'avait toujours su, il n'avait fait que se mentir. C'est drôle, se dit-il, il lui semblait être quelqu'un comme lui.

Qu'est-ce qu'il croyait ? Qu'une Lisa poserait le regard sur lui autrement que par amitié ? Il n'était pas un Stéphan ou un Mike, c'était comme ça. Il n'était que Karim. Il aurait voulu faire comme s'il n'avait pas entendu, comme s'il n'avait pas compris. Mais c'était ainsi, il n'aurait pas la force de jouer la comédie.

Ce dernier profita alors de cette nouvelle brèche qu'on lui offrait pour la serrer une toute dernière fois dans ses bras, puis, brisa l'étreinte, il avait besoin de fuir, partir, ne plus faire face à son échec. Il laissa la jeune femme ici, lui promit d'être là quand elle aurait besoin de lui, mais dans l'immédiat, il devait s'envoler, elle ne pouvait être heureuse auprès de lui. Le destin avait sûrement fait croiser leur chemin sur un simple malentendu. Un coup de crayon en trop dans leur histoire.

La présidente des élèves le regarda la quitter, elle ne comprit pas. Elle aurait voulu l'appeler, s'écouter, mais quelque chose la retint. Il disparut derrière la porte de la salle de fête.

En courant vite, il put rejoindre ses amis, leurs éclats de rire lui avaient manqué. Karim avait l'impression de les redécouvrir.

Il y avait des gens du quartier avec eux, il y avait les filles rencontrées plus tôt. Alexandre lui fit une tape dans le dos, lança à la bande que Karim avait eu quelques soucis avec ses parents ces derniers jours, mais que maintenant, tout allait redevenir comme avant. Les deux adolescents se considérèrent du regard, chacun avait compris, et chacun garderait le secret.

Karim n'avait qu'une envie, écouler sa soirée sur les toits des Ulysses, refaire le monde. Parler, rire, boire un coup, pour ne pas écouter la déchirure dans sa mémoire intime.

Il mit un écouteur à son oreille ; mélanger l'ambiance nocturne de la bande et l'esprit d'une chanson était ce qu'il le faisait vivre, ce qui lui procurait une certaine chaleur.

« T'écoutes quoi ? » lui demanda Alexandre

Karim ne répondit pas, il ne voulait pas perturber le chanteur. Il se contenta de lui donner le second écouteur.

Sara, oh Sara,
Glamorous nymph with an arrow and bow,
Sara, oh Sara,
Don't ever leave me, don't ever go.

Apparence

(Personnages vus dans Au Jour le jour ;
peut être lue sans crainte de révélations)

Le stress s'insinuait soudain en moi, mais je ne laissai rien paraître. Rien ne comptait plus que l'apparence dans ce milieu.

- Mademoiselle Samantha Chauvin, m'appela une employée sans même jeter un regard à l'ensemble des jeunes femmes présentes dans la salle d'attente.

Je revêtis mon plus beau sourire, consciente que la première impression pouvait souvent s'avérer décisive, avant de la suivre dans la salle d'entretien où se déroulait le casting. On me somma de poser mon manteau en fourrure, dernière acquisition de mon père pour me féliciter de mon bac, avant de m'asseoir sur la chaise haute entourée de toiles blanches et de spots. Je reconnus immédiatement l'homme qui me faisait face, il était l'invité de marque de MéTV trois semaines auparavant. Kyle Candel (ce qui n'était absolument pas son vrai nom, mais évidemment Jean-Luc Michot était beaucoup moins vendeur) était un jeune homme qui avait su très rapidement se démarquer et monter les échelons de la haute couture. Brun, le teint mâte, des yeux verts à vous faire rougir, une prestance à vous faire pâlir (ce qui me permettait, soit dit en passant, de conserver une couleur neutre), il se mit à me sonder du regard et je me permis un petit sourire charmeur. Le trouble se lit sur son visage, mon audace avait fait mouche.

- Tu peux commencer Belinda, chuchota-t-il sans me quitter des yeux.

J'eus soudain conscience qu'une femme d'âge mûr

se trouvait à ses côtés. Comment avais-je pu omettre sa présence ? *Débutante !* Cette faute pouvait me coûter cher. À contrecœur, je me tournai avec grâce vers la fameuse Belinda tout en veillant à présenter mon meilleur profil à Kyle.

- Sur votre CV, je vois que vous avez déjà participé à des défilés.

- Tout à fait, j'ai été repérée il y a trois ans alors que je flânais dans les magasins du centre-ville avec une amie par un jeune couturier qui désirait présenter sa collection lors de la Fashion Week. C'était une première expérience très enrichissante, j'ai beaucoup appris à son contact et cela m'a ouvert des portes. J'ai ensuite participé à des spots publicitaires et récemment j'ai gagné le concours de miss Méthée 1992. Aujourd'hui, je désire me tourner vers une carrière dans la Haute Couture. J'ai été acceptée sur dossier par la grande école de stylisme Style'N Wish.

Je me gardai bien d'avouer que mon père avait offert une généreuse contribution pour couvrir les travaux d'agrandissement du bâtiment.

- Vous venez de passer votre baccalauréat à ce que je vois ?

- Tout à fait, avec mention bien, suite à ma scolarité au lycée Jean Moulin.

- Celui qui a brûlé… commenta Kyle.

- …une fuite de gaz paraît-il, terminai-je.

La vérité était tout autre, je le savais, mais mieux valait rester sur la version officielle. Même si je n'avais rien à voir avec l'incendie, je n'étais pas fière de mon attitude en terminale. Ma recherche de popularité m'avait entraînée à mentir, à devenir complice de vol, à sortir avec ce vaurien de Child… Étrangement, l'incident m'avait remis les idées en place, trop tard pour que j'excelle à mes examens malheureusement. Désespérée, j'avais confié à mon père mes erreurs de jugement en prenant bien soin de passer pour une victime. Il n'aurait jamais laissé sa fille, si douce et innocente, dans le désarroi le plus total, et un redoublement aurait fait tache auprès de ses amis de la haute. Il avait ainsi conclu un accord avec le maire, M. Bonneteau. J'obtins le bac avec mention, en échange de fonds pour la reconstruction du lycée municipal. De mon côté, je lui avais promis de suivre des séances de psychothérapie pour apprendre à me détacher de la mauvaise influence de mes camarades de classe.

Mon regard se posa sur mon auditoire et je compris que je devais réussir à tourner la situation à mon avantage.

- Comme vous pouvez le voir sur mon dossier, j'ai réussi à mener de front une dernière année de lycée quelque peu mouvementée avec ce que j'espère être les prémices d'une longue carrière dans le milieu de la mode. Je suis déterminée, passionnée et professionnelle.

Hypocrite ! résonna une petite voix dans ma tête.

- Pourquoi avez-vous choisi de tenter votre chance pour notre boîte ? m'interrogea Belinda, me sondant à travers ses lunettes carrées.

- Sauf votre respect madame, je trouve étonnant que vous utilisiez le terme de « boîte » pour Candel Creation. Ce qui me plaît chez vous c'est l'authenticité, continuai-je en fixant Kyle. Vous avez réussi à vous démarquer de grandes maisons telles que Dior, Miu Miu, Chanel en seulement quelques années tout en présentant des pièces de qualités en série très limitées. Si aujourd'hui je me présente devant vous, c'est que j'aimerai avoir cette chance de porter vos œuvres d'art et de les présenter au monde avec prestance. J'imagine que si vous assistez à ce casting M. Candel alors que vous pourriez très bien le déléguer à des assistants de confiance, c'est que vous avez besoin d'être seul juge de ce qui est bon pour votre image de marque. Vous avez un idéal à défendre et c'est cela qui donne tout son cachet à Candel Creation.

Le vert de ses yeux me sondait avec intérêt. J'y entrevis une lueur de reconnaissance et je compris que j'avais une longueur d'avance par rapport aux autres.

- Bien ! conclut son assistante. Nous allons donc passer à la séance photo, même si votre book nous a intéressés, nous faisons toujours appel à un photographe de notre choix, dit-elle avant d'appuyer sur un bouton fixé à la table.

Une sonnette retentit alors. Le plus dur était passé, le shooting serait un jeu d'enfant. La nature avait été généreuse avec moi : grande, blonde, de grands yeux verts, un sourire qui faisait tourner les têtes sur son passage, des mensurations idéales si on désirait une mannequin avec des formes voluptueuses. Un jeune homme entra alors dans la pièce. Nos regards se croisèrent et je me figeai sur place. J'aurais reconnu ces yeux bleus entre mille. De toutes les personnes au monde, il fallait que ce soit mon voisin de trois ans mon aîné, qui détermine mon sort. Max, mon meilleur ami d'enfance qui, du jour au lendemain, s'était mis à m'éviter outrageusement sans raison apparente alors que j'entrais dans l'adolescence. Pouvait-on avoir le cœur brisé par amitié ? Sans doute, car depuis sa trahison, je m'étais refermée sur moi, interdisant tous sentiments profonds qu'ils soient amicaux ou amoureux. Ma priorité numéro 1 était devenue mon projet de carrière et de popularité. Cela faisait des années que je me refusais d'y penser et voilà qu'il était devant moi pour le casting le plus important de ma vie. *Merci Karma !* C'était le moment de faire jouer mes talents de comédiennes. Je me levai pour l'accueillir et lui serrer la main avec un sourire des plus radieux.

- Bonjour, Samantha Chauvin, enchantée de faire votre connaissance.

- Maxime Seydoux, répondit-il visiblement mal à l'aise.

Je détournai mon regard pour le poser sur Kyle qui lui continuait de me scanner des yeux. *One point !* Le shooting photo débuta alors. Je pris mes poses les plus fameuses, consciente de mes atouts charmes. Kyle se mit à évoluer autour de moi, me demandant de montrer différentes émotions, m'expliquant que ses créations naissaient toujours d'un sentiment qu'il voulait exprimer. La difficulté était de réaliser ces poses en omettant les feux contraires qui se battaient en moi. Heureusement, Max était partiellement caché derrière son objectif et je fis vite abstraction de mon trouble envers lui. Je quittai le casting quelques minutes plus tard, priant pour que l'issue soit favorable.

Le rendez-vous chez ma psychologue Mme Razboty se passa pour le mieux. Je ne fis qu'épiloguer sur mon casting et je compris vite qu'elle enviait ma position : jeune, belle, déterminée, des projets plein la tête. Peut-être avait-elle toujours rêvé d'être thérapeute, mais je la soupçonnais à la quarantaine bien tassée d'être lasse d'écouter les histoires des autres et de vouloir changer de vie. Ces séances étaient vaines, mais m'écouter parler pendant une heure entière était plutôt plaisant. Au moment de la quitter, elle me donna un exercice pour la séance suivante.

- J'aimerais que vous démarriez un journal intime.

Vous parlerez de ce qui vous arrive actuellement, mais aussi, pourquoi pas de votre passé. Ainsi, nous pourrons aborder plusieurs sujets qui vous tiennent à cœur la prochaine fois.

La requête me sembla étrange, mais j'en profitai aussitôt pour quémander auprès de papa un magnifique carnet relié en cuir et un stylo Waterman. Après tout, je prenais ma thérapie au sérieux !

Cher Journal,

Je rayai vigoureusement cette mention totalement désuète. *Personne n'aurait envie de lire une histoire débutant ainsi.* En même temps, personne n'était censé la lire... Une idée traversa soudain mon esprit. Et si, au lieu d'écrire mon journal intime, j'écrivais la bible de toute jeune femme en quête de popularité ? Quelle bonne idée ! *Quand je deviendrais célèbre, je vendrais mon manuscrit à un éditeur et il deviendra un best-seller !*

Chères lectrices (et lecteurs?),

Au moment où j'écris ces mots, je ne suis personne à vos yeux, mais j'ai bon espoir qu'un jour viendra où mon nom sera scandé devant chaque Fashion Week. Je crois en mon étoile et c'est sans doute la première clé du succès. Avant de démarrer sur mes origines, mon histoire, laissez- moi vous présenter les 5 préceptes qui m'ont menée jusqu'à la gloire.

1- Être toujours au courant des dernières modes et tendances.

2- Ne jamais s'habiller deux jours de suite de la même façon et si possible effectuer un roulement vestimentaire sur minimum un mois de façon à surprendre.

3- Un teint bien maquillé vaut mieux qu'une tonne de maquillage.

4- Soyez toujours polies, souriantes et cultivées, il faut irradier en société.

5- Placer ses envies au-dessus de celles des autres et être consciente que le bonheur et la gloire ne viendront qu'en se battant.

La sonnerie retentit interrompant le fil de mes pensées ce qui m'agaça au plus haut point.

- Thérésa ! Pouvez-vous ouvrir la porte ?

Évidemment, la femme de ménage n'était pas là quand j'avais besoin d'elle. Sans doute en train d'astiquer une pièce à l'autre bout de la demeure. Je pris le soin de refermer mon stylo plume avant de quitter mon lit à baldaquin. J'ouvris la porte sans même demander à qui j'avais à faire.

- C'est pourquoi ?

Je me retrouvai nez à nez avec Max qui affichait un air solennel.

- Qu'est-ce que tu fous là ? l'agressai-je avant même qu'il ouvre la bouche.

- Toujours aussi aimable à ce que je vois !

Je lui fis mon plus beau sourire digne d'un « va te faire foutre » empreint de politesse avant de lui refermer la porte au nez et de me diriger vers ma chambre.

- Si tu voulais me laisser dehors, tu aurais pu te donner la peine de fermer à clé, se moqua la voix sournoise de celui avec qui j'avais inventé mes plus belles aventures enfantines.

La nostalgie se mêla à une colère froide. Je me retournai et posai mes mains sur son torse pour l'inviter à sortir.

- Je ne t'ai pas demandé de rentrer, alors dégage, bordel !

Comment osait-il se présenter chez moi après tant d'années d'indifférence ? Avec ses cheveux châtains en bataille et son audace qui ne m'inspirait que du dégoût. Il me retint par les épaules avec fermeté.

- C'est bon tu as fini ?

J'acquiesçai d'un hochement de tête et il desserra son emprise. J'en profitai aussitôt pour lui asséner la gifle que j'avais rêvé lui infliger chaque nuit depuis sa métamorphose. Sa tête fut projetée sur le côté et j'eus un bref instant de remords.

- J'ai menti, concédai-je.

Max frotta sa joue rougie par l'impact, puis fit un pas en direction de la porte. Il se ravisa une fois devant et se retourna vers moi.

- Il va falloir que tu mettes ta rancœur de côté si on doit travailler ensemble, lâcha-t-il en prenant soin de ne pas me regarder.

- Ma rancœur ? Parce que c'est moi la fautive ! C'est moi qui ai trahi notre amitié ? C'est moi qui du jour au lendemain ne t'ai plus adressé la parole ?

- Oh, c'est bon, arrête de faire ta victime avec moi ! Ça ne prend pas !

- Parce que tu n'as même pas conscience du mal que... attends qu'est-ce que tu as dit ? On va travailler ensemble ? m'enthousiasmai-je.

Max m'expliqua que j'avais été retenue dès le premier casting alors que certaines candidates avaient été rappelées pour un deuxième essai. Ma colère se dissipa en un instant et je me jetai à son cou en le remerciant de me l'avoir annoncé. Étonnamment, il ne me repoussa pas et le temps d'une étreinte je revécus les quelques millions de fois où il m'avait consolée lorsque mon père s'évertuait à me donner de l'argent en guise de preuve d'amour plutôt que d'assister à mon spectacle de danse. Mais le moment passa et je m'éloignai soudain mal à l'aise.

- Ne t'en fais pas, je suis une professionnelle. Je ne laisserai pas mes sentiments interférer dans mon travail.

- Tant mieux, ils ne doivent pas savoir que l'on se connaît.

- Tu peux compter sur moi.

Une fois de retour dans ma chambre, je décidai de reprendre l'écriture de mon livre coaching autobiographique.

Dans la marge j'inscrivis l'annotation « chapitre à positionner plus loin dans le livre ».

L'inspiration n'attendait pas ! Autant en profiter !

Chers admirateurs,

Il m'est arrivé la chose la plus incroyable au monde ! Je viens d'être retenue dès le premier casting pour Candel Creation. Je suis si heureuse ! Enfin une mission à la hauteur de mes ambitions ! Bientôt, je voyagerai par-delà le monde et vous rencontrerai. Rien ne peut ternir mon bonheur et pourtant je suis mise à l'épreuve. Comme toute héroïne, je fais face à une situation délicate. Un fantôme a ressurgi de mon passé pour me hanter... Énigmatique, pensez-vous ? Laissez-moi vous présenter ce monstrueux personnage.

Maxime est mon voisin depuis aussi longtemps que je me souvienne. Comme tout ennemi qui se respecte, il a commencé par être mon allié. Notre amitié ne débuta pas tout de suite, car nous avions trois ans d'écart. Nous fréquentions la même école privée et c'est dans ce cadre-là que nous nous sommes rapprochés. Vers mes cinq ans, maman est décédée d'un cancer (chapitre à développer !), la vérité est que je n'ai que très peu de souvenirs d'elle, car je passais la plupart de mon temps avec notre gouvernante Thérésa. Tout de même, j'avais perdu un parent. Papa était encore moins présent après son décès qu'avant et je me sentais si seule... C'est le jour de la fête des Mères que j'ai vraiment réalisé que je ne la reverrai plus et je me suis effondrée dans la cour de récréation. J'entendais des enfants se moquer de moi « Pourquoi elle pleure ? C'est un bébé ! », « Elle a plus de maman ! En même temps ça doit être horrible d'avoir une fille pareille ! » Mais soudain une voix s'éleva contre les railleries et quelqu'un s'assit à mes côtés.

– Ne les écoute pas, ils ne savent pas de quoi ils parlent.

Je reconnus immédiatement sa voix, elle s'élevait par-delà la clôture bordant mon jardin. Et son intervention avait scellé un pacte silencieux d'amitié.

Une larme roula le long de ma joue. J'avais ouvert

une fenêtre scellée depuis des années.

Mike Candel m'appela en personne pour m'annoncer la nouvelle. Je fis l'étonnée et le remerciai une bonne centaine de fois. Il me donna rendez-vous le samedi suivant pour des essayages dans un studio du centre-ville se trouvant dans l'avenue Faubourg, l'un des hauts lieux de la mode Méthéenne. Je pris une soirée entière à choisir ma tenue pour cette nouvelle rencontre. J'immortalisai ces décisions sur mon carnet.

Date : 23 Octobre 1992.
Événement : rendez-vous pour premier essayage avec Mike Candel
État d'esprit : Quelque part, entre sérénité et surexcitation
Choix vestimentaire : jupe mi-longue beige (à mi-chemin entre vulgarité et couvent) et un body bordeaux à manche longue.
Make-up : sobre et, n'oubliez pas, le teint prime !!!

Je frappai à la porte pile à l'heure. Plus tôt, j'aurais paru désespérée ; plus tard, pas assez professionnelle. Kyle m'ouvrit vêtu d'un pantalon à pince bleu et d'une chemise bordeaux légèrement retroussée aux manches.
- Samantha ! Bienvenue dans mon atelier personnel !
La pièce était composée d'un large bureau blanc d'architecte sur lequel étaient entreposés des croquis, de penderies remplies de robes de soirée, de mannequins de coutures couleur chair de différentes teintes, de

chutes de tissu par-ci par-là. Je compris avec étonnement que j'étais seule en sa présence. Je ne fis rien paraître de mon incrédulité. Si j'étais seule dans l'atelier c'est que j'étais privilégiée et si j'étais privilégiée j'avais de grandes chances de gravir les échelons à vitesse grand V.

- Belinda est coincée dans les bouchons ! En même temps, quelle idée de vivre en dehors de la ville ! s'exclama-t-il avant de me débarrasser de mon manteau et de m'inviter à m'asseoir sur un canapé en cuir calé contre un mur blanc.

Sa chemise noire sublimait son teint hâlé, son teint hâlé sublimait son regard et la tension grandit en moi alors qu'il me tendait un verre de champagne. *Tu es une professionnelle, alors on se calme ! Tu vas faire taire des hormones de débauchée tout de suite !* Mon employeur s'assit à mes côtés à une distance raisonnable de moi.

- Si je t'ai demandé de me rejoindre, c'est que j'aime faire connaissance avec mes modèles. Comme tu l'as si bien fait remarquer, j'ai un rapport intimiste avec mes créations et il est important pour moi de chasser toute gêne entre nous avant que tu portes haut mes couleurs.

- Et vous pensez que le champagne est la solution ? le défiai-je avec espièglerie.

Un sourire en coin s'afficha sur ses lèvres et j'eus du mal à détourner le regard. Je savais reconnaître lorsque je plaisais à un homme et l'appât se mettait lentement en place. *Non ! Ce n'est pas ce que tu veux au fond !* résonna la voix de la raison. Et pourtant, qu'est-ce que j'en avais envie...

- Touché, me concéda-t-il. Non, le champagne c'est pour te souhaiter la bienvenue dans notre équipe. Alors, parle-moi un peu plus de toi !

Mon sujet préféré ! pensais-je. Je connaissais ce

discours par cœur, mes passions, mes ambitions pour l'avenir. Kyle m'interrompit en éclatant d'un rire rauque et je sentis que je perdais l'avantage de la situation.

- Ce n'est pas un nouvel entretien d'embauche, je te rassure. Je veux apprendre à connaître Samantha, celle qui est derrière la façade, celle qui sent mauvais au réveil.

J'étais mal à l'aise, être en représentation constante était ma raison d'être, je ne savais plus me dévoiler et encore moins à un inconnu aussi sexy soit-il. Pourtant, je ne pouvais rester sans rien dire au risque d'accroître le malaise.

- Alors primo, c'est Sam, Samantha me vieillit de 20 ans au moins. Et secundo, j'ai une hygiène corporelle irréprochable qui me permet de sentir bon en toutes circonstances, rétorquai-je fièrement.

- Mais apparemment, ça ne t'empêche pas d'avoir des traces de rouge à lèvres sur la dent.

J'étais mortifiée ! Je me hâtai de chercher mon miroir de poche dans mon sac à main pour me rendre compte qu'il avait menti. Je lui assénai un coup de poing dans l'épaule avant d'éclater de rire. Je devais bien admettre que l'atmosphère s'était détendue. Il me resservit un verre et commença à me raconter son histoire. Né d'un père militaire et d'une mère soumise, il avait tant bien que mal tenté de rentrer dans le moule que façonnait son père pour lui, mais, au fond de son être, sommeillait une passion dévorante pour la haute couture. Le styliste comprenait parfaitement les jeunes rejetés pour leurs préférences sexuelles. Il était si dur de s'assumer lorsqu'on ne se sentait pas soutenu. Ses premiers croquis, il les avait réalisés dans sa chambre, à l'abri des regards malveillants de sa famille. Lorsqu'à ses dix-huit ans, il avait enfin révélé ses projets d'avenir à ses parents, son père était rentré dans une colère noire, clamant qu'il avait toujours été la honte de la famille.

- J'ai quitté l'appartement le soir même, conclut-il le regard dans le vague.

Quelque chose en lui m'émeut, je devais bien avouer que de ce côté je n'étais pas à plaindre. Je n'avais qu'à claquer des doigts pour que papa me soutienne, du moins financièrement. L'homme que j'avais rencontré au casting me paraissait sous un autre jour qui le rendait d'autant plus captivant. Je me surpris à me rapprocher de lui et mes genoux effleurèrent les siens. Peut-être était-ce le champagne ? Ou peut-être qu'à force de me fermer à mes propres émotions j'en avais oublié que d'autres pouvaient en éprouver.

- Et la suite tu dois déjà la connaître, c'est celle qui apparaît dans tous les tabloïds « le destin incroyable d'un jeune couturier qui a tenté sa chance en envoyant des croquis à plusieurs enseignes de haute couture et qui a eu la chance que l'on croie en lui ». Mais je ne sais pas pourquoi je te raconte tout ça, excuse-moi ! commenta-t-il soudain gêné avant de se lever lentement vers une robe de sa création.

Je le rejoignis aussitôt et, au lieu de récupérer le cintre, lui attrapai la main. Son regard plongea dans le mien et je me sentis flancher.

- Personne ne devrait avoir à s'excuser de se montrer tel qu'il est ! le rassurai-je.

Hypocrite ! m'agressa la voix dans ma tête que je fis taire aussitôt. Ses yeux exprimaient de la reconnaissance et je compris ce à quoi ressemblait l'intimité. Mes relations adolescentes ne m'avaient jamais amenée à comprendre l'autre autant qu'en cet instant. Kyle se pencha légèrement vers moi, ses lèvres frémissantes sous l'émotion. Nous n'entendîmes pas la porte s'ouvrir, trop hypnotisés par le regard de l'autre.

- C'est bon je suis là, on va pouvoir commencer ! nous interrompit Belinda.

Je repris le dessus en un battement de cil, détournai les yeux et attrapai délicatement la robe en soie bleu nuit des mains de Kyle.

- Super ! J'allais justement me changer ! dis-je avant de disparaître derrière le paravent.

Ma semaine de cours sembla se volatiliser en un instant, mais mon esprit vagabondait, tourné vers l'avenir radieux qui m'attendait. Après la séance d'essayage, j'avais aussitôt consciencieusement noirci mon journal de mes mémoires. Ce moment de trouble avec le fameux Kyle Candel conférait à mon livre une tournure digne d'un best-seller. Mes fans s'arracheraient l'ouvrage à sa sortie, il n'y avait aucun doute ! Ma vie était absolument parfaite ! Pourtant, lors de mon rendez-vous hebdomadaire avec le Dr Razboty, celle-ci pointa du doigt le seul nuage se profilant à l'horizon.

- Parlez-moi un peu plus de Maxime.

- Il n'y a rien à dire, vraiment, répondis-je du tac au tac.

La psychologue me dévisagea derrière ses lunettes noires et griffonna sur son cahier.

- En bientôt six mois de thérapie, c'est la première fois que je vous vois laisser échapper une émotion incontrôlée.

Je me redressai sur ma chaise soudain mal à l'aise. Était-ce moi ou l'air venait à manquer dans la pièce ?

- Vous êtes dans un espace de libre parole vous savez, le but de ces séances est justement de vous permettre de communiquer sur certains épisodes de votre passé qui vous affecte dans votre vie de jeune femme.

Je me mis à contempler ses chaussures, des Dr Martens bleue. *Je préfère les bordeaux !* pensai-je.

Des larmes coulaient le long de mes joues sans que cela ne fasse sens pour moi. De multiples pensées se bousculaient dans mon esprit sans pour autant s'échapper de l'enceinte de ma bouche. La psychologue ne me brusqua pas. Elle me demanda uniquement de me pencher sur mon carnet pour la fois suivante.

- Je veux que vous vous écriviez à vous-même, que la part de vous qui souffre raconte à l'autre ses émotions.

Chère Sam,
Il faut que je t'explique ce que tu as vécu autrefois et qui t'impacte encore aujourd'hui.

Cet exercice n'avait aucun sens, j'allais parfaitement bien ! Je n'avais jamais été aussi heureuse de ma vie en plus ! Le téléphone se mit à sonner, je refermai d'un coup sec mon carnet avant de répondre.

- Mademoiselle Samantha Chauvin ?

- C'est bien moi !

- M. Clabot, du comité des miss. Je vous rappelle que dans le cadre de vos fonctions nous vous réservons une place d'honneur sur le traîneau du père Noël lors de la parade du 24 décembre.

- Sérieusement ?! explosai-je de joie. Euh... je veux dire, j'y serai ! Enfin, Noël c'est ma fête préférée.

Après avoir échangé d'autre civilité avec mon interlocuteur, je me mis à sauter sur mon lit en hurlant. Thérésa apparut soudainement dans la chambre ce qui me fit chanceler et m'effondrer au sol.

- Est-ce que tout va bien, madame ? m'interrompit-elle, vraisemblablement inquiète.

Quand j'avais besoin d'elle, je n'arrivais jamais à la joindre et voilà qu'elle surgissait de nulle part pour me faire peur. Je me relevais à la hâte en frottant mes genoux.

- Vous tombez bien ! Dites à Daniel de sortir la voiture, s'il vous plaît ! Je sors !

Je réapparus à la tombée de la nuit, les bras chargés de décorations de Noël. *Autant me mettre dans l'ambiance tout de suite !* Le jardin était vaste et je désirai le rendre si flamboyant que la ville entière se presserait devant le portail pour l'apercevoir à travers la grille. Les domestiques me proposèrent leur aide, mais je refusai poliment. La création était à son paroxysme dans la solitude. Je ne pouvais le croire ! J'allais faire partie de la grande parade de Noël, le seul événement que mon père ne ratait sous aucun prétexte. Lui qui n'avait assisté à aucun de mes spectacles de danse, que j'avais croisés quelques minutes en trois mois, me verrait briller de mille feux le soir de nos retrouvailles. Rien ne pouvait me rendre plus heureuse. J'empruntai l'escabeau du jardinier pour décorer d'une vaste guirlande lumineuse l'imposant chêne qui longeait la clôture nous séparant du voisin. Une fois à trois mètres de hauteur, je remerciai mentalement mon père d'avoir installé des lampadaires dans notre propriété, car la nuit était sombre et effrayante. *Qu'est-ce qui m'a pris de refuser de l'aide ?* J'imaginais le bulletin d'information du lendemain annonçant le décès d'une star montante de la mode. Mon souffle devint court, mes mains se crispèrent sur les barreaux de l'échelle et le sol sembla s'éloigner de moi. J'étais pétrifiée. Les minutes passèrent sans que l'angoisse ne me quitte. Désespérée, je me mis à sangloter.

- Sam ? C'est toi ? s'éleva une voix par-delà la clôture.

Un râle m'échappa en guise de réponse.

- Ne bouge pas, j'arrive.

J'acquiesçai d'un geste imperceptible de la tête. Mon corps entier tremblait et mes appuis me paraissaient soudain très instables. La voix se rapprocha et des mains se posèrent délicatement sur mes hanches.

- Je te tiens, on va descendre pas à pas, ensemble. Je suis là, je ne te lâcherai pas, me rassura un timbre étrangement familier.

Mon corps se blottit contre le sien et suivit lentement ses mouvements m'entraînant vers la terre ferme. Arrivée en bas, il m'enserra de ses bras pour que je ne m'effondre pas. Son cou était plus doux et chaud que dans mon souvenir.

- Thérésa, veuillez nous préparer un chocolat chaud et des marshmallows, s'il vous plaît, murmura Max.

Le destin était parfois un vilain farceur, il ne cessait de ramener mon voisin sur mon chemin. Qui aurait cru que je me retrouverai un jour emmitouflée dans un plaid, le mascara dégoulinant, les cheveux en bataille, en train de déguster un chocolat chaud orné de guimauve avec lui. Je fixai les confiseries flottantes comme si elles allaient m'aider à percer le mystère de la vie, trop honteuse pour affronter son regard. La voix de Max finit par braver le silence.

- C'est ironique n'est-ce pas ? C'était notre coutume de faire les décorations de Noël ensemble avant...

- Papa a toujours été absent pour les préparatifs, admis-je. Et après, Thérésa nous servait toujours un chocolat chaud dont elle seule a le secret.

Mes yeux se posèrent sur lui et je fus surprise de le voir sourire.

- Et tu te souviens de la fois où elle avait oublié d'acheter les marshmallows ?

- Ah ah ! Ben oui, nous sommes allés sonner dans tout le voisinage pour en trouver ! Qui est-ce qui nous en avait donné déjà ?

- M. Martin, le vieux monsieur aigri du bout de la rue.

- Mince ! On avait promis de lui en ramener un paquet tout neuf ! m'indignai-je.

- Tu crois qu'il l'attend toujours ?

- Il me semble l'apercevoir chaque jour à sa fenêtre avec un paquet vide, une larme perlant au bord de ses yeux, plaisantai-je.

Max éclata d'un rire sincère qui me fit chaud au cœur. La colère que j'éprouvais envers lui semblait s'être tue et ce moment partagé en était presque agréable. Maxime me dévisagea avec intérêt et comme s'il avait lu dans mes pensées ajouta.

- Je regrette tu sais, qu'on se soit perdus de vue…

- Pas la peine de faire semblant, le coupai-je soudain sur la défensive.

- Je veux dire je regrette de ne pas avoir été plus présent.

Une part de moi avait envie de lui dire ses quatre vérités, de lui cracher ma douleur à la figure, mais pour une fois, la raison prit le dessus. Il était venu me secourir et nous partagions un bel instant. *Autant apprécier le moment présent !*

- Moi aussi, je le regrette. Écoute, je ne pense pas

qu'il y ait forcément quelque chose à sauver dans notre amitié, mais on peut peut-être commencer par faire les choses bien.

- Comment ça ?

- L'heure est venue de payer notre dette envers le pauvre M. Martin.

Le vieil homme refusa de nous ouvrir dans un premier temps. Comment l'en blâmer ? Il ne recevait aucun visiteur d'ordinaire et les cambriolages étaient de plus en plus fréquents dans le quartier.

- M. Martin, je suis Samantha Chauvin, j'habite au bout de la rue.

Le vieillard entrebâilla la porte et son œil méfiant apparut.

- Je ne vous crois pas ! s'exclama-t-il à travers la porte.

- Et je suis Maxime Seydoux, mon père est plombier et il est déjà venu réparer une fuite d'eau chez vous.

Le vieillard nous dévisagea longuement avant de nous rejoindre prudemment sur le palier en prenant bien soin de refermer derrière lui.

Il portait un peignoir marron en polaire trois fois trop grand pour lui et des pantoufles tout aussi ringardes. *Est-on obligé de se négliger en vieillissant ? Est-ce qu'à un certain âge le gène du goût disparaît à jamais ?*

- Euh, notre requête va vous sembler bizarre, mais il y a quelques années nous vous avons emprunté un paquet de marshmallow, commença Max.

M. Martin resta impassible.

- Et aujourd'hui, nous nous sommes justement rendu compte que nous ne vous avions jamais réellement remercié. Donc... bon voilà, dis-je en tendant les guimauves de toutes les couleurs. On est vraiment désolés d'avoir attendu, combien, trois, quatre...

- Plutôt cinq ans, m'interrompit Max.

Les yeux du vieillard, si tristes d'ordinaire, reflétèrent son amusement. Il accepta notre offrande et nous invita à boire le thé chez lui. Je m'apprêtai à décliner poliment lorsque Max acquiesça avec entrain.

De retour, chez moi, Max me proposa son aide pour décorer le jardin. Consciente que me lancer seule dans cette entreprise était suicidaire, j'acceptai son aide avec reconnaissance. Étrangement, je n'éprouvais plus aucune gêne à ses côtés. Le Maxime que je découvrais était drôle, attentionné et incroyablement charmant. Je me mis à murmurer des chants de Noël et il me suivit aussitôt. Si bien qu'une fois le travail terminé, lui comme moi avions la voix éraillée. Il m'embrassa sur la joue avant de me laisser dans mon jardin flamboyant.

Une fois dans ma chambre, je décidai de reprendre l'écriture de mon chef-d'œuvre littéraire là où je l'avais laissé.

Chère Sam,
Il faut que je t'explique ce que tu as vécu autrefois et qui t'impacte encore aujourd'hui...

Je pris une longue inspiration avant de m'attaquer à la suite.

La vérité c'est que je n'en ai aucune idée, ou alors j'en ai des tonnes, difficile à dire. Peut-être est-ce simplement compliqué, car tu as toujours pensé que se parler à soi-même était ridicule et réservé à ceux qui n'avaient pas de vie sociable. Certes, ton emploi du temps est rempli, mais ta vie l'est-elle réellement ? Il est peut-être temps que tu te poses les bonnes questions...

Je laissai un espace avant d'établir une liste de sujets potentiels.

A. La perte de ta mère.
B. L'absence de figure paternelle.
C. La déception amoureuse.

Je relus les derniers mots avant de me rendre compte que malgré moi j'avais qualifié ma déception envers Max d'amoureuse. *N'importe quoi Sam, va te coucher !* Je rayai le dernier mot pour le remplacer par amicale. Mais, insatisfaite je gardai uniquement le mot déception.

Kyle et Belinda apparurent dans la loge où l'effervescence était à son comble. Les modèles autour de moi se faisaient maquiller pendant que les costumiers apportaient les dernières retouches aux robes avant le coup d'envoi du défilé. Les filles n'étaient pas à leur première apparition sur le podium. J'en avais reconnu quelques-unes des magazines. Mon cœur tambourinait dans ma poitrine, j'avais envie de sautiller en hurlant mon bonheur, mais mon professionnalisme exigeait mon impassibilité.

- Une petite minute d'attention les filles ! réclama le couturier. Ce défilé est une vitrine pour la marque. Nous allons exhiber notre nouvelle collection en avant-première. J'ai confiance en vous pour représenter avec classe et élégance mes créations, dit-il sans m'adresser un regard avant de disparaître de la pièce.

Une boule se forma alors dans mon ventre. Était-il mal à l'aise en repensant à notre moment d'égarement ? Cela signerait-il la fin de notre contrat ? Je balayai cette idée aussitôt, seul le défilé importait et je devais faire mes preuves en tant que nouvelle venue. On vint m'aider à installer le jupon qui ferait tenir ma robe rouge en lévitation autour de mes jambes. Le modèle était intemporel, à mi-chemin entre la cour de Louis XIV et Madonna. Des plumes rouge et blanches ornaient mes cheveux blonds, apportant une touche bohème au tout. En un mot, j'étais sublime. Je perçus le regard envieux de certaines, la sensation était jubilatoire. Une régisseuse appela mon nom pour m'indiquer mon ordre de passage.

Si j'avais éprouvé un léger moment de doute dans les loges, au moment de m'élancer sur scène, je n'aurais pu me sentir plus sûre de moi. Les flashs crépitaient de toute part pour capter chacune de mes pauses. J'entendis certains s'émerveiller devant ma tenue, d'autres vanter ma prestance. Je me retins de sourire pour ne pas gâcher mon spectacle.

Dès la fin de l'exhibition, Max vint me féliciter. Je voulus le prendre dans mes bras, mais ma robe me tenait à distance ce qui le fit rire.

- Tu sais qu'on habite à côté ? Du coup, si tu veux, je peux te ramener chez toi ensuite, me proposa-t-il maladroitement.

- Oui, pourquoi pas, répondis-je d'un ton qui se voulait neutre.

Kyle apparut alors dans les coulisses, un sourire triomphant sur les lèvres.

- Bravo à tous, vous avez été formidables les filles.

Karine, tu feras attention la prochaine fois, tu as tendance à dévier un tout petit peu de ta trajectoire.

Il s'apprêtait à nous laisser nous changer avant de revenir en arrière, l'air soudain austère.

- Mademoiselle Chauvin, j'aimerais m'entretenir avec vous quelques minutes dans mon bureau lorsque vous serez changée. Maxime, j'aimerais voir les clichés que vous avez pris.

Ils quittèrent la pièce sans que je n'aie le temps d'ajouter un mot.

- Je crois que notre petite nouvelle va se faire taper sur les doigts, chuchota Mariella la garce de service.

Belinda sortit de la pièce en me lançant un regard hautain à l'instant où j'allais frapper. J'avais troqué ma somptueuse robe pour un jean clair et un haut vert émeraude dos nus. Kyle me tournait le dos, contemplant le scintillement de la ville par la fenêtre.

- Je crois que je vais avoir du mal à travailler avec toi Samantha, murmura-t-il.

Sa réplique me fit l'effet d'une baffe.

- Je... je ne comprends pas, si j'ai fait quelque chose qui vous a offensé, ou si je vous ai déçu, j'en suis désolée. Je suis nouvelle dans le milieu, je serai capable de m'adapter si vous souhaitez me laisser ma chance, l'implorai-je.

Kyle se retourna et s'avança délicatement vers moi.

- Non, tu n'as pas compris, ce n'est pas du tout ce que j'insinuai, dit-il en m'effleurant le bras de sa main mate.

Mon corps entier vibra sous cette caresse. Il se posta derrière moi et lorsqu'il reprit la parole son souffle vint chatouiller mon cou en une brise réconfortante.

- C'est juste qu'il m'est très difficile de me

concentrer en ta présence.

À ces mots, il posa sa main sur ma hanche et sa bouche effleura ma nuque. J'étais tétanisée, à la fois émerveillée par sa proximité et réticente. Dans un élan, je m'éloignai de lui pour lui faire face, son regard sonda le mien et j'y perçus son désir brûlant. Cette distance entre nous était une torture, je ne pouvais le nier, c'était comme si chaque parcelle de mon corps tendait vers le sien.

- Je suis une professionnelle, j'aimerais que tu me considères en tant que tel !

Kyle sembla piqué au vif.

- Je ne voulais pas te manquer de respect. Tu es de loin la plus talentueuse de l'équipe, le public était émerveillé non seulement par la robe, mais aussi pour ton charisme hors du commun, dit-il en se rapprochant lentement ce qui m'obligea à reculer contre le bureau. Et je faisais partie d'eux. Tu me fascines, tu m'intrigues.

À ces mots, son nez vint caresser le mien, je fermai les yeux et entrouvris les lèvres.

- On ne devrait pas mélanger travail et… intimité, chuchotai-je.

- Je crois qu'on en a trop dit pour ça, dit-il avant de m'embrasser délicatement.

La chaleur envahit tout mon corps alors que je passai ma main dans ses cheveux et intensifiai notre baiser. La passion me dévorait, j'étais incapable de raisonner devant le tourbillon des sentiments que j'éprouvais. J'avais envie de lui, envie d'explorer chaque centimètre carré de sa peau, de le sentir frémir sous mes doigts. Le téléphone sonna et nous dûmes nous résoudre à nous calmer.

Kyle répondit, le magazine *Cosmopolitain* lui réclamait une interview. Il m'embrassa avant de me proposer de l'attendre pour que nous allions dîner ensemble. J'acquiesçai, chancelante.

J'étais pensive en retrouvant les coulisses.

- Alors tu es viré ? se moqua Mariella derrière sa frange rousse.

Rien de mieux qu'une garce pour vous remettre les idées en place !

- Non, justement il voulait s'entretenir de ton manque de sympathie, savoir ce que j'en pensais et si cela pouvait affecter notre travail à tous. Je lui ai dit évidemment que tu étais une peste imbue d'elle-même et qu'il ferait mieux de se débarrasser de toi ! répondis-je sèchement.

Mariella leva les yeux aux ciels avant de s'en aller en claquant la porte.

- Pétasse ! murmurai-je une fois qu'elle était suffisamment loin pour ne pas entendre ma remarque.

- Bien joué, me félicita une mannequin brune dont je ne connaissais pas le prénom avant de sortir à son tour.

Je me retrouvai seule dans la pièce. Les images de la soirée s'imposèrent à ma mémoire et, avec elles, la sensation des lèvres de Kyle sur les miennes. Max frappa avant d'entrer dans les vestiaires.

- On y va ? me demanda-t-il.

- Oh, Max, j'avais totalement oublié. En fait, le patron aimerait que nous discutions de ce défilé autour d'un verre.

Maxime sembla dubitatif.

- S'entretenir... avec toi... tout seul.

Mes joues s'empourprèrent aussitôt.

- Je crois qu'il y aura d'autres personnes de l'équipe... Oui, c'est ça, c'est une sorte de débriefing.

Le regard qu'il me portait était lourd de jugement

et j'eus soudain envie de disparaître dans un trou de souris. Pourtant, je restai face à lui impassible et fière.

- De toute façon, je n'ai pas besoin de ton consentement ! Tu me feras le plaisir de refermer la porte derrière toi, lui lançai-je en guise de conclusion.

Une fois seuls dans le bâtiment, Kyle fit livrer un repas raffiné dans son bureau. Nous installâmes un drap sur le sol en guise de nappe et nous nous assîmes en tailleur face à face. Kyle alluma des bougies et l'ambiance tamisée fit naître une part d'excitation en moi. Sa chemise noire ouverte au col laissant entrevoir son torse. Une envie irrépressible d'y enfoncer mes ongles s'empara de moi. Kyle me narra son entrevue avec mon magazine féminin préféré. *Bientôt ce sera mon tour !* Je remarquai son regard naviguant de mes yeux, à mes lèvres, à mes courbes généreuses. J'entrepris de lui parler de sa création, des sentiments qu'elle m'avait procurés, un mélange d'assurance et d'espoir en l'avenir.

- C'est exactement l'intention qui m'a motivé à la réaliser et c'est aussi ce que tu dégageais sur le podium. Un côté femme fatale, mais sans être hautaine pour autant.

Je souris, profondément fière d'avoir satisfait mon employeur. *Oh, oh ! Justement c'est ton employeur, cesse donc de fantasmer sur lui !*

Une fois le repas englouti, nous entreprîmes de ranger les verrines et assiettes. Sa main effleura la mienne par inadvertance et le self-control dont nous avions fait preuve sembla voler en éclat. Il enjamba les déchets pour rejoindre la chaleur de mon corps et m'embrasser avec ferveur. Il s'arrêta soudain et éclata de rire.

- Quoi ? demandai-je interloquée.

Il me montra d'un signe de tête son pied couvert de sauce béarnaise. Le fou rire me saisit. Je m'allongeai sur le sol et il se blottit contre moi en riant.

Je retrouvai mes esprits peu à peu et bien que cette soirée était magique, je me résolus à ne pas la poursuivre avec lui. Mon travail était trop important, j'avais besoin de preuves que ce n'était pas uniquement un moment de folie de sa part, mais bien un coup de cœur. Kyle réagit comme un gentleman et me déposa chez moi. Avant de me quitter, il m'embrassa délicatement.

- Tu es une femme épatante Samantha.

Je l'abandonnai à regret pour retrouver mon lit. Mes rêves furent agités, bercés de passion et d'interrogations.

Chers adorateurs,

Je vis ce qu'on pourrait appeler une histoire enflammée avec le célèbre Kyle Candel de chez Candel Creation. Après un baiser fougueux le soir du défilé, Kyle est revenu à la charge dès le lendemain. J'ai reçu des bouquets de fleurs à plusieurs reprises accompagnés de mots doux.

À mon réveil :

J'ai passé une merveilleuse soirée en ta compagnie hier.

À l'heure du déjeuner :

L'odeur de ta peau me hante.

En début de soirée :

Je veux te revoir. Ce soir peut-être ?

La règle numéro 1 lorsqu'on a affaire à un homme accro, c'est de le laisser mariner, qu'il ne croit pas que l'on est aussi transie que lui ! Alors oui, je devais me retenir de ne pas le rejoindre sur-le-champ mais il n'était pas nécessaire qu'il le sache. Je ne l'appelais que le lendemain matin et laissai un message sur son répondeur.

« Salut Kyle, c'est Sam ! Désolée, je n'étais pas chez moi hier.

Je serai enchantée de te revoir. Que proposes-tu ? »

Un livreur apparut à ma porte quelques heures plus tard pour m'apporter une robe de Candel Creation. Une vraie merveille : noire, asymétrique avec des reflets bleus pailletés. *Ça a du bon de sortir avec un couturier !* Un chauffeur privé me conduisit en dehors de la ville. Une demi-heure plus tard, je me retrouvai devant une grande demeure digne du château de Dracula. Un majordome m'escorta jusqu'à ma table où mon admirateur m'attendait déjà. L'intérieur était aussi impressionnant que l'extérieur, bien que moins austère. La pièce était haute de plafond orné de dorures flamboyantes. Kyle m'accueillit avec un baiser à la fois doux et passionné. Le canard était excellent, la compagnie envoûtante, les rires étaient au rendez-vous. C'était de loin le rencard le plus enthousiasmant qu'il m'avait été donné de vivre. Il regroupait tout ce que j'attends d'un homme : beauté, courage, détermination, ambition, un charme dévastateur, et un compte en banque bien rempli. Au dessert, il m'offrit une boîte rectangulaire en bois. À l'intérieur se trouvait une paire de boucles d'oreilles en diamant. *Diamonds are the girl's best friend,* pensai-je instantanément. C'était peut-être vieux jeu, mais, ce présent me prouva que j'étais bien plus qu'une lubie. Je ne voulais pas écourter la soirée alors je la finis dans son lit.

Chers fans,

C'est officiel, je forme un couple avec le célèbre Kyle Candel. Il est possible que cela donne un coup d'accélérateur à ma carrière, mais pour la première fois depuis des années, ce n'est absolument pas calculé. J'avais vraiment envie de m'abandonner à ses caresses, de partager ces moments avec lui, d'entendre sa voix me chuchoter des mots doux à l'oreille.

Les vacances de Noël arrivaient à grands pas et j'avais le sentiment d'être une véritable femme d'affaires. Mon temps était partagé entre école de stylisme, podiums et ma vie de couple. Notre relation restait secrète et il était de plus en plus difficile de travailler ensemble sans laisser paraître notre proximité. Si les autres mannequins semblaient ne s'apercevoir de rien, Max, lui n'était pas dupe. Ainsi, lors d'un shooting photo, il me prit entre quatre yeux alors que je sortais des toilettes.

- Il faut que je te parle.

- Tu as pris bien soin de m'éviter pendant des années et maintenant tu me poursuis, me moquai-je en continuant ma route.

Il me retint avec sérieux et m'entraîna dans une pièce qui n'était autre qu'un cagibi abritant les produits d'entretien. Il avait omis d'allumer la lumière, et se mit en quête de l'interrupteur.

- Je crois qu'il est dehors, murmurai-je entre agacement et amusement.

La pièce ne laissait filtrer aucune lumière de l'extérieur. Je me revis des années plus tôt, le jour de mes quatorze ans. Papa avait accepté que j'invite des amis. Beaucoup avaient décliné l'invitation, seul Max et ses potes avaient répondu présents. Comme tous les adolescents, nous avions joué à *Action ou vérité*. Les gages s'étaient multipliés, je m'étais ainsi retrouvée à courir en suivant l'arrosage automatique pendant une minute ce qui m'avait valu d'être trempée, Paul avait croqué dans un oignon, Gabriel dans un piment, Cynthia avait pris une douche tout habillée. Puis, les gages étaient devenus plus coquins. On m'avait ainsi défiée d'embrasser Max dans le placard à balai. J'avais refusé, Max était mon meilleur ami, c'était trop étrange. « C'est louche que tu ne veuilles pas l'embrasser, ça doit être que tu l'aimes en secret » s'était moqué Paul. J'avais alors attrapé mon ami par la main et l'avais entraîné dans l'armoire.

- Méfie-toi de Kyle ! murmura Max.

Sa voix me ramena à la réalité du moment.

- Qu'est-ce que...

- Tu penses vraiment qu'il n'a d'yeux que pour toi ?

- Non, mais sérieux ! Ce n'est pas parce que toi, tu es capable de te débiner en deux secondes que tous les mecs sont aussi lâches que toi ! m'énervai-je.

Il m'attrapa le bras et m'attira légèrement vers lui. Lorsqu'il reprit la parole, son souffle sucré chatouilla mes narines.

- Ça n'a rien à voir avec moi !

- Au contraire, je pense que ça a tout à voir ! Ça te dépasse qu'il puisse être présent pour moi là où toi tu m'as ignorée. Je n'ai pas besoin de ton amitié, j'ai vécu sans pendant des années alors garde tes conseils pour toi !

Je quittai la pièce furibonde.

Son attitude était ridicule ! Pourquoi me torturer ainsi ? J'étais enfin en confiance avec un homme et il désirait tout gâcher ! Sa voix résonna pourtant dans mon esprit lors du shooting photo. Pour l'événement, j'étais entourée de miss garce alias Mariella et de plusieurs autres filles dont le nom m'importait peu. Chaque fois que Kyle posait son regard sur ma rivale, je ne cessai de me demander « et si ? », je chassai d'un mouvement de tête ces idées noires, c'était inouï ! Je devais mettre tout de suite ma jalousie en sourdine, car Kyle serait amené à travailler avec de magnifiques femmes au quotidien. Le doute m'assaillit à nouveau lorsque je l'aperçus lui effleurer l'épaule pour la féliciter et le sourire vainqueur de Mariella qui s'en suivit.

J'étais incapable de m'endormir ce soir-là, submergée d'idées plus sombres les unes que les autres. Consciente que l'insomnie ne me lâcherait pas, je ressortis mon journal pour m'attaquer à la tâche épineuse que je ne cessais de repousser. Je relus la liste que j'avais établie quelques jours plus tôt.

> **A.** La perte de ta mère.
> **B.** L'absence de figure paternelle.
> **C.** La déception.

À bien y réfléchir, ces trois notions ne sont-elles pas liées ? J'ai perdu ma mère tellement jeune que parfois j'oublie à quel point ça m'affecte dans les petites choses du quotidien. Quand j'étais petite, les enfants pleuraient, car ils voulaient rentrer chez leur maman, moi j'ai cessé très vite sachant que c'était vain. Même si je n'ose l'admettre, j'envie ces adolescentes qui font du shopping avec leur mère, qui se chamaillent avec elle puis se réconcilient devant un chocolat chaud. Ce sont tant de choses que j'aurais aimé accomplir avec la mienne, mais qui ne se réaliseront jamais. Je me souviens à peine d'elle. Ce que je sais, c'est mon père qui m'en a parlé un soir de Noël où il me dédiait son temps. Elle sentait bon le patchouli, rigolait très fort, désirait avoir une fille plus que tout, le plus beau jour de sa vie était celui de ma naissance.

En ce qui concerne mon père, c'est à la fois le pire et le meilleur. Je peux compter sur les doigts de mes mains et de mes pieds, le nombre de journées entières que nous avons passées ensemble depuis l'enfance. J'ai appris à vivre avec son absence au fil des ans, mais à quel prix ? Mon père ne me connaît pas réellement, je lui montre un prototype de fille parfaite dans l'espoir qu'il revienne plus vite la prochaine fois. Je suis une actrice. Oh ça ! je pourrais en recevoir des prix d'interprétation féminine dans un premier rôle comique (ou serait-ce tragique ? J'imagine que ça dépend de quel côté on se place). Puis, vient la déception... celle d'avoir perdu mon seul confident, la seule personne qui portait mes joies comme mes peines, le seul être qui me connaissait

plus que moi-même. Les gens sont si décevants, à
quoi bon les laisser entrer.

Je repensai à la scène dans le cagibi.

Max ? Pourquoi ? Que s'est-il passé ?

Une lumière au-dehors me sortit de mes pensées.
J'ouvris ma fenêtre et l'aperçus de l'autre côté de la
clôture en train de fumer sur le banc à bascule de son
jardin. J'enfilai un long manteau, des bottes fourrées et
sortis de chez moi en prenant bien soin d'emporter la
clé. Je remontai la clôture jusqu'à notre passage secret
d'enfance : un trou dans la haie qui permettait à nos
deux jardins de communiquer. J'avais tant grandi que
l'entreprise ne me sembla pas si aisée.

- Sam ? Mais qu'est-ce que tu fous? chuchota
Maxime en me tendant la main pour m'aider à passer.

- Je n'arrive pas à dormir, répondis-je.

Il caressa ma joue humide et m'invita à m'asseoir à
ses côtés. Max ne me brusqua pas, sans doute conscient
que j'avais besoin de parler et que cet équilibre fragile
risquait de se rompre au moindre faux pas. La nuit était
fraîche et de la fumée sortait de ma bouche en continu.
La Lune pleine donnait une clarté réconfortante aux
arbres. Nous restâmes à nous balancer quelques
minutes bercées par le tintement des chaînes retenant la
nacelle en l'air.

- J'ai besoin de comprendre...

- Je sais, chuchota Max.

Il tira une dernière fois sur sa cigarette et je dus
admettre qu'il était sublime.

- Tu te souviens de cet anniversaire ? Celui où nous
avons joué à action ou vérité ?

J'acquiesçai d'un signe de tête.

- En te laissant ce soir-là, je ne suis pas rentré tout de suite chez moi. Paul m'a proposé de faire un tour de mobylette avec lui.

- Je m'en souviens.

- On a fait un détour par le parc et…

Il s'arrêta net, pensif.

- Et quoi ?

- J'ai aperçu ton père... avec ma mère.

J'éclatai de rire.

- C'est insensé ! Ta mère est heureuse dans son couple, ça se voit ! Et puis, comment pourraient-ils se connaître ? Papa n'est jamais à la maison !

- Je suis désolé.

Maxime passa sa main dans mon dos et ramena ma tête à son torse.

- Tu veux dire que le jour de mon anniversaire, alors que soi-disant il avait une réunion de la plus haute importance, il s'envoyait en l'air ?! m'exclamai-je incapable de retenir mes sanglots.

Un rire hystérique monta en moi. À chaque hoquet, les larmes coulaient de plus en plus fort. Max attrapa mon visage dans ses mains et se mit à parler à toute allure.

- Crois-moi, ça a été un terrible choc pour moi aussi. J'ai eu des envies de meurtre envers eux deux. Après ça, je ne savais plus comment me comporter avec toi. Si je t'avais dit la vérité, cela aurait brisé le peu de relation que tu avais déjà avec ton père. Et te mentir était au-dessus de mes forces. Alors j'ai fui, j'ai cessé de te parler. C'était stupide, je m'en rends compte maintenant ! J'ai essayé de revenir vers toi, une fois que j'avais digéré l'information, mais tu traînais avec cette bande du lycée… Je n'avais plus ma place dans ta vie. Dès que tu croisais mon chemin, tu regardais dans le sens opposé.

Je l'ai cherché, tout est de ma faute, je le sais. J'aurais dû t'en parler avant.

Je serrai sa main dans la mienne pour le rassurer malgré le flot de larmes incessant.

- Alors ce n'était pas moi le problème ? murmurai-je en m'allongeant sur le banc pour poser ma tête sur ses genoux.

- Tu n'as jamais et ne sera jamais un problème, me rassura-t-il en caressant mes cheveux.

- Alors tu m'aimes toujours ? chuchotai-je avant de sombrer dans les bras de Morphée.

- Évidemment, entendis-je au loin.

Je me réveillai au petit matin dans mon lit, l'esprit embrumé. Il me fallut quelques minutes pour mettre de l'ordre dans mes idées. C'était vendredi, les cours avaient commencé depuis deux heures ! *Tant pis, je dirais que je suis malade !* Un coup d'œil à mon agenda m'apprit que j'avais rendez-vous chez la psy à 15h puis une répétition de la parade de noël à 19h. *Merde ! Le dîner avec Kyle !* Je lui laissai un message pour repousser à un autre jour notre rendez-vous. Il me rappela dans la foulée. De toute façon, il avait une commande en retard et devrait sans doute travailler jusqu'à tard.

Mon entrevue avec la psychologue fut sans doute la première justifiant les centaines d'euros que déboursait papa. Et pour cause, j'étais complètement abasourdie par les révélations de Max. Le Dr Razboty me laissa déblatérer ma colère envers mon père. Comment avait-il pu préférer une relation sans lendemain à passer du temps avec sa propre fille ? Comment pouvait-il être aussi insensible pour me laisser grandir sans père, moi qui manquais déjà d'une mère ?

- Vous comptez lui en parler ? intervint la thérapeute.

- Non, je n'ai même plus envie de le voir ! m'insurgeai-je.

- Votre colère est compréhensible, malgré l'absence vous l'avez toujours placé sur un piédestal. Malgré tout, je pense que pour votre bien, vous devriez briser le silence et les faux semblants qui existent entre vous.

Je tremblais de tout mon corps, coincée entre une envie de hurler, de frapper et de pleurer.

- Vous voyez cet événement comme négatif…

- Il l'est ! la coupai-je.

- … Évidemment, mais vous devriez le percevoir comme un moyen de remettre les choses au clair, de renouer le dialogue avec cet ami et d'enfin établir un lien avec votre père.

Ces mots faisaient sens, mais il me fallait du temps pour digérer tout ça.

Je rentrai chez moi dans un état déplorable. Mon mascara avait coulé sur mes joues rougies par l'émotion. Il me fallait un ravalement de façade pour retrouver mon statut de miss. Alors que je me démaquillai, un bruit sec se fit entendre à ma fenêtre. Je l'ouvris à la volée pour apercevoir de l'autre côté de la clôture Max armé de petits cailloux.

- On va faire un tour ? me proposa-t-il.

- J'ai un rendez-vous à 19h pour une répétition de la parade de Noël.

- Tu y seras, conclut-il.

Quelques minutes plus tard, je montais à l'arrière de sa moto sans savoir où il m'emmenait. Les villas du quartier résidentielles défilaient sous mes yeux alors que le vent s'engouffrait dans les cheveux dépassant de mon casque. L'adrénaline parcourait mon corps sous la vitesse et cela sembla décupler mes sens. Je remarquai la beauté du paysage, la douce fraîcheur de l'air, mes mains agrippant la taille de mon conducteur. Il immobilisa le véhicule sur le trottoir avant même d'atteindre le pont enjambant le Tiès, puissant fleuve traversant la ville. Max me laissa descendre avant d'éteindre le contact. Il m'aida à enlever mon casque puis m'entraîna sur le pont. S'il y avait de larges trottoirs sur les côtés, très peu de piétons s'y attardaient. Le vent y était glacial et le vacarme dû à la circulation dense assourdissant. Ma chevelure fouettait mon visage avec violence. Arrivés au milieu, Max se mit à me parler, mais sa voix était couverte par le brouhaha ambiant.

- Quoi ?

- Je sais que ça a dû être un choc pour toi ce que je t'ai avoué hier, cria-t-il.

J'acquiesçai d'un mouvement de tête.

- J'imagine que tu es en colère, contre moi, ton père, le monde entier.

Je pris une grande inspiration pour éviter de me remettre à pleurer, mais le froid faisait naître les larmes à la commissure de mes yeux.

- Quand j'ai appris, j'étais dans une rage folle alors, au lieu de frapper les murs, au lieu de me faire du mal, je suis venu jusqu'ici et je me suis mis à crier, dit-il les yeux perdus dans les tourbillons du fleuve en contrebas.

J'eus soudain une envie irrépressible de lui tenir la main, de lui montrer que je comprenais ce qu'il avait dû vivre seul, mais, avant même que je ne l'effleure, il se mit à hurler vers les bas-fonds.

- À toi ! dit-il en me laissant la place auprès de la rambarde.

Je le rejoignis à tâtons et jetai un regard vers le flot continu d'eau, hésitante. La paume de Max s'immisça dans la mienne.

- Ensemble ?

En guise de réponse, je me mis à crier, crier pour évacuer la colère que j'éprouvais, crier pour toutes ses années où j'avais tenu un rôle. La voix de Max s'éleva auprès de moi et bientôt nos hurlements se transformèrent en éclats de rire.

La répétition du défilé fut féerique et acheva de me remonter le moral. J'avais dû essayer une robe proche de celle de Cendrillon allant au bal constituée d'arceaux ce qui la rendait à la fois voluptueuse et imposante. J'avais appris une chorégraphie que je réaliserais en musique avec les lutins du père Noël. Ce rôle qui m'avait tant fait rêver petite serait le mien. Papa m'emmenait toujours au défilé, j'enfilai ma plus belle robe de princesse et rêvait de mon avenir radieux. Lorsque miss Méthée me jetait un bonbon, j'y voyais le signe qu'elle percevait en moi la relève.

Au lieu de rentrer chez moi, je décidai de faire un détour par l'atelier de Kyle. Je m'arrêtai dans un restaurant japonais pour lui acheter des sushis. Mon chéri était valeureux ce n'était pas pour autant qu'il devait être affamé !

J'empruntai la rue du Faubourg, guillerette. Les vitrines des boutiques étaient toutes plus belles les unes que les autres, peuplées d'automates en tout genre et de guirlandes. Par-ci des lutins en bois s'attelaient à la confection de jouets, par-là le traîneau du père noël évoluait de haut en bas guidé par la truffe rouge de Rudolf. Alors que je dépassais ma boutique de luxe préférée, j'aperçus deux silhouettes sortir de l'atelier en riant. Par réflexe, je me plaquai aussitôt contre le mur de façon à observer la scène en toute discrétion. Kyle passa sa main dans le dos de Belinda, son assistante quinquagénaire. Je les suivis, quelques minutes au loin, le temps de m'assurer que je n'avais pas rêvé. Belinda semblait radieuse, lui montrant du doigt les illuminations, parlant avec animation. Nul doute, dans cette histoire j'étais l'autre, j'étais la garce avec qui il trompait. Mon corps se mit à trembler, pourtant je n'avais pas froid. J'eus envie de hurler ma rage, de pleurer. Non, je valais mieux que ça ! À quoi bon me donner en spectacle. C'était au-dessus de mes forces. J'hésitai entre fuir et le confronter. Finalement, j'optai pour les rencontrer « innocemment ». Il était temps de faire valoir mes cours de théâtre. En prenant une rue parallèle et en accélérant considérablement le pas, je réussis à me retrouver bien vite sur leur trajectoire. Je redescendis la rue nonchalamment, sans leur adresser un regard. Arrivée à leur hauteur, je les bousculai par inadvertance, feignant mon intérêt pour les décorations de Noël d'une vitrine.

- Excusez-moi, murmurai-je poliment avant de poser mes yeux sur le joli couple. Oh, ça alors ! Comment allez-vous ?

Belinda qui avait toujours été hautaine avec moi me lança un grand sourire.

- Nous profitons un peu de l'ambiance de Noël pour décompresser d'une longue journée de travail !

- Voyez-vous ça ! m'exclamai-je en jetant un regard émerveillé en direction de Kyle. Vous avez raison, rien de mieux qu'une balade en amoureux dans la ville illuminée pour décompresser. Belinda posa alors sa main sur mon bras et se rapprocha de mon oreille. Elle sentait bon la cannelle.

- Je compte sur votre discrétion, chuchota-t-elle. Nous gardons notre relation secrète, c'est plus vendeur pour l'image de marque de Candel Creation.

- Mais bien sûr, la rassurai-je aussitôt. Vous pouvez compter sur moi, conclus-je en adressant un sourire entendu à Kyle.

Nous continuâmes quelques minutes à nous échanger des banalités, sur le record de chaleur que nous vivions, nos projets respectifs pour le réveillon de Noël sans que Kyle ne prenne part à la conversation. Lorsque j'avouai que j'allais participer à la parade, Belinda m'assura, à mon grand regret, qu'elle n'en ratait jamais un.

- J'essaie de convaincre Kyle depuis des semaines, mais il n'est pas emballé.

- Quel dommage M. Candel, ce défilé est l'âme de la ville. Vous ne pouvez pleinement l'apprécier sans y avoir assisté au moins une fois.

S'il avait pu se cacher dans un trou de souris nul doute qu'il ne resterait pas devant moi à m'implorer silencieusement du regard.

- Nous y serons, conclut la femme.

J'eus envie de l'en dissuader, mais mieux valait ne pas attirer ses soupçons.

- Si vous êtes dans les premières lignes, je m'assurerai de vous jeter des bonbons.

… ou des tomates ! pensai-je. Prétextant que je devais retrouver un ami pour manger, je leur souhaitai une bonne soirée avant de presser le pas, la tête haute. Une fois au bout de la rue, je détachai mon sourire radieux qui me donnait des courbatures aux zygomatiques pour donner libre cours à mes sentiments de colère. J'appelai Daniel d'une cabine téléphonique pour lui demander de venir me chercher. Il était le chauffeur de la famille

depuis mon enfance, un homme discret au regard bienveillant. Une fois dans la voiture, je me mis à pleurer. Le conducteur ne m'imposa pas de raconter mes déboires. À la place, il tenta juste quelques paroles réconfortantes.

- Parfois les choses arrivent pour une raison. Vous serez sans doute plus heureuse demain.

- Merci, Daniel.

Une fois chez moi, j'allais rejoindre le spacieux salon aux murs immaculés et m'allongeai sur l'imposant canapé en cuir beige, au bord de l'épuisement. Au prix d'un effort surhumain, j'attrapai la télécommande de la télévision en quête d'un film, ou d'une émission quelconque qui me permettrait de faire taire ce flot de pensées qui me torturait. Thérésa apparut dans la pièce et me tendit son fameux chocolat chaud orné de guimauves puis se dirigea vers le magnétoscope et y installa une cassette vidéo.

Le générique de début des Goonies, le film préféré de mon enfance, apparut sur l'écran. La bande était si usée que par moment l'image grésillait légèrement. Je pris soudain conscience d'à quel point elle me connaissait.

- Thérésa ? l'interpellai-je alors qu'elle s'apprêtait à quitter la pièce.

- Oui, mademoiselle.

- Vous voulez bien rester avec moi ?

Thérésa me lança un regard empreint de douceur et vint me rejoindre sur le canapé. Je posai ma tête sur ses genoux et elle caressa mes cheveux avec tendresse. Cette sensation m'était étrangement familière. Combien de fois m'avait-elle rassurée avant que je ne m'endorme ?

- Thérésa, merci d'être restée auprès de moi toutes

ses années.

Une fois le film terminé, je décidai de partager mes sushis avec ceux qui avaient toujours été présents pour moi. C'était bien peu, par rapport à ce qu'ils m'avaient apporté, mais Daniel et Thérésa parurent réellement touchés.

Papa rentra à la maison le matin du 24 décembre. En temps normal, je lui aurais couru dans les bras. Pas cette fois. Ma thérapeute avait raison, je devais ouvrir le dialogue, mais, ne sachant comment faire, je préférais rester sur la réserve. À la place, je me mis à écrire sur mon journal.

Mon papa,

Puis-je réellement t'appeler comme cela ? J'ai toujours cru que j'étais la prunelle de tes yeux, que tu souffrais autant que moi du fait que nous soyons séparés. Tu devais travailler, pour moi, pour m'offrir une vie des plus luxueuse. J'en ai profité, persuadée que plus tu dépensais de l'argent pour moi, plus tu m'aimais. Aujourd'hui, je me rends compte que je me berçais d'illusions. Le jour de mon anniversaire, il y a quatre ans, j'ai reçu ma première montre Gucci de ta part. Elle était sublime, pourtant, je n'étais pas heureuse, je déplorais ton absence. Heureusement, Thérésa avait accepté de surveiller ma fête d'anniversaire. La présence de mes amis, bien que bénéfique, n'avait su combler le manque, celui d'une famille. Au fond, ça aurait été le plus beau des cadeaux. Il y a quelques jours, j'ai appris que tu m'avais menti. Tu n'étais pas à l'autre bout de la Terre en mission diplomatique. Tu ne souffrais pas de la distance entre nous. Non... Tu étais en ville, en train de fricoter avec la voisine. Je ne t'ai jamais empêché de refaire ta vie papa, je désirais seulement en faire partie. Avec ses révélations viennent différentes questions. M'as-tu toujours menti ? M'as-tu jamais réellement aimé ? J'ai décidé de faire de l'ordre dans ma vie pour me débarrasser de cette tendance que j'ai à m'accrocher aux faux-semblants et laisser enfin une place à la sincérité. Alors, à toi de décider...

Veux-tu faire ce pas avec moi ?

Sam

Je déchirai la page du petit carnet et la glissait dans une enveloppe, avant de sortir de ma chambre. Thérésa vint me souhaiter bon courage pour la parade et s'excusa de ne pouvoir venir m'applaudir. Elle passait la soirée avec sa mère en maison de retraite.

- Ne vous inquiétez Thérésa, profitez de votre réveillon, vous en faites déjà bien assez pour moi. Si vous pouviez me rendre un petit service avant de vous en aller...

Je lui tendis la lettre à transmettre à mon père lorsque celui-ci quitterait son bureau puis sortis de la maison. Le téléphone se mit à sonner au même moment. Je fis signe à Thérésa de dire que j'étais absente. Il y avait peu de suspense sur la provenance du coup de fil. Cela faisait des jours que Kyle me faisait livrer des fleurs, chocolats et ours en peluche véhiculant des messages tels que « Je suis désolé », « Tu me manques », « C'est toi que je veux », « Donne-moi une chance » et autre baratin. À cela, je n'avais répondu qu'une carte « Je suis une professionnelle, à partir de maintenant notre relation le restera purement ». La voiture était avancée dans l'allée bordée d'arbres. En me voyant, Daniel ouvrit la portière arrière droite. En quelques enjambées j'étais à son niveau, mais, au lieu de prendre place je le pris dans mes bras.

- Merci Daniel, bon réveillon à vous, chuchotai-je avant de m'installer sur la banquette arrière.

La voiture démarra et s'avança lentement vers le portail. Une fois dans la rue, j'aperçus au loin la moto de Max, et, à mon grand étonnement, mon ventre se tordit dans tous les sens.

- Arrêtez-vous ! demandai-je un peu trop brutalement.

Daniel pila et la voiture s'immobilisa alors que Max apparaissait à notre niveau. Je sortis aussitôt de l'habitacle. J'avais beau être à mon avantage avec ma combinaison noire qui mettait en valeur ma silhouette, mon talon se coinça quelques secondes dans une bouche d'égout ce qui me décrédibilisa quelque peu et mit à mal mon assurance. Maxime ôta son casque et me jeta un regard amusé.

- Où vous rendez-vous donc ainsi ma très chère demoiselle, demanda-t-il en effectuant un semblant de révérence.

- Et bien figurez-vous, très cher monsieur que j'ai été élue Miss Méthée 1992 et...

Max pouffa de rire ce qui me vexa instantanément.

- Toi ? Miss Méthée ? Alors que quand tu étais petite tu gribouillais la tête de tes poupées Barbie et qu'on s'amusait à les faire parler comme des décérébrées ?

- Il s'avère que, si toi tu as gardé un faciès hideux et boutonneux, lui lançai-je en pensant tout le contraire, certains d'entre nous comme moi, dis-je en me pointant du doigt, sont devenus canon ! Et en tant que femme canon, j'ai des responsabilités envers mes adorateurs !

Et Toc ! pensai-je.

- Et ce statut implique que tu deviennes une pimbêche ?

Je m'apprêtai à lui lancer une réplique sanglante, mais le rire prit le dessus.

- Évidemment ! Ça et le fait que je peux enfermer tout malotru qui me manquerait de respect !

Spontanément, je m'étais rapprochée de lui jusqu'à sentir son souffle sur ma joue. Mal à l'aise, je m'écartai légèrement.

- Je disais donc, en tant que miss Méthée, et tu as le droit d'être impressionné, mes responsabilités exigent de moi un investissement total pour la parade de Noël.

- Tu seras sur le traîneau du père noël ? s'enthousiasma-t-il.

- Non seulement je serai sur le traîneau, mais j'effectuerai une chorégraphie très technique en parfaite synchronisation avec des lutins ! avouai-je avec dérision.

Max plongea son regard azur dans le mien et effleura ma joue de ses doigts.

- Je ne raterai ça pour rien au monde.

- Tu as plutôt intérêt !

- Mademoiselle, nous devrions nous mettre en route si vous ne voulez pas être en retard à votre grand rendez-vous, nous interrompit Daniel.

En effet, je ne voulais pas rater ce grand rendez-vous. Je fis une bise sur la joue de Max, si douce sous mes lèvres entrouvertes, avant de rejoindre ma place à l'arrière de la voiture.

Daniel me lança un regard amusé dans le rétroviseur.

- Oh ça va ! m'agaçai-je.

- Mais je n'ai rien dit mademoiselle, se défendit-il en souriant.

- C'est ce que vous semblez penser qui me pose problème.

- Je tâcherai de penser moins fort, se moqua-t-il.

Le coordinateur de la parade de Noël, monsieur Poirot (qui ressemblait étrangement au héros d'Agatha Christie) nous fit un énième topo sur le déroulement de la soirée. Le cortège composé de fanfares, danseurs en tous genres et de chars débuterait son trajet dans le centre-ville par l'avenue du Faubourg à 19h pétante pour rejoindre le parc de la Tanière environ une heure plus tard. Le traîneau du père-noël, animation phare de la parade fermerait le cortège. La surexcitation était à son comble pendant les préparatifs dans le hangar. Les danseurs revoyaient leur chorégraphie, les cracheurs de feu faisaient des démonstrations, les musiciens s'entraînaient en musique. De mon côté, je passai au maquillage sous les pinceaux d'une certaine Jennifer qui avait la main lourde sur le fond de teint. *En voilà une qui devrait lire mon livre !* Un jeune homme muni d'un casque-micro apparût alors devant le miroir et me signala que j'avais un visiteur et que celui-ci prétendait que c'était urgent.

Max ! Délaissant la maquilleuse à ses airs blasés, je le suivis avec enthousiasme jusqu'à une pièce plus exiguë.

- Je te manquais tant que ça ! m'exclamai-je avant même de réaliser qui j'avais en face de moi.

- Si tu savais, chuchota Kyle avant de me rejoindre en quelques enjambées et de me plaquer au mur pour m'embrasser.

Je le repoussai ce qui l'arrêta net.

- Je sais que tu es en colère. Laisse-moi t'expliquer, je...

- Il n'y a rien à expliquer, le coupai-je.

- Alors que je n'étais personne, Belinda a cru en moi, elle a investi dans ma compagnie. Je lui dois mon empire. Je l'aime, enfin du moins c'est ce que je croyais jusqu'à ce que tu apparaisses au casting. Tu me transportes Sam, tu es belle, drôle, pétillante, envoûtante. Tu m'as fait ressentir des choses que je ne pensais pas possibles. Laisse-moi une chance !

- Tu l'as gâchée en me mentant, Kyle. Alors écoute-moi bien, je ne suis et ne serai jamais l'autre !

Le désespoir se lisait dans son regard cerné, mais je me devais d'être inflexible. Je ne pourrais jamais lui faire confiance. Dans un élan de folie, il se jeta à nouveau vers mes lèvres et je lui assénai une gifle qui le stoppa aussitôt.

- Je suis désolé. Je ne sais pas ce qui m'a pris.

- On devrait prendre nos distances pendant un moment, conclus-je en me dirigeant vers la porte.

- N'oublie pas que tu es sous contrat, me menaça-t-il alors que je quittai la pièce

Jennifer parut d'autant plus dépitée en me voyant revenir, barbouillée et décoiffée. Elle ne demanda pas d'explications et c'était tant mieux. Si les vannes s'ouvraient, son maquillage déjà médiocre serait ruiné.

Une fois prête, je me contemplai un instant dans le miroir consciente que je réalisai un rêve de petite fille. *Une véritable princesse ! Ne les laisse pas gâcher ton bonheur ! Ce que tu as accompli, tu l'as réalisé seule à force de volonté.*

La plate-forme du traîneau était à environ trois mètres de hauteur, c'était suffisant pour réveiller ma hantise du vide. Heureusement, les lutins, des hommes et femmes de petite taille, étaient serviables en plus d'être joviaux et m'aidèrent à gravir l'échelle à l'arrière du char. Une fois en hauteur, je me focalisai sur la foule au loin pour ne pas me laisser paralyser par le gouffre sous mes pieds. La parade débuta sur une musique festive et je laissai au placard ma mélancolie et mes peurs pour recevoir les acclamations des méthéens. J'exécutai ma chorégraphie avec entrain, pendant que le père Noël s'exclamait à coups de HO HO HO ! Les arceaux autour de moi donnaient de l'ampleur à mes gestes tandis que mes cheveux virevoltaient au vent. Les petites filles déguisées en princesses me montraient du doigt, leurs yeux enfantins pétillants d'émerveillement. Soudain, mon cœur sembla manquer un battement lorsque j'aperçus son doux regard. Il me sourit et je me sentis frémir des pieds à la tête. La musique me parût lointaine remplacée par les battements tonitruants de mon cœur. Étais-je en train de perdre le contrôle ? La sensation était à la fois douce et inquiétante. Un lutin me rappela à l'ordre et pour cause j'avais cessé de danser. Confuse, je tentai de rattraper mon retard dans la chorégraphie. Du coin de l'œil, j'aperçus le sourire à la fois moqueur et bienveillant de Max. *Mon Max...* Il se mit à évoluer à travers la foule en même temps que le traîneau.

J'entendis appeler mon nom sur ma gauche. *Belinda !* Et si elle était présente nul doute que Kyle se trouvait avec elle. Je tentai un petit sourire gêné avant de me tourner dans l'autre sens. Maxime m'inspirait bien plus de sérénité.

Soudain, un cri assourdissant déchira la foule. Les gens se mirent à hurler en s'éloignant du traîneau qui commençait à prendre feu. Les lutins et le père Noël se pressèrent aussitôt vers l'échelle. Mais les flammes se propageaient vivement et les vêtements de l'un d'entre s'embrasèrent. Il se jeta au sol où des gens tentèrent d'étouffer les flammes. Ceux qui se retrouvaient piégés avec moi, sautèrent vers le vide dans un élan de désespoir. La fumée était si dense que je ne pouvais savoir s'ils avaient survécu. En quelques secondes, j'étais seule, déboussolée, oppressée par la chaleur et le manque d'oxygène. Mon corps et mon esprit semblaient figés, incapable de corréler les événements entre eux menant à cette situation où j'allais mourir. *Je ne dirai jamais à Max ce que je ressens pour lui.* L'échelle n'était plus qu'un flambeau et j'étais semblable à une sorcière sur son bûcher prête à être jugée.

- Sam, saute ! s'écria Max derrière l'écran de fumée.

Sa voix me fit sortir de ma torpeur, je devais vivre, pour lui, pour nous, pour toutes ces choses que je n'avais pas encore vécues, pour que mon livre ne devienne pas un best-seller post-mortem. Au prix d'un effort surhumain je me dirigeai vers le son de sa voix.

- Max ! hurlai-je en protégeant mon visage de mes avant-bras.

Chaque respiration semblait écorcher ma gorge avant d'enflammer mes poumons. Je me mis à tousser pour expulser cet air toxique. Ma vue se troubla et je sentis que je perdais pied peu à peu. *C'est la fin !* pensai-je avant de m'écrouler sur le sol encore intact de la plate-forme.

- Je te vois, saute ! C'est ta seule chance !

J'étais encerclée par les flammes, c'était le saut dans le vide ou la mort dans d'atroces souffrances. *Vis !* m'ordonna la voix dans ma tête alors que je m'élançai vers le cerceau de feu. Ma robe s'embrasa à l'instant où je bondis en avant, mes paupières s'alourdirent soudain et la lumière s'éteignit.

- ...un regrettable incident, commenta la voix morne M. Poirot.

- Tout le monde se demande : comment cela a-t-il pu se produire ? l'interrogea la journaliste.

- L'un de nos cracheurs de feu a projeté ses flammes vers le char pour un effet qui se voulait spectaculaire. Il semblerait que la peinture utilisée sur le pourtour de la plate-forme était hautement inflammable et donc non conforme. C'est d'ailleurs pour cette raison que le plancher n'a été dévoré par les flammes qu'en dernier permettant aux acteurs de s'échapper.

- Non, sans dommage, s'indigna la journaliste.

- En effet...

- On se souvient tous de la jeune Samantha Chauvin, miss Méthée 1992 qui se trouvait sur le traîneau. Si certains ne s'en sont sortis qu'avec des brûlures légères, Samantha n'a pas eu cette chance. Victime d'un traumatisme crânien sévère induit par sa chute, elle est toujours plongée dans un coma artificiel qui, nous l'espérons tous, permettra de réduire l'hématome et éviter une possible mort cérébrale. Samantha Chauvin avait pourtant un avenir radieux devant elle. Nouvelle égérie du talentueux Kyle Candel, elle avait fait sensation lors du défilé de présentation de sa nouvelle collection. Cosmopolitain a d'ailleurs dévoilé un article exclusif sur cette star montante...

La voix s'interrompit soudainement et le bruit des machines sembla se réveiller aussitôt.

- Ces journalistes n'ont aucun amour propre !

Je sentis le doigt de mon père effleurer ma main. Quelle sensation étrange. Cela faisait si longtemps que je n'avais rien ressenti.

- Je suis là ma chérie, murmura sa voix émue. Elle a

bougé ! Elle a bougé ! hurla-t-il en s'éloignant de moi.

Si j'avais réussi à remuer mon petit doigt et que le son parvenait jusqu'à mes oreilles, il me fallut quelques jours pour réellement avoir conscience de mon corps et du monde autour de moi. Lorsque j'ouvris les yeux, j'étais totalement désorientée. Que m'était-il arrivé ? Quel jour était-ce ? Mon père éclata en sanglot en m'enserrant de ses bras.

- Ma princesse, tu es là ! dit-il en m'embrassant les mains. J'ai... j'ai eu tellement peur.

Je retirai mon masque à oxygène pour lui répondre dans un effort surhumain. La douleur se réveilla dans mon bras gauche recouvert de bandages et l'effroi s'empara de moi.

- Tout va s'arranger, tenta de me rassurer papa. L'important c'est que tu sois vivante.

Il paraissait si pâle, aussi livide que les murs de la clinique. Ses cheveux avaient considérablement blanchi depuis la dernière fois que nous avions eu une réelle conversation.

- Papa, j'ai besoin que tu me dises la vérité, pour une fois, l'implorai-je.

Son regard s'assombrit.

- Tu as eu de la chance, tu aurais pu y passer, et moi je… dit-il avant de s'effondrer en larmes.

Après quelques secondes, il reprit une consistance et tenta de m'expliquer ce à quoi j'avais été exposée. Si les arceaux de ma robe avaient ralenti la progression des flammes au niveau de mes jambes. Mon bras n'avait pas eu cette chance. Les chairs étaient brûlées au troisième degré sur une portion de mon corps allant de mon biceps gauche jusqu'à la naissance de mon cou.

- Je vais avoir des séquelles, conclus-je.

Il ne tenta pas de me contredire alors que les larmes perlaient au bord de mes yeux. J'entraperçus mon avenir radieux s'envoler en éclat et mes nerfs en firent de même. Mon père tenta tant bien que mal de me retenir alors que je me débattais en hurlant pour arracher mes bandages. Ma vue se troubla, un bourdonnement de rage assourdissant résonnait dans ma tête. Puis, subitement, le calme. Mes muscles se détendirent et ma tête se reposa contre l'oreiller.

- Avec ça, elle se sentira mieux, chuchota l'infirmier.

- Papa ? tentai-je avant que mes yeux ne se ferment d'épuisement.

- Je suis là, je ne t'abandonnerai plus, me parut sa voix dans le lointain.

Lorsque je repris connaissance, seule la lumière de la Lune éclairait faiblement la pièce. La douleur se réveilla aussitôt dans mon bras me ramenant violemment à la réalité. Je n'avais plus envie de hurler, juste de laisser libre cours à ma tristesse. Je me blottis contre mon oreiller et le baignai silencieusement de larmes. De multiples pensées se bousculaient dans mon esprit : l'accident, mes rêves d'adolescence, la perte de ma mère, l'affection nouvelle de mon père, Max. Son souvenir m'apporta du baume au cœur. Peu à peu, je retrouvai un rythme cardiaque plus apaisé. Si certains rêves semblaient s'effondrer, tout n'était pas perdu. J'aspirai à vivre, à aimer, à devenir une meilleure version de moi-même. Sur un coup de tête, je m'extirpai tant bien que mal de mon lit. Un ronflement sur ma gauche me fit sursauter. Mon père dormait paisiblement sur le fauteuil. Lui qui était pourtant si habitué à son petit confort... La sensation de ma plante des pieds sur le carrelage me sembla étrangère et j'eus du mal à supporter mon propre poids. Me tenant à la tige métallique qui retenait la perfusion fixée à mon bras, j'avançai à tâtons vers le miroir se dressant à l'autre bout de la pièce. La personne que j'y aperçus faisait pâle figure dans sa blouse d'hôpital délavée. Ne pouvait-il pas instaurer un habit plus clément pour le teint ? *Déjà qu'on est au plus bas à l'hôpital... on veut vraiment nous dissuader de nous accrocher à la vie.* J'entrepris de décoller lentement le pansement gélatineux qui recouvrait mes brûlures. La douleur se réveilla avec ferveur manquant de me dissuader. *Non ! Je dois savoir !* Un cri m'échappa en découvrant les premiers millimètres de peau. De multiples cloques se mêlaient à la chair à vif. Je m'approchai du miroir pour scruter chaque parcelle de mon épiderme autrefois si lisse, mutilée sous l'action des flammes. Je restai quelques minutes à m'observer. L'atmosphère s'était alourdie considérablement et un frisson remonta le long de ma colonne vertébrale. En un instant, je fus transportée dans une église lugubre. Un cercueil en chêne me faisait face. J'ouvris le couvercle avec réticence. Ma mère reposait dans un linceul blanc, ses traits angéliques exprimant le soulagement. Aussi rapidement qu'elle était arrivée, l'illusion s'estompa. Mes yeux me renvoyèrent un regard empreint d'une intensité nouvelle. Ce qui avait fait ma force toutes ces années, ce n'était pas ma beauté immaculée. Non, ce qui avait fait de moi une battante c'était ma propre volonté. Si je m'étais confortée dans un rôle de fille futile c'était parce que j'étais trop effrayée de m'aimer telle que j'étais réellement.

Ces marques ne sont que l'expression des fêlures que je porte en moi. Il n'est plus question que je me cache. À partir de maintenant, je ne peux plus et ne veux plus cacher qui je suis.

Sur ces bonnes résolutions, j'entrepris de repositionner soigneusement le pansement et retournai me coucher.

Quelques jours plus tard, un homme austère fit une entrée lugubre dans ma chambre d'hôpital. C'était un avocat engagé par Candel Creation, il m'informa que la société avait légalement le droit de se séparer de moi.

- Mais elle est sous contrat ! s'insurgea mon père.

- Il est stipulé dans les documents que votre fille a signés que la société n'est pas tenue pour responsable de tout incident pouvant survenir en dehors des fonctions de mademoiselle Chauvin au sein de la compagnie. Mais ce n'est pas tout ! Votre fille représentait jusqu'à ce jour l'image de marque de Candel Creation. Quel message véhiculerions-nous à nos investisseurs et admirateurs en présentant une femme mutilée ? Bien sûr, dans notre grande bonté, nous proposons une prime si elle accepte de partir sans, comment dire, sans faire de vague.

- Mutilée ? explosa mon père. C'est de ma fille dont vous parlez ici ! Je ne…

- Papa, calme-toi ! le coupai-je avant de tourner la tête vers l'envahisseur.

L'homme affichait un petit rictus à mi-chemin entre gêne et amusement. Une force grondait en moi, je la sentais peu à peu se diffuser dans tout mon corps. Je sortis avec détermination de mon lit pour me rapprocher du piédestal sur lequel l'homme pensait se tenir.

- Comment osez-vous ? chuchotai-je avec un calme olympien. Venir ici, alors que je suis en convalescence et me bassiner de jargon juridique ? Mon silence ne s'achète pas ! Vos actions sont loin d'être étiques. À votre avis, à quel point un scandale pourrait-il impacter les investisseurs ?

L'homme dégluti avec peine.

- Nous pouvons sans doute trouver un arrangement qui permettrait aux deux partis de trouver leur compte.

- Sortez Monsieur, vous n'êtes pas le bienvenu ici, gronda la voix de mon père.

Les jours passèrent, papa restait à mes côtés. En quelques semaines, il avait triplé son temps de présence auprès de moi depuis ma naissance. Les témoignages d'affection des méthéens se multipliaient faisant de ma chambre une réplique de magasin de fleurs. Les embruns venaient chatouiller mes narines et je m'évadais loin de l'hôpital. Chaque voyage me ramenait auprès de la même personne. Max... Chaque matin, j'avais reçu une carte de sa part et chacun de ses mots semblait enflammer mes sens. Il était retenu par le travail à l'étranger, mais reviendrait vite. Maintenant que nous étions redevenus amis, plus jamais il ne referait l'erreur de m'abandonner. S'il savait à quel point je désirai bien plus que son amitié. J'avais tant de choses à lui dire sans savoir par où commencer. Par ses lèvres, par ses mains... par son souffle contre le mien... Non par des mots, il fallait que je commence par des mots !

Les examens médicaux étaient positifs, l'hématome qui comprimait mon cerveau s'était peu à peu résorbé, mes brûlures cicatrisaient lentement sans qu'aucune infection ne se déclare. J'allais pouvoir rentrer chez moi... enfin ! Plus qu'une nuit à tenir dans ces habits difformes et je pourrais enfin retrouver des tenues dignes de ce nom !

- Je te dois une explication, chuchota mon père les

yeux dans le vague interrompant ainsi le fil de mes pensées.

J'eus envie de protester. À quoi bon revenir sur le passé ? Moi qui n'aspirais maintenant qu'à briser ces chaînes qui m'avaient trop longtemps freinée. Mais la voix fluette du Dr Razboty résonna en moi et me somma de le laisser parler. *Pour aller de l'avant, il faut savoir affronter son passé.* Je me redressai tant bien que mal, découvrant au passage mes brûlures. Papa installa des coussins derrière ma tête avant de s'asseoir auprès de moi.

- Lorsque le voisin m'a appelé j'ai cru que je ne te reverrais plus jamais.

- Max… chuchotai-je comme une prière.

Des images de nos derniers échanges s'imposèrent à mon esprit, son regard, ses mains si douces, son rire, nos hurlements.

- Il était si bouleversé que je ne comprenais rien à ce qu'il disait. Il est resté à ton chevet pendant plusieurs jours. Lorsque les médecins nous ont donné des nouvelles rassurantes, il s'est résolu à reprendre le travail. Je crois qu'il a encore un faible pour toi.

J'aurais pu rêvasser encore longtemps si ce que mon père avait dit ne m'avait pas interpellé.

- Comment ça, encore ?

Il éclata d'un rire tendre et se mit à me caresser les cheveux.

- Je t'en prie Sam, il n'y avait que toi pour ne pas le voir. Je crois que depuis aussi longtemps que tu le connaisses, il était fou de toi.

Cette fois, ce fût le souvenir de ses lèvres contre les miennes qui s'imposa à moi. Nous avions un défi à accomplir. Mal à l'aise, nous étions entrés dans le cagibi. Jusqu'alors Max avait été pour moi un grand frère, jamais je n'avais pensé à l'embrasser. Pourtant, lorsqu'il avait refermé la porte derrière nous, j'avais remarqué pour la première fois à quel point il me troublait.

- On peut faire semblant, m'avait-il rassuré aussitôt. Je ne ferai jamais quelque chose que tu ne veux pas.

Je l'avais sondé du regard, il en avait autant envie que moi. Était-ce cette soudaine proximité d'un garçon et d'une fille dans un lieu confiné ? Ou était-ce l'expression d'une envie refoulée ?

- Non, on a voulu jouer, on a perdu, avais-je répondu.

Son regard s'était assombri à ces mots. Prenant les devants, je m'étais alors rapproché de lui, avait posé sa main sa joue, puis l'avais lentement passé dans ses cheveux. Ses lèvres s'étaient rapprochées des miennes et avant que je comprenne ce qui se passait, nous nous embrassions avec passion, ses mains cherchant les miennes dans l'obscurité, mon corps se plaquant contre le sien. Puis la minuterie avait retenti signant la fin du gage et nous nous étions séparés comme si de rien n'était. Nous n'avions jamais eu l'occasion d'en reparler, car dès le lendemain, il m'avait rayé de sa vie.

La voix de papa me ramena à la réalité.

- Il y a tellement des choses pour lesquelles je dois me faire pardonner. Je n'ai pas été un bon père.

- Papa, non…

- N'essaie pas de m'en dissuader. Je le sais. La vérité c'est que j'ai eu peur. Lorsque j'ai perdu ta mère… Je veux dire lorsqu'on a perdu ta mère, c'est la raison que j'ai perdue. Comment continuer sans elle cette vie que nous avions rêvé à deux ? C'était inconcevable.

Il relâcha ma main pour essuyer une larme qui coulait le long de sa joue.

- Tu lui ressemblais tant. Tu avais son sourire, son regard. Au lieu d'être une délivrance, la reconnaître en toi était une souffrance. Chaque jour, je me confrontais à ce que j'avais perdu. C'était injuste, je le sais bien. Je me suis lancé corps et âme dans le boulot, me persuadant qu'ainsi tu ne manquerais de rien.

Je voyais mon père sous un jour nouveau. Un homme fragilisé par la vie qui, à sa manière, avait voulu me préserver de sa douleur.

- C'est toi qui m'a manqué, papa, chuchotai-je.

- Toi aussi ma chérie, m'assura-t-il.

Il se releva de sa chaise pour me prendre dans ses bras et mes larmes se mêlèrent aux siennes. Il me fit des excuses pour tous ces moments de ma vie qu'il avait ratés, pour ces prétextes qu'il avait inventés.

- Et cette année encore, je t'ai fait défaut. Je ne suis pas venu au défilé. Lorsque j'ai lu ta lettre, j'étais complètement abasourdi. Alors j'ai fait ce que je savais faire de mieux, fuir le problème. Et quand je pense que j'ai failli te perdre… sans avoir pu te dire…

L'oxygène lui venait à manquer et il se mit à hoqueter à mesure que son visage s'inondait de larmes.

- Tout va bien papa, je suis là, chuchotai-je avant de le serrer à nouveau dans mes bras.

Lorsque je quittai ma chambre le lendemain, je fus surprise d'apercevoir mon père au volant de notre voiture, un air triomphant sur le visage.

- Qu'est devenu Daniel ? lui demandai-je.

- Un père n'a-t-il plus le droit de passer du temps avec sa fille ?

- Euh... si... hésitai-je. Mais je viens de sortir de l'hôpital, j'aimerais autant ne pas y retourner.

- Si tu ne veux pas y retourner tu ferais mieux de

monter dans cette voiture jeune fille. Je te rappelle que j'ai les moyens d'acheter toute la section ouest de cette clinique pour t'y enfermer pendant le restant des tes jours.

J'éclatai de rire puis levai les mains en l'air en guise de reddition avant d'occuper le siège avant. Le trajet fut des plus comiques, cela faisait bien une dizaine d'années que mon père n'avait pas touché à un volant. Nous manquâmes de peu deux poteaux, une voiture et nous calions à chaque rond-point. Pourtant, c'était l'une des plus agréables balades en voiture qu'il m'avait été donné de faire. Nous nous arrêtâmes en chemin pour manger un banana split dans le centre commercial des Ulysses. Je n'aurais jamais cru me retrouver un jour avec mon père dans un endroit aussi désuet au milieu du peuple. Pourtant, nous n'avions jamais autant partagé. Il me raconta sa rencontre avec ma mère, comment il avait compris que c'était la femme de sa vie, les multiples rejets qu'il avait dû subir avant qu'un jour elle finisse par faire de lui le plus heureux du monde. Il me parla ensuite des mois qui avait précédé ma naissance, les folles envies qu'éprouvait sa femme de manger un banana split ce qui l'obligeait à l'emmener dans ce glacier qui à l'époque s'appelait Alfredo avant de devenir une chaîne. J'eus le sentiment que les pièces du puzzle se mettaient peu à peu en place, j'avais une famille.

Mon père me déposa chez nous à la tombée de la nuit. Pour sa part, il avait une réunion importante, mais reviendrait vite.

- De toute façon, je crois que tu n'aurais pas très envie de m'avoir dans tes pattes ce soir, dit-il en me faisant un petit clin d'œil.

Avant que je réagisse à sa remarque, il démarra en

trombe. Je remontai l'allée à tâtons, laissant les embruns de ce jardin si familier m'envelopper de leur douceur. Une fois sur le perron, j'aperçus une enveloppe à mon nom épinglée sur la porte. Curieuse, je la retirai et l'entrouvris délicatement. J'y reconnus tout de suite l'écriture de Max et mon cœur s'emballa.

Sam,
Je me suis débrouillé pour être de retour à temps pour ta sortie. J'ai hâte de te retrouver. Appelle-moi quand tu rentres. Ton père m'a fait lui promettre de te garder bien au chaud ce soir. Si tu es trop fatiguée je comprendrais, et je serai là à ton réveil.

Impatiente, je balayai l'idée de l'appeler et empruntai encore une fois le passage secret qui menait à son jardin. Les branches de la haie se coincèrent dans mes cheveux, me décoiffant au passage. Lorsque je frappai à la porte de mon voisin, mon jean portait des traces de boue et ma tignasse blonde ressemblait à une crinière entremêlée de feuilles mortes.

La porte s'ouvrit laissant place à celui qui nourrissait tous mes fantasmes depuis quelques semaines. Il sembla étonné de me retrouver si vite. J'eus un moment d'hésitation, tentant tant bien que mal de calmer l'urgence qui me sommait de l'embrasser. Il réagit plus vite que moi et se jeta dans mes bras, son corps contre le mien me fit bouillir de l'intérieur.

- J'ai eu tellement peur de te perdre Sam, chuchota-t-il.

- Je suis là, le rassurai-je.

La voix de sa mère résonna de la salle à manger et Max l'informa qu'il rentrerait tard avant de refermer derrière lui. Il m'attrapa la main et me fit emprunter le chemin semé d'embûches que je venais d'effectuer en sens inverse. Une fois devant ma porte, je sortis les clés de mon sac, mais mes mains tremblaient allègrement m'empêchant de trouver le trou de la serrure. Maxime s'en chargea et le simple frôlement de sa peau contre la mienne me tétanisa. Des milliers de mots se bousculaient dans mon esprit lorsque nous entrâmes. Il m'aida à me décharger de mon manteau de fourrure puis me conseilla d'aller me changer, car mes vêtements étaient humides. Je ne protestai pas, trop mal à l'aise pour faire autre chose.

- Sam, mais qu'est-ce que tu fous ? explosai-je une fois dans ma chambre. Dis-lui ce que tu ressens !

Après une rapide douche, temps nécessaire pour remettre mes idées au clair, je troquai mes vêtements sales contre une robe bohème noire à motifs floraux et attachait mes cheveux en un chignon décoiffé. En apercevant mon reflet dans le miroir, mon enthousiasme vola en éclat. *Merde, tu n'es plus aussi jolie. Et s'il était déçu ? Et s'il te rejetait en les voyant ?* De peur je couvris mes épaules d'un châle que j'enroulai autour de mon cou. *Aies confiance, s'il t'aime il devra accepter la nouvelle Sam, l'écorchée vive qui ne veut plus se cacher.* Et pourtant n'était-ce pas exactement ce que j'essayais de faire ? Non ! Je voulais me découvrir, pour lui, j'avais juste besoin d'un petit peu de temps. Son sourire s'illumina en me voyant apparaître. Je récupérai le verre qu'il me tendait avant de m'asseoir à quelques dizaines de centimètres de lui. Sa proximité me fit rire bêtement. *Que dire ?* Maintenant que je me retrouvai à ses côtés, tout ce que j'aurais pu faire me semblait ridicule.

Max passa sa main dans mes cheveux et sa voix brava le silence gêné qui régnait entre nous.

- Il faut que je t'avoue un truc, je…

- Moi aussi, le coupai-je. Euh, pardon, qu'est-ce que tu voulais dire ?

Il eut un moment d'hésitation suivi d'un petit rire.

- Ben j'étais bien engagé, mais d'un coup ça ne veut plus sortir, dit-il en se grattant ses cheveux déjà en bataille.

Son manque d'assurance sembla me donner un regain de courage. Je me levai, bus mon verre d'une traite, avant de le sommer de faire de même puis l'entraînai jusqu'à une porte beige décrépie qui se trouvait entre le salon et la cuisine.

- Qu'est-ce qu'on fait là ? me demanda-t-il.

Je posai mon doigt sur ses lèvres pour lui faire signe de se taire et le poussai dans le placard à balai. Il était bien plus étroit que dans mon souvenir, mais réveilla en moi les sensations que j'y avais vécues quelques années plus tôt.

- Mais pourquoi tu...

- Action ou vérité ? lui demandai-je avec empressement.

Max me sonda du regard pour voir si je plaisantai. Impatiente, je répétai ma question.

- Vérité, finit-il par répondre focalisé sur ses mains.

D'une caresse sur la joue, je l'amenai à me regarder dans les yeux.

- Que voulais-tu me dire ?

Il parut déconcerté, son regard sembla se focaliser sur la serpillière derrière moi. Je tendis le bras pour éteindre la lumière. Nous nous retrouvâmes dans l'obscurité, seul un filet de lumière filtrait au bas de la porte. Je m'apprêtai à le questionner à nouveau lorsque sa main enlaça la mienne.

- Je n'ai pas été totalement sincère. Il y a une autre raison qui m'a poussé à m'éloigner de toi.

Mon sang se glaça aussitôt.

- Comment ça ?

- Je… je crois que j'étais en train de tomber amoureux, et j'ai pris peur. De toute évidence, tu n'avais jamais pensé à moi de cette façon. Et puis j'avais trois ans de plus que toi, c'était totalement malvenu et je ne voulais pas gâcher notre amitié, chuchota-t-il.

- Et maintenant ?

- Je me suis persuadé au fil des ans que j'avais bien fait de te fuir, tu étais devenue si égocentrique…

Aouch !

- Mais ses dernières semaines, j'ai compris que j'étais totalement passé à côté de nous, de notre relation quelle qu'elle soit. J'ai cru te perdre et à ce moment-là, je me suis promis de te dire la vérité.

Je guidai sa main jusqu'à ma joue pour qu'il sente mes larmes d'émotion, puis les fit descendre jusqu'à ma peau nue, mutilée par les flammes.

- Max, je...

- Je sais... J'étais là Sam, murmura-t-il en se rapprochant de mon oreille. Je t'ai vue dans le coma couverte de bandages. Tu es magnifique Sam, tu l'as toujours été et à mesure que les jours passent je te trouve de plus en plus belle.

- Mais... je...

Aucun mot ne semblait assez fort pour briser le silence. Je rapprochai lentement mon corps du sien, son souffle chatouilla ma nuque me faisant frémir.

- Action ou vérité ? murmura-t-il à quelques millimètres de ma bouche.

- Action ! conclus-je en l'attirant à moi.

« Allez, allez ! Grouillez-vous ! »

Adam, dix-sept ans, le plus grand de la bande fit la courte-échelle aux plus jeunes.

Dans une euphorie silencieuse, chacun gravissait comme il le pouvait le mur qui les tenait à l'écart du monde *normal*, celui où chacun avait un papa et une maman. Une main tendue, on hissait les plus petits. On étouffait les rires, se mordait les lèvres afin de ne pas attirer les voix des adultes qui les pourchassaient dans les bois.

« Une fois de l'autre côté, vous vous barrez rejoindre le pont ! lança l'adolescent.

- Et toi ?

- J'vous rejoins après !

- Mais… »

Adam interrompit Adèle d'un geste de la main, les faisceaux des torches qui zébraient l'obscurité pointaient dans leur direction. Il lui fit signe de ne plus faire un bruit, de se terrer. Dans un mouvement inaudible, les deux adolescents se plaquèrent contre le sol, espérant que les traqueurs ne flaireraient pas leur présence. Par chance, tous les autres venaient de franchir le mur.

Adèle écrasa ses mains contre sa bouche. Sa respiration était forte malgré ses efforts pour la retenir. Son cœur martelait frénétiquement dans sa cage thoracique. Les voix se rapprochèrent, les mots se devinèrent.

« *…à droite… vu bouger…* »

Elle serra les dents, il lui serra la main. Puis, d'un mouvement de la tête, l'adolescent lui fit comprendre qu'il fallait fuir, sauver leur peau.

Ramper, il n'y avait pas d'autres solutions. Le sol était encore légèrement boueux de la veille, leurs vêtements clapotaient dans les flaques d'eau et les rendait bruyants.

« *Là, j'ai entendu quelque chose !* » lâcha une voix juste au-dessus d'eux.

La proximité soudaine de l'adulte les gela sur place. Le temps arrêta son cours. Le faisceau lumineux déchira l'obscurité à quelques centimètres de leur visage. Et à travers, l'adolescente distingua les traits de l'homme. Elle le reconnut : Manuel, l'éducateur responsable de son groupe. Il avait des airs chaleureux, proches des orphelins, mais un sentiment n'avait jamais abandonné Adèle ; il n'était pas leur père, il n'était pas de leur famille. Si proche qu'il était, il ne pouvait pas les comprendre.

Ce dernier s'arrêta, comme pour mieux flairer la piste. Puis, l'homme fronça les paupières, semblant s'interroger. C'est alors que son regard se dirigea machinalement vers eux.

« Bor… Bordel, j'les ai trouvés ! » hurla-t-il.

À peine eut-il le temps d'empoigner l'un des deux adolescents qu'un violent choc le fit reculer de quelque pas. La torche se renversa dans la boue.

« Viens ! jeta Adam en direction de sa complice. Grouille-toi ! »

Elle se laissa porter par l'adrénaline qui ruisselait dans ses veines avant de plonger dans les méandres de la forêt nocturne. Adam lui saisit la main, l'encouragea à ne rien lâcher. De l'autre côté du mur, les plus jeunes comptaient sur eux, qu'allaient-ils devenir abandonnés dans la nature ?

En élaborant le plan de l'évasion, il avait décidé d'emprunter la zone du parc qui mordait la forêt et offrait de meilleures opportunités de fuite.

« Et… Et les autres, ils vont nous attendre ! lâcha la jeune fille quand ils s'éloignèrent du point de ralliement.

- Je leur ai dit de courir jusqu'au pont ! Ça va l'faire ! »

Dans leur fuite, les feuilles des arbres les frappèrent de plein fouet. Seule la lumière qui émanait du centre-ville lointain leur permettait de se repérer parmi les branches enchevêtrées. Les flaques claquaient sous leurs pieds, l'eau dégoulinait sur leur visage.

Derrière, nul doute que l'homme avait déjà appelé du renfort. Courir était vain dans cet enclos muré de toutes parts. Adam le savait. Tôt ou tard, on finirait par leur mettre la main dessus.

Alors, une idée lui vint en tête. Il tira sa complice par le bras pour bifurquer sur leur gauche et s'arrêter au pied d'un immense chêne. D'un chuchotement bref, il lui indiqua de s'agripper aux branches, de grimper sans attendre.

« Mais…

- Dépêche ! »

Les doigts glissaient sur l'écorce humide. Les mains tremblaient sous l'effort. Mais la tentation de la liberté transcendait tout ça. Avec une force qui n'était pas sienne, Adèle se hissa à plusieurs mètres au-dessus du sol. Elle apercevait les halos de lumières se reflétant sur les feuilles mouillées. Ils étaient là, les traquant comme des bêtes. Elle ne lâcherait rien.

« Tu… Tu veux faire quoi ? »

Les voix s'approchaient.

« On va sauter ! »

L'une des branches s'étendait au-delà du mur.

« Quoi ? Mais… Mais t'es fou, on va s'tuer ! »

Un faisceau éclaira son visage.

« Tu préfères rester ici ? »

Elle le regarda, trouva confiance, s'avança tant bien que mal sur la branche et sauta.

Le pont du Casino traversait le Tiès au nord de Méthée pour rejoindre le centre-ville. Lors d'une précédente excursion, où Adam avait fait le mur avant de se faire attraper au moment de grimper la façade de l'internat pour rentrer, il s'était surpris à sympathiser avec quelques sans-abris. Ces derniers squattaient les fondations du pont, là où les armatures en béton offraient un semblant de chaleur.

Quand ils arrivèrent, Mathias fit une moue de dégoût en apercevant les débris, déchets, bouteilles renversées et seringues qui jonchaient le sol.

« On va dormir ici ?

- C'est qu'provisoire... » lâcha Céline, l'air exaspéré.

Des grillages clôturaient la zone afin de limiter l'accès à la route. Des graffitis recouvraient les murs, noircis par les vapeurs d'échappement des véhicules qui circulaient à quelques mètres au-dessus de leurs têtes.

Certains jetèrent des regards interloqués aux SDF qui se réchauffaient autour d'un feu dans un logement de fortune. Quelques tôles, un matelas usé, deux, trois boites de conserve et des photos accrochées afin de garder un semblant d'humanité.

« Eh les gamins, leur lâcha l'un d'entre eux en les voyant débarquer d'un pas incertain. Vous êtes paumés ? »

Personne n'osa prendre la parole, se jaugeant du regard les uns les autres. Le SDF se leva de son matelas, s'avança vers eux.

« Vous devriez pas rester là… C'est pas un endroit pour les mômes…

- On… On cherche un endroit où dormir… » fit Adam en prenant la tête du groupe.

L'homme sembla dubitatif, les jaugea du regard, se retourna afin de consulter ses compagnons, puis, d'un geste de capitulation, finit par se résigner. Après tout, ils faisaient bien ce qu'ils voulaient.

Les plus petits restèrent à proximité des plus grands. Les regards cherchèrent du réconfort, s'interrogèrent.

« Eh ! Ces quoi ces têtes-là ? Hein ? » lâcha Adam une fois qu'ils avaient décidé de l'endroit où se poser.

Le terrain bordait certes la route, mais grâce à la végétation éparse qui la longeait, les adolescents pouvaient rester à l'abri des regards.

« Y'fait froid, et j'suis sûr que les flics vont chercher ici ! » répliqua Mathias d'un ton de porte-parole.

- Je sais ! Je sais… Mais c'est pas ça qu'on voulait, la liberté ? »

Adèle se redressa aux côtés de l'aîné du groupe, lui tint la main.

« On l'savait ça en partant, on en avait discuté ! Ici, ce serait pas l'Club Med, pas d'bouffe servie sur une assiette, pas d'couvertures, pas d'douche ! À quoi tu t'attendais ?

- Mais… hésita Nancy, la plus petite du groupe qui avait rejoint le Village des Enfants alors qu'elle n'avait pas plus de trois semaines, y'a des messieurs là-bas… Pourquoi… Pourquoi on va pas avec eux ? »

Elle désigna les sans-abris regroupés autour d'un feu.

« Nancy, écoute, on a dit qu'on s'tirait pour rester

entre nous, pour nous occuper de nous-même, tu veux encore qu'on te dise quoi faire ? »

La fillette se pinça les lèvres, regarda le sol, puis, une fois qu'Adèle lui passa une main amicale dans le dos, elle agita la tête de gauche à droite en cherchant du réconfort dans ses bras. Adèle avait toujours eu ce réflexe avec ses cadettes n'ayant jamais connu leurs vrais parents. Au fond, elle savait qu'elle faisait un transfert de son propre parcours et qu'elle refusait que d'autres soient transportées de famille d'accueil en famille d'accueil avant de retourner à la case Village des Enfants.

« Vous savez quoi, là, on est crevés, on va pioncer ici cette nuit, conclut Adam, et demain, on prendre une décision, dac ? »

À peine la discussion terminée que certains les quittèrent déjà pour le pays de Morphée. La tension retombée, la fatigue avait eu raison du sol à moitié boueux. La lumière intense de la Lune se dissimula doucement derrière l'horizon. Les sirènes de police retentirent une large partie de la nuit, d'abord perturbantes, puis berçantes. On s'y faisait. Les gyrophares tournoyaient ici et là, sans jamais s'arrêter sur eux. On espérait, on croisait secrètement les doigts afin de ne plus retourner en zonzon ; joli surnom pour ne pas oublier que leur internat n'était qu'une prison.

Le Soleil se leva. L'ombre se dissipa.

« De l'eau ? fit le SDF quand Adam lui demanda conseil. Tu peux aller au parc, y'a une fontaine…

- Ah, le parc de la Tanière ? Mais c'est super loin ! »

L'homme haussa les épaules.

« C'est ça… ou vous devrez retourner chez vous ! »

L'adolescent expira longuement, jeta un œil sur ses camarades, puis répliqua qu'ils n'avaient pas de chez-eux.

La répartie amusa le SDF. Il retourna dans son logement de fortune, plongea la tête dans une malle dont le couvercle était raccommodé à la va-vite, puis lui tendit une bouteille en plastique.

« Tiens, t'en auras besoin… »

D'abord sceptique, le garçon le remercia ensuite en lui promettant de vite la lui rendre.

Adèle dormait encore, allongée sous une tôle laissée à l'abandon. Dans une organisation à la hâte, ils avaient tenté de séparer les filles et les garçons, de se servir de leurs vestes et autres manteaux comme de couvertures.

« Bon, il va falloir improviser… Théo, tu veux venir avec moi ? lui demanda l'aîné sans vraiment attendre de réponse. J'vais avoir besoin d'un coup d'main… Inès, tu restes là, t'attends que tout l'monde s'réveille, et tu les préviens qu'on est allés chercher de l'eau, dac ? »

La jeune adolescente, amie proche d'Adèle, acquiesça alors d'un signe de la tête avant de voir ses deux compagnons quitter le camp provisoire.

Les autorités étaient sûrement en alerte ; dix-sept adolescents paumés dans la nature, c'était le genre d'info dont les médias raffolaient. Traverser Méthée en empruntant uniquement de petites ruelles discrètes et en dissimulant leur visage derrière une écharpe, était de rigueur. Ils faisaient mine d'être captivés par une vitrine de boutique, de faire leurs lacets, de détourner le visage à chaque fois qu'ils croisaient un passant.

Quand vint le dernier carrefour avant de rejoindre le parc, Adam jeta un œil à chacun des angles de l'avenue, puis, à son signal, les deux adolescents cavalèrent pour traverser la route et s'engouffrer derrière une rangée de cyprès fraichement taillés.

« Une bouteille, pour nous tous ? Ça va être chaud… fit remarquer Théo, en attendant que le passage se fasse moins intense.

- On a le choix ? »

Il existait plusieurs fontaines réparties dans tout le parc. Parfois, avec Le Village des Enfants, les deux adolescents étaient venus par ici pour se prélasser à l'ombre d'un sol pleureur et partager un pique-nique. Les jeux de cache-cache leur avaient permis de connaître par cœur chaque espace de la bordure nord du parc.

« On va remonter l'allée en restant planqués derrière les buissons… »

Théo acquiesça d'un signe de la tête. Dans ce genre d'excursion, il avait toujours fait confiance à Adam et à son sens de l'analyse. Lui se contentait de suivre pour ensuite radoter auprès de leurs compagnons chaque détail de leurs péripéties.

La chance était avec eux ce matin-là, la fontaine était déserte. N'ayant pas avalé une goutte depuis la veille au soir, ils se jetèrent sur le filet d'eau pour se désaltérer. Adam lâcha un long soupir bruyant de satisfaction avant de se rincer le visage.

« Ça fait du bien !

- Ouais ! Et pour les autres, on va faire comment ?

- J'sais pas… On les fait venir ici ? »

Les deux garçons se consultèrent du regard ; se déplacer en meute équivalait à se tirer une balle dans le pied.

« Merde… On y a pas pensé avant… lâcha Adam, se mordillant les lèvres.

À leurs pieds, une bouteille en plastique jonchait le sol. Déformée, usagée. Il interrogea alors son compagnon du regard.

« On va pas faire ça ? »

L'aîné sembla hésiter. La nécessité n'offrait pas le luxe de jouer les difficiles.

« Bon, j'ai une autre solution… » conclut-il.

Ils remplirent les deux bouteilles et quittèrent aussitôt le parc sans demander leur reste.

« T'es un ouf… Déjà qu'on est recherchés, mais toi tu veux jouer avec le feu… »

Adam ne l'écoutait déjà plus. Les réprimandes, il les avait eues toute sa vie. Dorénavant, il ferait ce que bon lui semblait, surtout si c'était pour le bien de la communauté. Il glissa une, puis deux, trois, quatre, cinq et six bouteilles de petit format sous le repli de sa veste.

« J't'oblige à rien... Si tu veux, tu peux même sortir en premier, et m'attendre… »

L'hypermarché vendait de tout : hi-fi/vidéo, bouquins, produits de beauté, bouffe, ce n'était pas quelques bouteilles d'eau qui allait les ruiner, tempéra Adam. Il fit un signe à son compagnon, puis enchâssa le pas vers la sortie. Fuir le foyer des orphelins avait été pour eux une nécessité, Théo ne remettait pas ça en question. Et bien que ce désir s'était emparé de chacune de ses pensées, de ses paroles, le garçon prit soudainement conscience de tout ce que cela impliquait. À la hâte, il s'empara de plusieurs bouteilles, les enfourna dans ses manches, sa veste, tant pis, s'il se faisait choper, le jeu en aurait valu la chandelle. D'un pas pressé, il remonta les rayons, passa devant une rangée de caisses, la tête plongée dans son col comme pour passer inaperçu, et emprunta la sortie sans achat avant de galoper à toute vitesse.

« Eh ! »

Le garçon sursauta, son cœur s'emballa. Il tourna vivement la tête et découvrit Adam qui l'attendait au coin du supermarché.

« Qu'est-ce tu fous à courir comme ça ? On t'a suivi ?

- Heu… Nan… Nan, j'crois pas… »

L'aîné resta un bref instant dubitatif, le regard interrogateur. Puis, il éclata de rire en entraînant son camarade avec lui.

« Tu sais quoi ? J'vais t'apprendre à être discret ! » lâcha-t-il.

À genoux, Adèle cracha ce qui remontait de son estomac. Le teint pâle. Les mains tremblantes. À ses côtés, Inès lui tenait les cheveux en l'air pour lui dégager le visage.

« Ça va aller, ma belle ! T'as dû avaler un sale truc ! »

Adèle n'eut pas la force de répondre, appréhendant une nouvelle vague de nausée. À cet instant, elle aperçut alors les deux adolescents qui regagnaient le camp de fortune. On les informa aussitôt que la jeune femme avait un problème et que personne ne savait comment l'aider. Saisi de panique, Adam accourut sans attendre auprès d'elle. Elle semblait exténuée, de la sueur perlait de son front.

« Eh ! Ça va ? balança le garçon en la soutenant d'une main dans le dos. Tu veux qu'on aille voir un médecin ? »

L'adolescente se tourna, afficha un sourire quand elle aperçut les traits du garçon.

« Nan… J'vais… J'vais mieux…

- T'es sûre ?

- Ouais ! Ouais… J'ai juste eu quelques nausées… »

Son teint était encore blafard malgré tout et Adam la scruta du regard, il n'appréciait guère faire comme si rien ne s'était passé.

« On a pas mangé depuis longtemps, on a bu ce qu'on trouvait depuis hier soir… Tu t'poses trop de questions… rassura Adèle qui tenta de se remettre sur pieds.

- Mouais… OK… Mais si tu t'sens mal, tu m'préviens tout d'suite ! »

La jeune femme hocha fébrilement la tête de bas en haut.

« Tiens, fit-il en sortant l'une des bouteilles du repli de sa veste. Bois… »

D'un geste affamé, elle se rassasia aussitôt. Un pincement au cœur de devoir se séparer d'elle, Adam prit place au milieu de la communauté, distribua les dizaines de bouteilles rapportées, puis expliqua qu'il fallait rationner et que bientôt, ils seraient encore en rade. Les deux grandes servaient à se nettoyer, les petites à se désaltérer.

« Comment on va faire pour manger ? » J'ai déjà la dalle ! lâcha Mathias en l'interrompant.

Les deux mains sur les hanches, une longue inspiration par le nez afin de dissimuler son agacement, Adam se retint de lui rétorquer qu'il avait toujours été un éternel insatisfait. Toutefois, cette fois-ci, il dut reconnaître intérieurement que ses plaintes étaient justifiées.

Dans la foulée, d'autres suivirent Mathias pour manifester le manque qui les frappait. Certains s'interrogèrent même sur un possible retour au Village des Enfants.

« Woh oh oh ! balança Adam face à cette agitation. Vous vous rendez compte de ce que vous dites ? Ça fait même pas un jour qu'on s'est tirés !

- Y fait froid ! Ça pue ! Et on a les crocs ! répliqua Sourcil, un jeune du groupe des treize/quinze ans qui avait hérité son surnom de sa pilosité débordante.

- Et tu t'attendais à quoi, hein ? Tu pensais qu'on allait être reçus comme des princes ? »

Adèle aurait voulu soutenir l'aîné, lui faire savoir qu'il pouvait compter sur elle. Néanmoins, à cet instant, elle ne se sentait pas assez en possession de ses moyens pour intervenir.

« J'ai pas dit ça ! Mais c'est pas avec ton blabla qu'on va manger ! » conclut Sourcil, avec un certain soutien de la part de ses camarades.

Autour, les SDF qui n'étaient pas partis en centre-ville, se tenaient à distance de la bande. Ils étaient jeunes, mais le nombre intimidait.

« Bien, reprit l'aîné, croyez pas que j'réfléchis pas à tout ça ! J'vous rappelle que c'est vous qui avez décidé de partir, moi dans six mois j'suis majeur, j'me casse ! »

Son intonation avait imposé le silence.

« Si j'suis là, c'est parce que j'vous ai promis que j'vous lâcherais pas ! C'est pas vrai ? »

Il interrogea Théo du regard, qui confirma d'un signe de tête. Puis, il s'arrêta devant Mathias. Le jeune garçon fuit le regard dans un premier temps, puis, quand il comprit qu'on s'interrogeait sur sa position, lâcha un oui presque inaudible. Inès reconnut à son tour l'intégrité de l'aîné, Sourcil également, bien qu'il maintenait que les beaux discours ne les nourriraient pas. Enfin, Nancy bredouilla qu'elle avait peur du froid et de la faim. Sur ces mots, Adèle vint lui tenir la main afin de la réconforter.

« Il est important qu'on se divise pas ! Qu'on reste unis, solidaires ! C'est ce qu'on faisait en zonzon, y'a aucune raison que ça change ici ! »

On acclama sa répartie.

« Alors, j'sais qu'on a faim, qu'il va falloir s'donner pour subvenir à nos besoins, mais ce n'est que le prix de la liberté !

- OK… Mais qu'est-ce qu'on fait ?

- On est combien ? dit-il avant de compter ses compagnons. Quinze… Seize… Dix-sept ! OK ! On va des groupes ! C'qu'il nous faut en premier, c'est manger et avoir un endroit où dormir. »

Il parlait fort, en se déplaçant parmi les siens.

« Un groupe s'occupe de la bouffe : faire la manche, voler dans les supermarchés, bref, on trouvera ! Et l'autre, il nous construit un joli espace où on pourra s'reposer et s'réchauffer ! Dac ? » dit-il plein d'entrain.

Le discours avait revigoré la communauté. On poussa des cris d'acclamation, on se tapa dans les mains.

Malgré toute cette effervescence, Adam n'était pas dupe en ce qui concernait la foi de certains. Il inclina la tête avec un sourire quand on lui adressait une tape amicale, puis, au moment où Mathias passa devant lui, l'adolescent ne put s'empêcher de lui glisser que s'il voulait retourner au Village des Enfants, il était libre de son choix.

« Quoi ? Mais pourquoi tu m'dis ça ? » répliqua le garçon sur la défensive.

Il jeta un vif coup d'œil derrière lui afin de s'assurer qu'on ne les ait pas entendus.

« Pas à moi, on m'la fait pas… » glissa alors Adam.

Le jeune garçon resta muet, son regard fébrile ne tenait pas, rempli de honte.

« Allez, balance la vérité… J't'en voudrai pas…

- Bah… Tu sais… »

Dans leur dos, Adèle les interrompit soudainement pour les prévenir, qu'avec le soutien d'Inès, elle allait rester ici afin de bâtir l'espace de vie.

« Heu… J'vous dérange ? ajouta-t-elle quand les deux garçons semblaient garder un silence gêné.

- Nan… On disait rien d'intéressant… » balança Mathias, le ton feignant l'indifférence.

La jeune femme haussa un sourcil, se tourna pour les laisser discuter, puis, à ce moment-là, Adam prit la parole pour corriger ce qui venait d'être dit : ils parlaient de quelque chose de très important.

« J'ai une dernière chose à vous dire ! lança-t-il à la communauté. Il est hors de question qu'on remplace une prison par une autre. Croyez-moi bien quand je dis que ceux qui veulent partir pour retourner au Village des Enfants sont libres ! Mais ils doivent le dire maintenant, et surtout, ils doivent jurer de la boucler, sinon… »

On s'interrogea du regard, se jaugea.

« Mathias, tu veux partir ? »

Le garçon garda de nouveau le silence sans croiser le regard de ses camarades. Mais chacun connaissait son expression quand il se retrouvait face aux éducateurs refusant d'avouer la vérité.

« Allez, dis-le, tu t'sentiras pas bien ici… »

Après un instant de réflexion, l'interrogé osa répondre affirmativement d'un hochement de la tête.

« OK… Bien ! D'autres veulent le suivre ? »

Le temps parut long, mais en prenant son courage à deux mains, une fille du groupe des treize/quinze ans s'engagea vers Adam afin de lui confirmer son mal-être. On leur fit jurer de ne rien cracher du morceau. Ils quittèrent le camp. Les jours passèrent. On raconta qu'ils avaient dû tenir leur langue. Aucun adulte, aucun flic n'avait débarqué pour les embarquer, les jeter en zonzon, les engueuler avec une morale déjà entendue maintes et maintes fois.

Les tôles métalliques permettaient de se couvrir de la pluie et du froid, de créer des espaces de vie, tandis que les capuches les couvraient du monde. Avec les encombrants qui tombaient chaque début de mois, ils purent récupérer un sofa usé et déchiré mais confortable malgré tout et réconfortant. Dans les semaines suivantes, deux fauteuils dépareillés vinrent s'ajouter à l'espace de vie commune. Avec le temps, ils s'habituèrent au rythme de la rue, il fallait sortir tôt pour récupérer les biens laissés à l'abandon avant que les camionnettes des gens du voyage ne viennent les embarquer. Il fallait rester discret, ne pas se faire remarquer, et au mieux, sympathiser avec les différents SDF du nord-est de Méthée. Certains refilaient parfois des tuyaux intéressants. La nécessité enseignait à veiller les uns sur les autres, à rester solidaire.

L'inquiétude d'Adam se réveilla quand les nausées matinales d'Adèle ne trouvèrent pas de repos. *Et si elle avait chopé quelque chose ? Merde, fallait-il voir un médecin ?*

On lui mettait une serviette humide sur le front, on la ménageait, lui réservait un espace de repos pour elle.

Le temps passa et son ventre s'arrondissait. Quand elle annonça la nouvelle à Adam, qu'ils seraient bientôt un de plus dans la communauté, ce dernier explosa de joie. On fêta cela avec quelques pizzas qu'ils reçurent du camion en échange d'une dizaine d'affiches publicitaires accrochées aux quatre coins du quartier. Pour les boissons, il suffisait de les glisser sous le manteau à l'épicerie du coin. Et, afin de n'éveiller aucun soupçon, ils passaient à la caisse payer deux ou trois paquets de chips pour quelques ronds. Par précaution, ils prenaient soin de ne jamais frapper deux fois au même endroit de suite.

« Eh ! Vous allez l'appeler comment ? s'écria Inès en trinquant avec eux le jus de fruits qu'elle buvait dans une boîte de conserve.

- On… On sait pas encore… admit Adèle, un sourire timide. C'est trop tôt ! »

De son côté, Adam ne répondit rien. Au fond, il savait qu'il n'était pas le père biologique, et pourtant, sans avoir eu besoin d'échanger un mot, elle l'avait désigné comme tel.

« J'veux pas jouer les rabat-joie, mais on va pouvoir élever un enfant ici ? lâcha Sourcil décapsulant sa troisième bière.

- Mais oui ! » répliqua Nancy.

La fille se redressa vivement du fauteuil en montrant un coin près du matelas où dormait Adèle.

« Regarde, là, on pourra lui faire un petit lit douillet, il suffit de trouver un berceau !

- C'est faisable !

- Mais ouais ! Et puis, on a quoi ? Sept, huit mois, pour tout préparer ?

- Et avec sa tata préférée avec elle, elle va être chouchoutée ! » ajouta Inès en se désignant du doigt.

La jeune fille prit des grands airs pour amuser ses compagnons. La soirée s'écoula, on balança tout azimute des idées afin d'accueillir le futur nouveau-né, on suggéra des noms, tenta de faire rire les autres avec des suggestions improbables.

Adèle sourit face à l'engouement de ses camarades. Il y avait longtemps qu'elle n'avait pas eu le sentiment d'appartenir à une famille.

Malgré l'hiver qui se profilait doucement, la

nouvelle avait apporté un vent de chaleur au sein de la communauté. Il faisait froid, et pourtant, aussi loin qu'ils se souvinrent, jamais ils ne s'étaient sentis aussi vivants. Les décorations de Noël inondèrent l'espace d'une couleur chatoyante. Les couvertures s'entassaient, on les lavait à l'aube dans le fleuve qui passait sous leurs pieds. Afin de célébrer le jour du réveillon, chacun avait tiré au sort le nom de celui à qui faire un cadeau. L'argent manquait, mais l'intention animait le groupe. Un ballon de foot crevé, une petite table de cuisine usée, des vêtements pour bébé élimés, une paire de chaussures trouée, des allumettes volées, un couteau émoussé, ils n'avaient pas besoin de grand-chose de plus.

Des SDF qu'ils côtoyaient au quotidien se joignirent à eux. On partagea la viande, les conserves, les boissons, un sourire, un chant.

Avec le temps, on adopta le rythme de vie, les habitudes. Chercher de l'argent, ou mieux, de la nourriture. Bâtir, et rebâtir les abris après un caprice de la météo. Maintenir une certaine hygiène. Se protéger, s'épauler.

« Mais… Mais qu'est-ce qui vous est arrivé !? » s'exclama Adam quand Théo et Sourcil revinrent une fin d'après-midi le t-shirt écharpé, les yeux pochés, le visage tout couvert de sang.

Les deux garçons s'effondrèrent au milieu du groupe, le souffle court.

« Bordel, qui vous a fait ça !? »

Quand il retira avec douleur la veste de Théo, l'angle que prenait le coude ne laissa aucun doute sur le diagnostic.

« Me dites pas que… »

Sourcil hocha la tête de haut en bas, retint ses

larmes.

« Si… Ces bâtards sont venus à trois… Des grands… Ils ont piqué l'fric…

- Qui !? Où !? » hurla l'aîné.

Dans son dos, Adèle tenta de l'apaiser, lui faire reprendre ses esprits quand celui-ci vira au rouge.

« Laisse tomber… Ça vaut pas la peine d'aller les voir… » ajouta Sourcil en compressant un morceau de papier toilette contre sa narine droite.

Les jours passèrent mais Adam ne parvint pas à dissiper son irritation. Grâce à la protection universelle, Théo put recevoir des soins. Et, au moment où les services sociaux allaient être appelés, ils déguerpirent aussitôt de l'hôpital sans se retourner.

« 'Faut rien faire maintenant, conseilla la femme enceinte. Avec Théo qui est allé à l'hosto, ça a dû relancer les recherches ! »

À cela, le futur papa garda le silence, conscient qu'elle ne suggérait rien d'absurde.

Pourtant, il se débrouilla pour connaître le nom des agresseurs ; des gars du quartier Nord, lui rapporta-t-on.

« On peut pas les laisser faire ! Si on fait rien, ils vont recommencer, encore et encore !

- Je sais bien… Mais j'veux pas qu'il y ait de blessés… »

La troupe s'était réunie autour de lui.

« C'est un message de faiblesse qu'on leur donne en agissant pas ! C'est notre territoire ici ! »

C'était décidé, il fallait rétorquer, protéger les siens.

« On est sept gars, on peut les avoir ! Même s'ils sont plus grands !

- Sept ? Et moi, vous m'comptez pas ? répliqua Théo, le bras dans le plâtre.

- Quoi ? Dans ton état ?

- J'veux m'battre ! »

Adam s'approcha de lui, posa une main sur son épaule et le remercia pour son dévouement. Certes, il l'avait toujours suivi n'importe où, mais cette fois-ci, il fallait se montrer raisonnable.

« S'il t'arrive pire, tu vas retourner à l'hosto, et ce coup-là, pas sûr qu'on te laisse te faire la malle… conclut l'aîné.

- Et les filles ? lâcha Inès. Nous aussi on veut aider !

- On s'ra déjà sept, contre trois ! J'veux prendre aucun risque ! »

Le SDF qui créchait près de leur camp leur proposa également main forte, mais Adam insista ; c'était à eux de régler cette histoire. Et alors que la nuit tombait, le commando partit en centre-ville, tapi dans l'ombre des ruelles. Ils arpentèrent les quartiers, furetant une piste, un indice. Les trois agresseurs étaient réputés pour être des zonards, ils traînaient assurément dans le coin. Les heures s'écoulèrent. Puis sur l'esplanade d'une place entourée de bars et d'une boîte de nuit, adossés à une fontaine, ils étaient là, la clope au bec, rigolards, reluquant les filles alentour.

« Eh, on y va ? On leur pète la gueule direct ? balança Sourcil, déjà prêt à foncer dans le tas.

- Nan ! Tu sais quoi ? On va leur laisser une chance de s'excuser en nous remboursant ! » tempéra Adam.

L'idée n'était pas pour plaire à certains dont la rancœur compressait les entrailles. Le plan fut vite établi : la moitié du groupe fit discrètement le tour de la fontaine, Adam et Sourcil se présentèrent à eux. Exposèrent la situation. Un ricanement leur répondit d'aller se faire foutre. L'aîné les somma d'obtempérer. On le chopa alors au col, lui ordonna de lâcher le fric qu'il avait sur lui. Puis quand l'agresseur lui adressa une gifle, une horde d'adolescents en colère leur tomba dessus. Des pieds volèrent, des vêtements se déchirèrent, certains se firent rouer de coups au sol, on répliqua, du sang coula, une mâchoire se brisa. Autour, les curieux s'attroupèrent. Les portables filmèrent la scène comme un spectacle de rue. Les flics allaient débarquer, il était temps de se tirer. Les trois agresseurs, molestés, ne bronchèrent pas quand Adam leur fit savoir que s'ils s'en prenaient encore une fois à l'un des siens, il reviendrait deux fois plus nombreux.

Quelque chose de nouveau s'agitait en lui, une chaleur qu'il n'avait encore jamais ressentie. Ses compagnons marchaient de front, sous les lumières jaunes des réverbères, chantant leur victoire. À cet instant, il trouva de la beauté aux ruelles, de la poésie aux couleurs, comme une peinture où tout semblait se marier avec harmonie. C'était sa communauté. Les siens. Alors, il sentit plus que jamais qu'il devait les protéger. Du monde extérieur. De la misère. De l'abandon.

Les bourgeons pointaient leur tête au fil des jours.

« À notre Adam ! lança Adèle en levant son verre dont le ventre s'agrandissait avec les mois. Notre ex-jeune qui fête ses dix-huit ans aujourd'hui ! »

On vint faire la bise au majeur. On ovationna son dévouement pour faire vivre le groupe. On l'acclama avec des cris enjoués. On l'encensa en racontant pour la énième fois comment il avait réussi à obtenir la paix après diverses confrontations. Le jeune homme se contenta de répondre par un sourire réservé et un signe de la main. Assis sur un transat dont un pied était bancal, ce dernier préféra ne pas participer à la petite fête improvisée. Il prétexta une grosse fatigue ;

contrecoup des dernières semaines intenses. Ils avaient échappé maintes fois à la police après des courses-poursuites enflammées dans les ruelles de Méthée. Heureusement, les accès aux égouts, sentiers cachés et diverses planques n'avaient plus aucun secret pour eux. Récemment, après que Théo ait malencontreusement *fait tomber* un sachet de brioches dans le repli de sa veste, ils durent expliquer pendant une heure au gérant du supermarché qu'ils n'avaient pas fait exprès. On racontait encore des jours plus tard comment Adam avait renversé le présentoir à sucrerie afin de faire diversion et de déguerpir par tous les côtés.

« Ahah ! C'était génial ! lança Inès.

- Eh, t'es sûr que tu veux pas venir avec nous ? enchaîna Sourcil dans la direction du jeune majeur. On va sur la plage prendre un bain de minuit, ça va être cool !

- Nan… J'vous dis… Vraiment, j'suis fatigué… Allez-y sans moi ! »

Adèle vint l'embrasser tendrement avant de rejoindre la bande. Elle réitéra une dernière fois la question que chacun lui avait posée depuis le début de la soirée. Adam lui fit un sourire rassurant, passa sa main dans ses cheveux et lui glissa délicatement qu'elle devait se ménager, que le bébé allait bientôt arriver.

« T'as raison… acquiesça-t-elle, accroupie pour trouver un peu d'intimité avec lui. Mais j'vais bien… Et puis, c'est peut-être la dernière fois que j'peux y aller… Après, on va avoir un tas d'responsabilités ! »

Elle venait de lâcher la dernière phrase avec un sourire. Les responsabilités n'étaient pas une contrainte pour elle, tant qu'ils étaient tous ensemble, tant qu'elle était avec lui. Il la regarda longuement, songeur, avant de lui rendre son sourire.

Chaque soir était animé d'une nouvelle mélodie, toujours sur la même note chaleureuse.

Elle le sentait. C'était pour bientôt. Depuis une semaine, Adèle était assujettie à des contractions deux ou trois fois par jour. L'enfant allait naître à l'aube de l'été, c'était parfait ! La communauté avait maintes fois abordé la question de l'accouchement. *Où ? Comment ?* La décision avait été rude, toutefois, ils refusaient d'être séparés. Ils n'avaient qu'une seule famille, et elle était aujourd'hui soudée sous le pont du Tiès. Si l'enfant naissait à l'hôpital, chacun savait qu'ils ne reverraient jamais plus Adèle.

Ce matin-là, alors que le Soleil donnait une certaine chaleur à la rosée, la jeune femme s'était réveillée avec l'intime conviction que le grand jour était arrivé. Elle en avait fait la confidence à Adam, dormant à ses côtés. Alors, il l'avait longuement enlacée afin de profiter de cet instant. Puis, au moment de se lever, il lui confia qu'il allait vite revenir. Malgré l'heure qui s'était écoulée sans lui, elle savait qu'Adam serait à ses côtés, que, comme à son habitude, il préparerait tout pour que ce soit parfait.

Une contraction la saisit alors. Plus vive que d'habitude. Plus longue. Elle appela de l'aide. Personne ne répondit.

« Eh… Les filles… Inès ! Nancy ! »

Elle tendit l'oreille, voulut se lever, mais une nouvelle contraction lui comprima le ventre. La jeune femme se laissa alors tomber sur le matelas aménagé dans son espace personnel.

« Adam ! » cria-t-elle d'une voix teintée de douleur.

D'un coup, comme seule réponse, elle eut un hurlement. Adèle redressa vivement la tête, cela venait de l'autre côté de la cloison, là où ils avaient l'habitude de manger tous ensemble. C'était la voix d'Inès, aucun doute.

« Inès ! Qu'est-ce qui s'passe ? Théo, répondez ! »

Devant elle, brusquement, elle aperçut Sourcil qui galopait à toute vitesse. Un homme surgit alors derrière lui. En uniforme. Un flic !

« Quoi ? Merde ! Sourcil ! »

Son compagnon se fit plaquer au sol. Il cria sa liberté. On lui répondit par un cliquetis de menottes. D'autres adultes débarquèrent dans un brouhaha assourdissant. La jeune femme trouva la force de se redresser, il lui fallait maintenant se mettre sur ses jambes. Une avalanche de bruits, de cris, lui fit comprendre qu'on se révoltait, qu'on renversait tout ce qu'ils avaient bâti jusqu'aujourd'hui. Un adulte se pointa soudainement face à elle. Elle le reconnut, il s'agissait de son ex-éducateur.

Merde ! Comment les avait-il retrouvés ?

Il fallait fuir, se barrer, sauver sa peau ! Se réunir plus loin et fomenter un plan pour libérer les otages.

« Y'a une femme ici ! annonça un flic lorsqu'il l'aperçut à son tour. Merde ! Elle semble enceinte, appelez une ambulance ! »

Les deux hommes s'approchèrent d'elle, tentèrent de lui venir en aide. Mais Adèle se débattit, refusa qu'on l'approche, qu'on ne la touche.

« Laissez-moi ! Laissez-nous !

- Mademoiselle, s'il vous plait, vous avez besoin d'aide ! »

Les larmes arrivèrent. Un relent de colère mélangé à la tristesse.

« Adam ! »

La cloison derrière elle se renversa d'un coup. Elle

découvrit le spectacle. Des dizaines de flics, d'autres adultes, ceux du Villages des Enfants. On les avait retrouvés. Le rêve s'arrêtait là. Ses compagnons étaient au sol, menottés. D'autres refusaient de se soumettre. Ils étaient alors plaqués contre les camionnettes et fouillés des pieds à la tête. Adam n'était pas parmi eux. Une main se posa alors sur son bras. Elle espéra, se retourna. Toutefois, il ne s'agissait que d'un autre adulte prétendant lui prêter main forte. On l'accompagna vers une ambulance. Les larmes accompagnèrent ses pas. D'un coup, à la lumière qui émanait de la sortie du pont, il était là. Adam. Le regard vitreux, l'expression de marbre. Étrangement, il n'osa la regarder. Elle insista pour croiser son regard, ils n'allaient peut-être pas se revoir avant un certain temps.

« Adam ! Adam ! Fais quelque chose ! Aide-nous ! »

Le jeune home resta inflexible.

« T'es majeur ! Dis-leur que t'es majeur ! Qu'on peut vivre avec toi ! »

À ces mots, Adam osa enfin diriger le regard vers elle. Le bref instant sembla s'éterniser.

« Adam !
- Je suis désolé…
- Que… Quoi ? »

Son regard décrocha alors. Il ferma les yeux comme pour mieux supporter ce qu'il allait dire.

« Tu crois que ça va nous mener où tout ça ?
- Hein ? Que…
- Ça va nous mener à rien cette vie… Je leur dois plus que ça… »

L'émotion submergea la jeune femme. Les forces l'abandonnèrent.

« Me dis pas que…

- C'était égoïste de ma part... Ils m'ont suivi... Et moi, je n'ai même pas pensé à l'avenir que je leur offrais... Ils iront nulle part avec cette vie-là... »

Un regard s'échangea. Elle sut qu'il n'y avait rien à répondre, qu'Adam avait décidé d'arrêter de se mentir. Qu'élever un enfant dans ces conditions n'était qu'une belle illusion dont ils avaient eu besoin de se bercer.

Les cris cessèrent derrière eux. Les adolescents avaient été embarqués, allaient retrouver une vie *normale*.

Alors, la jeune femme lui tendit la main. Tenta de dessiner un regard sur son visage.

« Tu... Tu veux bien m'accompagner à l'hôpital... »

L'affaire du siècle

C'était l'affaire du siècle ! Le casse à 1 million d'euros déjoué. Le nouveau Dillinger arrêté, ligoté, foutu au cachot pour un très long moment.

L'agent Dussart serrait le dossier entre ses bras comme s'il détenait l'identité secrète de l'assassin de Kennedy. Avec ça, on ne le considèrerait plus comme un bleu. Finies les affectations à la sécurité routière, bye bye les saisies de dépositions de plainte.

Il allait prendre du galon, montrer sa valeur après s'être soumis à la hiérarchie sans jamais un signe de reconnaissance en retour.

Vols de voitures et trafics internationaux de pièces détachées. Le fléau frappait depuis trop longtemps sur Méthée et sa périphérie. Un dossier long comme le bras qu'il préparait de longue date. Picorant méticuleusement chaque indice laissé, flairant chaque piste avec attention.

C'était le moment de frapper, de mettre un terme à tout ça.

La salle d'interrogatoire était exiguë ; parfait pour étouffer sa proie. Elle était déjà là, assise à une extrémité de la table, la tête plongée dans ses bras, attendant son bourreau.

Et ce bourreau serait sans pitié.

Dussart s'assit à son tour, face à lui, ouvrit le dossier lentement, comme pour savourer ces derniers instants de répit. La victime n'osa faire le moindre mouvement, la respiration imperceptible.

« Monsieur Henry, savez-vous pourquoi vous êtes ici ? »

Aucune réponse.

« Je répète ma question, mais sachez que maintenir

le silence ne fera qu'aggraver votre cas : savez-vous pourquoi vous êtes ici ? »

Dussart maintenait son ton ferme, inébranlable, son regard fixe, menaçant, mais au fond, il jubilait.

S'il le pouvait, il monterait sur la table pour danser son excitation, laisser exploser sa joie.

Toutefois, la profession, la situation, lui demandaient de rester maître de lui-même, chef d'orchestre de la scène, shérif consciencieux des procédures.

L'individu sembla réagir, se débarbouilla le visage de sa manche avant de redresser la tête, les yeux boursoufflés. De toute évidence, il avait pleuré. Les remords n'atténueraient pas son courroux. Il avait joué, il avait perdu !

D'un coup, la porte de la salle s'ouvrit.

« Dussart, le chef te demande ! balança son collègue.

- Eh, tu vois pas que je suis en plein interrogatoire là ? Hein ? »

Le collègue haussa dubitativement un sourcil avant de refermer la porte sans ajouter un mot.

Le commissaire Boreman pouvait bien attendre, se dit Dussart. Là, il était sur du lourd, une affaire qui ferait du bruit jusqu'à l'Élysée ! Le ministre de l'Intérieur allait le recevoir pour lui serrer la main. C'était des millions que représentait ce trafic, des mafias venues de toute l'Europe pour redistribuer les pièces détachées.

« J'ai… J'ai pas voulu tout ça… bredouilla l'individu, le regard honteux.

- Et vous croyez que les gens que vous avez volés, ceux qui ont travaillé dur pour se payer un véhicule, vous croyez qu'ils ont voulu tout ça ? »

Le ton de l'agent s'était intensifié. Il fallait marquer le coup, ne pas se laisser prendre au jeu de la compassion.

« C'était… C'était pour mon fils que j'ai fait tout ça…

- *Votre fils* ? Et quelle image du père vous lui donnez, hein ? »

La question avait fait mouche. Le présumé coupable se pinça les lèvres, ravala sa salive pour se préserver des larmes.

« Il les aimait tant… Vous avez un fils, vous ? hésita-t-il, avant de reprendre : Oui, sans doute… Mais le mien me regardait avec de grands yeux. Si vous l'aviez vu devant les Ferrari, les Lamborghini…

- Et vous, la meilleure idée que vous avez trouvée pour être le papa de l'année, c'était de voler ces bagnoles, hein ? »

Dussart s'était presque relevé de sa chaise tant l'emportement le saisissait. Il ne pouvait pas tolérer qu'on éduque ses enfants à coup de bassesses morales.

« Et j'ai votre dossier sous les yeux, votre gosse, il a cinq ans ! Cinq ans ! Il voit son père frimer au volant d'une grosse caisse, et après ? Hein ? C'est au parloir que vous le verrez la prochaine fois ! Bravo ! »

D'un coup, le vacarme de la poignée de porte les interrompit de nouveau.

« Dussart ! Le boss veut te voir ! Il veut quelqu'un pour la déposition du gérant d'une boutique de jouets et ça fait deux heures que…

- Je suis en interrogatoire là, bordel ! Dites-lui que j'ai pas que ça à faire ! »

Haussant les deux sourcils de surprise, son collègue disparut silencieusement derrière la porte qui se refermait sur son passage.

Une déposition ! Non, mais comme s'il avait que ça à faire ! Boreman allait jouer les colériques, encore une fois, mais quand il apprendra quel gros poisson il avait attrapé, c'est lui qui viendrait le remercier en personne !

« Bon ! Donc, vous avouez tout ? Les vols ? Les trafics ? Et que vous êtes la tête pensante de tout ça ? »

L'homme sembla d'un coup s'être replié sur lui-même. Repentant.

« J'ai besoin d'un aveu de votre part pour boucler cette affaire ! »

Dans un imperceptible mouvement de tête, il sembla confirmer la version de Dussart.

« Allez, videz votre sac, et vous vous sentirez mieux après… »

L'individu redressa les yeux vers lui, comme une bête effarouchée. Dussart avait changé de ton, lui proposant une déclaration contre une certaine clémence de la part du juge.

« Eh bien… Heu… Oui… C'est… C'est moi qui ai tout fait… Les vols de voitures… Les reventes… Quand mon fils n'en voulait plus, je me débrouillais pour trouver un acheteur sur internet… »

Tiens, se fit Dussart, un détail intéressant dont il n'avait jamais eu connaissance. Il vendait aussi par internet. C'était un réseau encore mieux organisé que ce qu'il imaginait.

« Et vous vous êtes fait des millions ? Qui travaillait pour vous ? J'ai besoin de noms…

- Des millions ? Heu… Nan… Plutôt une centaine d'euros, si vous saviez combien certains sont prêts à mettre dans ces modèles réduits… J'y croyais pas...

- Hein ? Quoi ? »

Dussart ravala sa salive à son tour. La porte s'ouvrit une troisième fois dévoilant une voix rauque.

« Dussart ! beugla alors le commissaire Boreman en investissant les lieux. Alors comme ça, vous refusez de prendre la déposition du marchand de jouets ? »

Insoumission

La cloche retentit mettant fin au cours de M. Lépine, notre professeur de français. J'attrapai mon sac à dos, le remplis à la va-vite avant de me diriger vers la porte grande ouverte par laquelle s'échappait l'ensemble de mes camarades.

- Véra ! J'aimerais m'entretenir quelques instants avec vous, me retint la voix de l'enseignant.

Je me figeai sur place. Que pouvait-il bien me vouloir ? Moi qui faisais tout pour ne pas me faire remarquer.

Inès me jeta un regard interloqué en guise de soutien avant de quitter salle.

Au prix d'un effort surhumain, je me retournai pour faire face à l'homme à moustache qui ne m'inspirait que de la crainte. Celui-ci semblait être à la recherche de quelque chose parmi l'amas de feuilles peuplant son bureau. Je remontai mes lunettes rondes sur l'arête de mon nez pour me donner l'aplomb nécessaire.

- Vous m'avez demandée, Monsieur ? demandai-je timidement.

- En effet, dit-il le nez fourré dans son classeur. Comme vous le savez, les poèmes que vous avez postés sur le site du lycée ont été grandement appréciés par le corps enseignant.

L'étonnement m'assaillit. Je pensais que personne à part ma famille et Inès n'avait pris le temps de lire mes écrits.

- Vraiment ?

- Bien évidemment ! Nous savons reconnaître le talent lorsque nous y sommes confrontés.

Un poids sembla soudain se désolidariser de mes

épaules remplacé par un vent de fierté qui me poussa à relever la tête. Je le remerciai infiniment avant de tourner les talons.

- Je n'ai pas fini ! me stoppa-t-il aussitôt.

- Oh, pardon, j'ai cru...

- Vous avez cru... Ne me faites pas regretter ma décision Mademoiselle Carlier, me menaça-t-il sans me jeter un regard.

Son ton d'ordinaire froid venait de perdre encore en température.

- Je vous prie de m'excuser.

- Ah ! Ça y est, je l'ai trouvé ! s'exclama-t-il avant d'extraire avec délicatesse une brochure de son classeur et de me la tendre.

NOS LYCÉES ONT DU TALENT

Le titre était écrit en lettres d'or. En dessous se trouvait une multitude de photos d'établissements scolaires, ainsi que des élèves de différentes origines posant fièrement avec leur sac sur le dos.

- Ce concours est organisé par notre valeureux ministre de l'Intérieur qui souhaite promouvoir la jeunesse de notre pays.

Une gêne s'installa en moi face à l'emploi de termes élogieux envers ce politicien qui ne m'inspirait aucunement confiance. Je ne m'y connaissais pas vraiment, mais quelque chose résonnait faux dans sa manière de s'exprimer en public.

- Il se déroulera en plusieurs phases, poursuivit mon professeur. Tout d'abord, chaque lycée choisira son concurrent. En l'occurrence, dans le cas du lycée Jean Moulin, c'est vous que nous avons choisie. Puis, chaque écrit sera soumis à un jury qui désignera un gagnant par ville. Enfin, le concours final sera présidé par le ministre de l'Intérieur en personne et retransmis en direct sur News9. Chaque candidat aura le privilège de lire son texte devant des milliers de spectateurs. Le grand vainqueur se verra remettre un trophée accompagné du déblocage de fonds d'aide à ses études.

Je me sentis tiraillée entre euphorie et crise d'angoisse. Si seulement je pouvais m'assurer un avenir aussi facilement ! C'était mon père qui subvenait aux besoins financiers de la famille jusqu'au jour où sa maladie ne lui avait plus permis d'être efficient et qu'il avait été congédié sans aucune compensation financière. Il avait essayé de se battre, mais tout recours semblait vain. Lassé de perdre son énergie et son argent, il avait fini par baisser les bras. Ma mère, femme au foyer jusqu'alors, avait accepté un salaire misérable à l'usine pour nous empêcher de nous retrouver à la rue. Même s'ils ne me demandaient rien, je me sentais le devoir de réussir, pour eux, pour nous assurer une vie plus sereine.

- Vous avez trois semaines pour écrire un poème. Chaque ville tire au sort son thème. Le nôtre : la liberté, déclara-t-il en tournant enfin son regard vers moi.

- Je…

- Voyons Mademoiselle Carlier, il est temps de vous exprimer autrement que par écrit et d'accepter ma requête.

Cela semblait si facile… Pourtant, dès qu'on attendait quelque chose de moi, ma gorge se contractait et ma salive semblait s'évaporer. Je serrai les poings, inspirai un bon coup et ouvris la bouche.

- Vous pouvez compter sur moi.

La première réaction d'Inès fut de recracher les frites qu'elle avait dans la bouche.

- Sérieux ! Tu vas devenir une star, meuf !

Elle était l'extrême opposée de moi, sûre d'elle, extravertie. Je me demandais souvent ce qu'elle pouvait bien me trouver pour rester mon amie. Notre histoire remontait à la maternelle. J'avais failli m'étouffer avec de la pâte à modeler, elle avait hurlé et gesticulé dans tous les sens pour prévenir l'enseignante. J'avais survécu et nous étions devenues les meilleures amies du monde. Moi qui semblais m'asphyxier avec mes propres paroles, elle qui les expulsait à une vitesse folle.

Je la sommais de baisser la voix, j'avais assez reçu d'attention pour un millénaire. Et puis, rien ne m'assurait que je dépasserais le premier stade.

- Oh ! Ça va ! Je te connais par cœur ! s'exclama-t-elle en ramenant ses longs cheveux bruns en un chignon désinvolte. Je sais ce que tu te dis ! Je suis nulle, bla bla bla…

Elle mima ma bouche avec sa main pour illustrer ses propos.

- Mais tu vas te sortir les doigts et nous écrire un pur poème car t'es talentueuse ! Je t'aiderais bien, mais je suis une quiche ! Et j'ai bien mieux à faire à draguer Ali.

Le jeune homme de terminale s'assit à quelques mètres de nous. Elle lui fit les yeux doux qu'il reçut avec un sourire radieux.

Inès passa son bras autour de mes épaules et m'embrassa sur la joue pour me donner du courage.

Il n'y avait plus qu'à s'y mettre !

Les jours passèrent sans que je n'arrive à aligner les mots de façon cohérente. Les lettres semblaient flotter dans l'espace, me narguer puis s'évaporer avant que je ne réussisse à les assembler. Jusqu'alors, j'avais toujours suivi ma propre inspiration. La plume me suivait au grès du vent. Cette fois, c'était différent. Je devais répondre à une commande.

Mon téléphone vibra et je me laissai distraire avec joie.

Inès : *Toujours rien ?*

Moi : *Non...*

Quelques minutes plus tard, un bruit sourd provenant de la fenêtre me sortit de ma léthargie. J'aperçus une forme menaçante derrière le rideau et mon cœur s'accéléra si fort qu'il résonna dans mes tempes en une musique angoissante. L'ombre bougea et le vacarme reprit. Prenant mon courage à deux mains, je dégageai le rideau d'un coup sec. Un être au visage difforme me fit face m'arrachant un cri d'effroi. Le monstre se mit à ricaner bruyamment, coincé entre le garde-fou et les pots de fleurs.

- Bon tu vas m'ouvrir, oui ? Je me gèle dehors !

- Inès ! Mais tu ne peux pas passer par la porte comme tout le monde ! la sermonnai-je tout en l'aidant à se hisser dans la pièce.

Une fois sur la terre ferme, elle effectua une petite danse de la victoire en chantonnant sa joie d'avoir réussi son entrée. Le rire remplaça bien vite les réprimandes.

- Bon... s'enquit Inès entre deux gloussements. Je ne suis pas venue là pour plaisanter. On a du pain sur la planche ! Suis-moi !

Elle entreprit de repartir par la fenêtre. J'essayai de la retenir, mais en vain. Quand mon amie avait une idée en tête, elle était tenace ! Par contre, il était hors de question qu'elle m'entraîne dans ses folies !

- Véra Carlier, reviens tout de suite ici ! Qu'est-ce que tu fous ?

- Primo, je vais prévenir mes parents et deuzio, sortir par la porte comme les gens civilisés.

- Je comprends mieux pourquoi tu n'arrives pas à aligner deux mots sur la liberté ! s'exclama-t-elle en prenant appui sur le garde-fou pour s'accrocher à la gouttière.

Ce qu'elle disait était insensé et pourtant, elle réussit à semer le doute dans mon esprit. Je la rejoignis sur l'infime espace dédié à recevoir nos plantes aromatiques. Je n'étais qu'au deuxième étage, mais cela suffit à me laisser imaginer tous les scénarios qui pourraient m'amener à une mort certaine. Dans le meilleur des cas, je finissais tétraplégique. *Au moins, j'aurais l'inspiration quant à ma liberté perdue !*

Mon amie me sortit de ma stupeur en me sommant de la rejoindre sur le trottoir. Mon vertige se réveilla dans toute sa splendeur alors que je m'accrochai à la gouttière et débutais la descente en prenant appui sur les attaches métalliques qui la retenaient au mur. Mes mains moites se dérobèrent et je tombai dans le vide. Le sol arriva plus vite que je ne l'aurais cru, et l'impact fut bien moins brutal aussi. Pour cause, j'avais chuté à une vingtaine de centimètres du sol. Inès éclata de rire en m'aidant à me relever. Nul doute que cette histoire me poursuivrait pendant longtemps.

J'eus un mouvement de recul en apercevant les vélos qui nous attendaient en bas. Comment avait-elle pu me faire ça ? Moi qui avais une peur bleue des deux roues depuis que j'avais été témoin d'un accident mêlant un camion et un cycliste ! Inès me retint par le bras et me mena jusqu'au guidon.

- Allez, Scooby !

C'était le surnom qu'elle me donnait en permanence en primaire et son évocation me fit sourire tendrement. Elle m'aida à monter en selle. Tout mon corps protestait par des tremblements. Sa main caressa mes cheveux. Sa voix, exceptionnellement douce, m'encouragea de plus belle. Je devais faire confiance à la vie, puiser dans mes ressources pour croire en moi. Peu à peu, je sentis une nouvelle énergie se diffuser dans chacun de mes membres. Mes pieds décollèrent du sol pour évoluer sur les pédales. Le vent s'engouffra dans mes cheveux, les faisant virevolter autour de moi et je me surpris à rire à gorge déployée. *Je suis libre !*

Nous fîmes escale à la fête foraine éphémère qui s'était installée sur la plage. Sans argent, Inès dut redoubler d'efforts pour nous faire rentrer dans les différentes attractions. Heureusement, son bagou légendaire ne faillait jamais. Si bien qu'à la nuit venue, non seulement nous avions essayé les différents manèges, mais nous avions gagné une peluche de panda géant et mangé des glaces à l'italienne.

Vers 23h, le parc ferma, mais les forains nous invitèrent à les retrouver autour d'un feu de camp. Je ne me sentais pas spécialement à ma place, mais n'était-ce pas la journée de tous les défis ? On me tendit une broche et des marshmallows. Un homme d'une cinquantaine d'années, se mit à jouer de la guitare, pendant que d'autres dansaient autour des flammes. Inès les rejoignit aussitôt dans leur célébration. Comme à mon habitude, j'étais spectatrice de la scène. Je fus frappée par la beauté du spectacle qui se déroulait devant mes yeux, les rires se mêlant aux notes, la lueur rougeoyante accompagnant l'harmonie des mouvements. Une main tendue apparut soudain dans mon champ de vision. Son propriétaire, un jeune homme d'une vingtaine d'année, brun, yeux marron et un sourire charmeur entouré d'une barbe de quelques jours, m'invita à danser.

Non ! pensai-je. Pourtant, j'étais déjà debout. Le contact de sa main sur la mienne irradia mon corps de chaleur. Il me fit tourner, me ramena à lui. Je comprenais enfin le sens de se laisser guider et j'avais un partenaire hors pair ! Peu à peu, je pris de l'assurance. Plus besoin de guide, j'étais maîtresse de mes actes. J'évoluai de partenaire en partenaire, retrouvai mon amie, la faisait virevolter, dansai pour toutes ces années où je m'étais privée. *Libérée !*

Des rires, des larmes, des instants précieux qui opéraient le changement en moi. Un baiser au coin du feu, sans promesse, juste pour se dire adieu.

Cela faisait deux semaines que j'avais soumis mon poème et l'attente me paraissait interminable. Comme à leur habitude, mes parents et Inès avaient encensé mon travail, mais qu'en serait-il du jury ? La voix de M. Lépine interrompit le fil de mes pensées.

- Aujourd'hui est un jour particulier. Nous avons parmi nous, une élève talentueuse. Et par talentueux je ne veux pas dire qu'elle a tout juste la moyenne, n'est-ce pas Ali ? dit-il en jetant un regard noir à l'adolescent qui fanfaronnait au fond de la classe.

- C'est toi, j'suis sûre ! hurla Inès que je stoppai d'un coup dans les côtes.

- Nous pouvons tous applaudir mademoiselle Véra Carlier qui a remporté le concours régional « Nos lycées ont du talent » et participera donc à l'épreuve nationale qui se déroulera dans la capitale.

Moi qui d'ordinaire baissais les yeux devant la moindre attention. Je gardai la tête haute et éclatai d'un rire franc de bonheur alors que mes camarades venaient me taper dans le dos.

Le journal de l'école fut tiré à un nombre

d'exemplaires record. À la une, mon poème et une présentation du concours.

LÂCHER PRISE

Par une journée de février,
Le tourbillon de la vie m'a transportée,
Loin des règles établies que je croyais indéfectibles,
J'ai enfin laissé une place au champ des possibles.

S'émerveiller à chaque tournant
Apprécier à sa juste valeur la beauté de l'instant,
Sourire au monde qui nous tend les bras
Ne plus passer à côté de la vie qui s'offre à moi.

J'ai renié les barrières qui m'empêchaient d'avancer
Fait taire cette angoisse de perdre pied,
Le bonheur n'était qu'un concept sans saveur pour moi,
Et tu m'as donné la force de le puiser en toi.

Avant, je n'étais qu'une coquille vide,
Moi qui me croyais des plus lucide,
Je refusai de briser mes chaînes,
D'accepter que j'étais seule à tenir les rênes.

Sentir le vent s'engouffrer dans mes cheveux,
Danser en rythme au coin du feu,
Rire, pleurer, ressentir, aimer,
Être soi-même, n'est-ce pas la plus belle des libertés ?

Véra Carlier

En quelques jours, je devins le centre d'attention du

lycée. Je reçus des messages de soutien de mes professeurs. Même le proviseur transmit à mes parents un courrier pour me féliciter. J'avais du mal à composer avec cette soudaine popularité, mais Inès s'en donnait à cœur joie pour flirter avec tous les adolescents qui passaient par là. C'était donc ça le bonheur ? J'embrassai qui j'étais réellement en m'entourant des personnes que j'aimais. Rien n'aurait pu me dévier de ce sentiment de plénitude.

Et pourtant rien ne pouvait me préparer aux épreuves qui m'attendaient.

Quelques jours plus tard, le sol s'effondra sous mes pieds.

La sonnerie du téléphone retentit m'arrachant à mon sommeil déjà agité. La voix rauque de mon père interrompit la mélodie stridente. De ma chambre, je ne pouvais percevoir que des bribes insaisissables de la conversation. *Il est arrivé quelque chose !* Je me levai sur la pointe des pieds, le cœur figé par la peur. La télévision se mit en route dans le salon. *Vite !* Ma mère ouvrit la porte à la volée à l'instant où je posai ma main sur la poignée. Son visage d'une pâleur incroyable portait encore la marque de l'oreiller. C'est fou comme dans les moments les plus angoissants, on s'attarde sur des détails sans importances pour se raccrocher à une réalité réconfortante. Maman m'attira à elle, sa joue baigna la mienne de larmes. Papa vint me soutenir pour m'empêcher de m'effondrer. Ils m'expliquèrent la situation, mais aucun mot ne semblait faire sens face aux images d'horreur se succédant sur l'écran. Un bandeau d'information défilait en capitale au-dessous.

« Opération coup de poing à la cité des Aubépines. Le ministre de l'Intérieur félicite les forces de l'ordre dans leur lutte contre les trafics de stupéfiants. »

Inès ! Une partie de son immeuble s'était effondrée.

Mes jambes cédèrent sous le poids de mes tremblements et je perdis connaissance.

Sous l'assaut, un feu avait démarré dans l'immeuble. En pleine nuit, les gens avaient tenté de fuir par l'escalier principal. Celui-ci, déjà en mauvais état, s'était effondré. D'autres, plus chanceux, avaient réussi à fuir par l'escalier de secours.

- Ce n'était pas qu'une simple opération de la police, l'armée était présente aussi. Oui, il y a des trafics dans notre cité, mais vous savez quoi ? Paradoxalement, jusqu'à aujourd'hui je me sentais en sécurité dans mon quartier ! cracha la voix d'un témoin par l'autoradio de la voiture.

- Vous voulez dire que les dealers n'étaient pas les seuls visés ?

- Ce que je remarque c'est que parmi les victimes, il n'y a presque que des gens désarmés, dealers ou non.

- Une opération puniti…

Le son s'arrêta soudainement pour laisser place à une musique des Jackson 5. Maman tenta de changer de canal. Rien. Plus aucune radio ne semblait couvrir l'événement.

L'hôpital était débordé, des ambulances affluaient de tous les côtés, les urgentistes se précipitaient en hurlant des termes médicaux incompréhensibles. Amed, le frère d'Inès se précipita vers moi et me serra contre lui. Sa tête était bandée par une compresse imbibée de sang.

- Je l'ai entendue hurler, j'ai rien pu faire ! sanglota-t-il. Une partie du plancher s'est effondrée ! Elle est tout ce que j'ai…

Mes larmes se mêlèrent aux siennes en un tourbillon de douleur. Cette fois non ! Je refusais de lâcher prise ! Il fallait qu'elle survive.

Les jours passèrent sans qu'elle ne se réveille. Son rire, sa joie de vivre s'étaient tus faisant gronder en moi un sentiment de colère que je ne connaissais pas.

La cité des Aubépines, isolée au nord de la ville, tombait peu à peu dans l'oubli. Si les médias l'évoquaient, c'était uniquement pour glorifier le courage des forces de l'ordre et la bravoure de notre ministre de l'Intérieur. *Quelle mascarade !* Des manifestations de contestations étaient organisées. Marches silencieuses au départ qui devinrent bruyantes dès lors que la police tentait de les disperser. Les médias détournèrent des images d'arrestation « Méthée, la ville mise à feu et à sang par des casseurs ». *Quel scandale !* Où donc était passée la liberté d'expression ?

Sans ma fidèle acolyte auprès de moi, j'errais dans ma vie sans but. Les jours défilaient sans surprise, sans aucune bonne nouvelle. Le corps d'Inès continuait de s'affaiblir. Pour ce qui était de son esprit, les chances étaient minimes. En apprenant la nouvelle, j'avais pleuré, depuis, je m'étais terrée dans le silence. Mes parents se relayaient pour passer du temps auprès de moi, me laisser une occasion de leur dire ce que je ressentais. En vain...

Un matin, je reçus ma convocation pour le concours national. Enragée, je le jetai à l'autre bout de la pièce. Il était hors de question que je fasse partie de ce spectacle hypocrite, que je me retrouve face à l'homme qui contrôlait le pays et permettait de tels massacres en toute impunité. Papa et maman n'insistèrent pas. Ils comprenaient. Évidemment.

Mais le cerveau humain est une machine étonnante. Il suffit d'une parole pour faire basculer toutes vos certitudes. Pour ma part, cela survint après le cours de français lorsque M. Lépine me retint une nouvelle fois pour un entretien. Il avait coupé sa moustache et ses cheveux ce qui lui faisait bien perdre quinze ans. Ses yeux étaient cernés, comme les miens.

- Inès et vous étiez très amies, n'est-ce pas ?

- Nous le sommes toujours ! lui répondis-je avec véhémence.

- Oui, vous avez raison, excusez-moi.

Un silence s'installa entre nous et je m'apprêtai à tourner les talons lorsqu'il reprit la parole.

- Mon amie aussi vivait là-bas. Je ne sais pas bien comment ça s'est passé et je crois que nous n'aurons jamais de réponses. Nous sommes les oubliés, n'est-ce pas ?

Un élan de sympathie me poussa à poser ma main sur la sienne. Face au deuil, les barrières s'effondrent.

- Je sais que rien ne me la ramènera, pourtant j'aimerais tant dire ses quatre vérités à ce monstre qui nous sert de ministre de l'Intérieur. Il n'était peut-être pas là, mais il est responsable du pays qu'il dirige et doit répondre des actes de forces de l'ordre.

- Vous devriez venir avec moi alors…

- Comment ?

- Au concours… J'ai le droit à un accompagnateur.

Jamais je n'avais eu aussi peur de ma vie pourtant je ne tremblais pas. Mon corps et mon esprit étaient mus d'une nouvelle détermination. La salle était immense, peuplée d'invités de marque, de sponsors, et de caméras braquées sur l'estrade. Nous nous installâmes au cinquième rang. Le ministre de l'Intérieur apparut quelques minutes plus tard entouré de ses gardes. Il fut reçu par un tonnerre d'applaudissements de la part de l'audience ce qui eut le don de me raidir l'échine.

Un jingle digne d'un Super Bowl, une présentatrice humoriste qui emportait la salle dans un tourbillon de rire, des interruptions musicales de chanteurs confirmés, tout était réuni pour faire de ce concours un véritable spectacle de divertissement. J'aurais pu me prendre au jeu, mais il me fallait rester concentrée. Mes concurrents étaient doués, mais leurs mots ne m'atteignaient plus tant la rage annihilait toute émotion positive. Après une heure de show, une femme portant un casque micro vint m'annoncer que j'étais la suivante. Je partageai un regard entendu avec mon professeur avant de suivre la jeune femme jusqu'aux coulisses. Il faisait une chaleur à crever, pourtant un frisson glacé parcourait mon corps tout entier.

- Cette jeune fille nous vient du lycée Jean Moulin de Méthée. Le thème retenu était « liberté ». Je vous demande d'accueillir Véra Carlier sous un tonnerre d'applaudissements.

Rester concentré était la clé. Si je perdais le fil, je n'aurais plus la force de poursuivre. Non ! J'avançai un pas devant l'autre. L'audience me parut encore plus impressionnante depuis l'estrade. Sandy Mai, la présentatrice, me claqua une bise chaleureuse en me félicitant pour mon parcours. Ma gorge se serra, mon champ de vision se rétrécit et je crus pendant un instant que j'allais flancher devant la pression. *Pas maintenant Véra ! Tiens bon !*

- Comment te sens-tu, ma belle ?
- Morte de trouille, chuchotai-je.

La femme entreprit de me détendre et me fit faire

des vocalises. Le public se mit à rire tant le spectacle paraissait décalé. Peu à peu, l'air sembla infiltrer mes poumons à nouveau.

- Prête pour ton grand moment ?

J'acquiesçai et le silence se fit lorsque l'humoriste quitta l'estrade. Des centaines d'yeux me fixaient dans l'expectative. *Souviens-toi pour qui tu le fais !*

- Je dédie ce poème à Inès, ma meilleure amie qui m'a soutenue et m'a fait découvrir le sens du mot liberté. À Maria, une femme exceptionnelle, dis-je en soutenant le regard embué de M. Lépine. Et bien sûr, à notre ministre de l'Intérieur pour cette opportunité incroyable de présenter ce poème devant vous tous.

Je pris une profonde inspiration. Sur le présentoir se trouvait mon poème, celui qui m'avait valu l'honneur d'être acceptée parmi les grands poètes en herbes du pays. Je me trouvais à la croisée des chemins. Ma main caressa d'un revers les mots et les sensations de bonheur qui y étaient associées s'infiltrèrent en moi pour me donner la force de dévier de la voix de la raison. *Ça y est ! Plus de marche arrière possible !* Je levai les yeux et à mesure que les paroles s'écoulaient, je fixai les spectateurs avec détermination.

PRISE DE CONCIENCE

Quel est donc ce sentiment ensorcelant
Qui survient au soleil levant ?
C'est un rêve qui s'éloigne au petit matin
Celui de vivre dans un pays qui me convient.

Un pays où je me sentirais en sécurité
Qui respecterait certains principes de liberté.

Où les médias ne seraient pas régis par des enjeux politiques,
Qui leur feraient perdre tout sens moral et éthique.

Je me tournai vers la cible de mon poème. Le ministre de l'Intérieur me défia du regard de continuer. Je ne me démontai pas, au contraire. Ma voix retrouva une assurance nouvelle alors que je déversais une colère froide.

Je viens d'une ville victime de vos opérations coup de poing,
Qu'il est facile de manipuler l'opinion en écartant les témoins !
Un massacre au nom de la sécurité nationale !
Comme beaucoup, Inès en est un dommage collatéral.

Si je suis devant vous, c'est pour réclamer justice,
Pour les opprimés, délaissés et le peuple de Méthée,
Il est temps de dévoiler votre politique pleine de vices
Alors peut-être pourrons-nous enfin aspirer à la liberté.

Mon micro s'éteignit sur le dernier ver. Je ne lâchai rien et repris encore plus fort pour espérer me faire entendre.

Vos actions visent à semer la terreur,
Aujourd'hui, face à vous, je m'affranchis de la peur,
En fissurant votre image presque intacte,
Car il est temps que vous assumiez pleinement vos actes !

Un garde du corps monta sur scène pour m'inciter à descendre. Je ne lui jetai pas un regard et le portai plutôt sur les spectateurs pendus à mes lèvres. La tête haute, les poings serrés, je ne me laisserais pas intimider.

Je veux m'accrocher à ce rêve avant qu'il ne trépasse,
Ne pas retomber dans cette vie qui me dépasse.
Croire au bonheur, à l'amour, à l'amitié,
Sans peur que tout s'écroule au nom de votre prétendue-vérité.

Mes pieds décollèrent du sol, on m'entraînait avec force vers les coulisses. Il ne restait plus qu'une strophe. Lorsque j'ouvris la bouche, cette fois je n'étais plus seule. La voix de mon professeur fit écho à la mienne. Debout, fier, au milieu du public, il menaça le ministre de l'Intérieur du regard.

Entendez-vous cette clameur qui vient d'en bas,
C'est le peuple qui ouvre les yeux sur vos exploits.
Libérons-nous de ces chaînes, passons à l'action
Pour qu'enfin soit rétablie la liberté d'expression.

Le rideau tomba, mon professeur chuta, fin du spectacle.

La retransmission fut coupée dès la troisième strophe. Mes études seraient compromises, mon professeur perdrait son emploi et serait même jugé pour abus de confiance sur mineur. Quelle hypocrisie ! Les manifestations visant le ministre de l'Intérieur se feraient plus véhémentes pendant quelque temps, puis à nouveau l'oubli... Ce n'était peut-être qu'un pavé dans la marre et sans doute en faudrait-il des milliers d'autres pour pouvoir sortir la tête de l'eau... Mais c'était notre contribution et nous ne nous arrêterions pas là.

Exister

(histoire simultanée au roman Némésis ;
peut être lue sans crainte de révélations)

La porte claqua. Sa mère venait de rentrer. Elle attendait ce moment depuis que le Soleil avait décliné derrière l'horizon et que sa nounou avait tiré le rideau de sa chambre. Comme chaque soir.

À l'autre bout du couloir, la jeune fille l'entendit retirer ses chaussures, sa veste, remercier la jeune étudiante qui arrondissait ses fins de mois en jouant les baby-sitters. Manon se sentait trop grande pour être gardée par quelqu'un le soir, *elle était en sixième, quand même !* se disait-elle. Mais c'était de cette manière que sa mère se sentait mère ; en dépensant pour l'éducation de sa fille.

Manon l'entendait de sa chambre, impatiente, la tête dépassant de sa couverture, comme tous les soirs. Et comme tous les soirs, elle attendait son baiser avant de rejoindre les bras de Morphée. Mais ce baiser n'était jamais venu.

Comme tous les soirs, elle s'endormait en se berçant de la voix étouffée de sa mère qui échangeait des heures avec ses collègues d'*Absolute People* sur les derniers ragots sur les stars.

« Bonne journée, ma chérie ! » lui lança-t-elle en quittant la maison comme si elle était en retard.

Ma chérie... Manon esquissa un sourire que la femme n'eut même pas le temps de remarquer. L'adolescente voulut percevoir quelque chose d'affectueux dans ces mots. Elle repensa au ton avec lequel sa mère venait de les employer. Mais non, c'était le même genre de « Ma chérie » qu'elle utilisait parfois au téléphone quand elle s'adressait à son assistante ; quelque chose entre le formel et l'habituel.

Manon préféra ne pas écouter la petite voix qui lui soufflait de flancher. Elle préféra garder en mémoire que sa mère travaillait beaucoup, qu'elle faisait ça pour elle, qu'il n'était pas facile d'élever une enfant seule. Elle préféra garder cela en mémoire parce qu'au fond, elle aimait sa mère, mais aussi, parce qu'elle n'avait pas le choix. C'était mieux de penser ainsi, de se dire que si les choses avaient changé entre elles, ce n'était pas de la faute de sa mère ; elle qui avait subi une poignée d'années en arrière un divorce déchirant où son mari était parti sans se retourner pour les bras d'une secrétaire respirant la jeunesse ; elle qui devait poursuivre sa vie avec sur les épaules le fardeau du souvenir d'une famille unie, des dimanches au parc, des soirées devant un film et des Noëls au coin du feu.

Alors non, la jeune fille se refusait d'en vouloir à sa mère. Les choses étaient ainsi, et il fallait composer avec.

Elle prit son sac de cours, regarda l'heure, et claqua à son tour la porte derrière elle.

« Eh Manon, tu viens avec nous à la cantine ? lui demanda Juliette, une camarade de classe.

- Oui, bien sûr… »

La sonnerie venait tout juste de retentir que déjà le sol vibrait des chaises qui grinçaient et que les couloirs se remplissaient de cris enjoués des élèves.

À midi trente tout se jouait à qui était le plus rapide pour rejoindre l'entrée du self-service et ainsi avoir les plats du jour les plus chauds. Chacun savait qu'aux derniers infortunés on ressortait les repas asséchés de la veille et remis au goût du jour par un détour au micro-ondes.

« T'as ta carte ? J'ai oublié la mienne…

- Pas de souci, tu me paieras demain ! » répondit Manon, un sourire aimable.

Elle n'avait rien contre l'idée d'avancer un repas, toutefois, c'était les jours où Juliette pensait à sa carte que cela devenait étonnant.

Manon était cette fille, celle qui n'oubliait pas sa carte, celle qui notait tous ses devoirs et à qui on empruntait l'agenda entre deux cours, celle sur qui on pouvait copier les exercices car elle les faisait sans jamais faillir. Elle était cela ; la Manon studieuse et irréprochable.

« Beurk, encore des haricots verts ! lança Amandine, une nouvelle qui s'était vite intégrée à la vie du collège.

- Je vais prendre deux desserts, je crois… Ils voient jamais rien… »

La circulation était lente, on avançait à petits pas, on s'arrêtait, glissait des yaourts discrètement dans les sacs de cours avant de reprendre.

« Vous avez vu le mec à la télé, hier soir ? demanda Juliette en se servant une pomme.

- Qui ? fit Amandine.

- Tu sais celui qui se déguise en noir ? Avec un nom chelou… »

Dans un premier temps, Manon resta silencieuse. Elle savait à quoi faisait référence son amie ; il s'agissait du nouveau sujet à la mode parachuté par tous les médias de la ville. On s'arrachait les infos exclusives, bien que tout n'était que rumeurs et fantasmes.

« Tu parles du *Némésis* ? reprit Amandine quand la queue s'arrêta de nouveau.

- Ouais, voilà ! T'as vu les infos ? demanda de

nouveau Juliette qui n'attendit aucune réponse. Ils ont dit qu'il aurait tabassé un mari violent !

- Waouh ! Trop fort !

- Eh, les filles, vous allez pas me dire que vous croyez à tout ça ? lança une autre fille de quatrième qui se tourna vers elles.

- Bah quoi ? Ils l'ont dit aux infos, et y'a des images sur internet !

- Pff, c'est des légendes urbaines tout ça, vous êtes trop naïves…

- On croit en c'qu'on veut ! Tu vas voir, quand il va débarquer chez toi ! »

Quelque chose interpela Manon à cet instant-là, ce n'était pas vraiment les pseudo-exploits de ce soi-disant justicier, non, elle savait bien que tout cela était gonflé par les adorateurs de celui qu'on appelait désormais le Némésis, c'était plutôt le fait qu'on en parle autant. Il était dans toutes les bouches, toutes les oreilles, toutes les conversations depuis trois semaines. Sa mère avait même fait une édition spéciale d'*Absolute People : Némésis, les secrets du justicier.*

Tandis que cet individu n'existait très certainement pas, et qu'il n'était sans doute que le fruit d'un immense canular orchestré par une bande de rigolos doués en montage photo, il s'emparait de toutes les consciences, il fascinait. *Est-ce que c'était ça, exister ?* se demanda alors Manon. Après tout, cette chose, cette rumeur, n'était-elle pas plus vivante que n'importe quel individu qui attendait à cet instant son plat dans cette chaîne d'humains ?

Elle baissa la tête vers son plateau, aperçut son image dans la surface argentée du couteau. Elle n'y vit qu'un reflet sans saveur.

La porte claqua. Sa mère venait d'arriver. Elle salua aimablement la baby-sitter sans ajouter un autre mot, puis s'installa dans le fauteuil du salon. Avec les années, Manon avait appris à déchiffrer chacun des sons étouffés par le couloir et l'escalier de la maison. Elle reconnaissait également la marque de cigarettes que fumait sa mère à l'odeur mentholée qui s'infiltrait dans la chambre malgré la porte close.

Une nouvelle journée s'achevait.

Juste un espoir de plus qui s'envolait.

Manon ferma les yeux. Des images flottaient dans son esprit ; les mêmes, inlassablement, celles de son enfance.

Elle voulut les chasser pour plonger dans un sommeil qui lui tendait les bras, et pourtant, malgré les heures qui défilaient, quelque chose la retint éveillée.

L'envie de savoir.

Vers deux heures du matin, elle perçut les résonnances des pas nus de sa mère sur le sol quittant sans doute son fauteuil, son verre de bordeaux et son téléphone portable afin de retrouver son lit. Manon espéra en silence. Peut-être qu'elle viendrait, peut-être qu'un bref coup d'œil dans l'entrouverture de la porte, que voir sa fille dormant paisiblement, suffirait à la réconforter.

Mais rien. La porte de chambre de la femme se referma. Il n'y eut plus aucun bruit.

Au fond, Manon le savait. Elle savait que ce n'était qu'un désir de petite-fille ingrate qui en demandait sans doute trop.

Malgré les heures, le sommeil ne vint toujours pas. Quelque chose était là, tapi dans un coin de sa tête.

Sans trop savoir où aller, ni pourquoi, la jeune fille se leva, fit les cent pas. Soudainement, une douce lumière l'attira comme un papillon ; celle de la ville nocturne filtrée par les rideaux. Certes, la lumière était faible, toutefois, à cet instant, elle ne vit qu'elle, comme hypnotisée. Elle l'attirait, lui demandait de venir.

Manon s'approcha de la fenêtre d'un premier pas hésitant, se demanda ce qu'elle faisait là, dans le noir, alors qu'elle avait cours le lendemain. Puis, un deuxième pas plus engagé, convaincu à l'idée qu'elle ne faisait rien de mal. Et enfin, un dernier qui lui confirmait qu'elle aussi avait le droit de vivre, d'exister. La jeune fille ouvrit les rideaux dans un geste délicat afin de ne faire aucun bruit : la ville s'ouvrait à elle depuis la hauteur de sa chambre.

Méthée la nuit avait cette couleur orangée des lampadaires et des trainées de lumières emportées par les voitures. Elle avait ce bleu étrange du bitume froid, ce vacarme lointain qui se perdait dans le silence. Manon s'appuya contre le rebord de sa fenêtre, la tête dans le creux de ses mains pour contempler ce tableau. Il était grandiose, terne, intrigant, terrifiant.

Cette ville était à l'image de la légende qui rôdait dans ses ruelles : le Némésis.

Manon sourit à cette pensée. À vrai dire, elle n'avait jusque-là pas d'opinion là-dessus. Pourtant, à la vue du spectacle qui s'étendait devant elle, cette ville sombrement lumineuse, elle comprit pourquoi on racontait des choses sur ce spectre, cette rumeur. Elle ouvrit la fenêtre pour mieux capter l'ambiance qui émanait de l'obscurité des entrailles de la ville, elle eut presque envie de tendre la main pour la toucher, la connaître.

Némésis était là, terré dans l'ombre, invisible, sans doute inexistant, mais présent dans l'esprit de tous malgré tout. Il fallait qu'elle trouve cette chose, qu'elle le rencontre, qu'elle comprenne.

D'un coup de tête, Manon s'empara de son manteau, enfila un jean à la va-vite, des gants, puis se souvint des rares images floues aperçues sur internet du Némésis ; une ombre en noir encapuchonné sous une écharpe. Elle fit alors de même. Son écharpe était rose, mais tant pis, elle ferait l'affaire. Enfin, elle plongea sa tête dans la capuche de son manteau.

Elle trouverait le Némésis ! Elle vivrait ce que cette chose vivait sûrement !

La fenêtre était à une poignée de mètres au-dessus du sol, une chute et l'excursion se terminerait ici. Elle passa une jambe dans le vide, tenta d'y trouver une prise, et après un instant, ses orteils rencontrèrent de quoi se maintenir. Puis, Manon décida alors de passer la seconde jambe. D'un coup, le vide paraissait bien plus haut. Elle eut envie de se raviser un instant, de retrouver la chaleur douillette de son lit, de dire merde à toutes ses envies subites. Soudain, sa main appuyée contre le rebord de la fenêtre glissa, son pied gauche suivit le mouvement, son buste tapa alors l'encadrement, et par chance, la jeune fille parvint à s'agripper de sa seconde main. Son cœur tambourina vivement. Sa respiration se bloqua sous l'émotion.

Sa mère l'avait-elle entendue ? S'était-elle réveillée ? Elle n'en savait rien… Afin de rester discrète malgré l'ouragan qui venait de frapper à sa fenêtre, Manon resta un instant dans cette position statique. Toutefois, il n'y eut en réponse qu'un silence inaltérable depuis la chambre de sa mère, une fois de plus.

À cette hauteur, il ne lui restait plus qu'à balancer son corps vers la gauche, et avec un peu de dextérité, et de chance, à franchir d'un bond les poubelles sans se rompre le cou.

Une fois au sol, en un seul morceau, une vive excitation lui donna l'envie de courir, bondir, hurler. C'était une énergie nouvelle qui s'emparait d'elle.

Que faisait-elle ici, à cette heure-ci ? Elle n'en savait rien, mais ça n'avait aucune importance.

Elle habitait dans les quartiers huppés de l'ouest de Méthée, et si elle voulait avoir une chance de croiser le spectre de la nuit, ou du moins de ressentir ce que ce dernier pouvait ressentir, il lui faudrait sûrement rejoindre la côte plus à l'est.

Elle s'aventura à l'inconnu dans la rue qui descendait vers le centre-ville, car, à vrai dire, elle ne connaissait aucun autre chemin que celui pour se rendre à son collège ou celui qui la menait à son cours de danse deux fois par semaine. Néanmoins, cela ne l'intéressa pas, à quoi servait de prendre autant de risque pour des lieux déjà si connus ?

Nan, elle voulait découvrir, se perdre, explorer. Son pas était encore incertain, fuyant quand une voiture passait, tremblant quand des sirènes retentissaient au loin, mais vibrant d'un épanouissement singulier.

Elle n'avait fait qu'errer à travers les méandres de la nuit, et pourtant, c'était une découverte sans nom. Alors que ses camarades hurlaient dans la cour de récréation pour s'envoyer le ballon de foot et que d'autres partageaient les dernières vidéos qui faisaient le buzz sur internet, Manon resta encore plus silencieuse qu'à son habitude. La jeune fille était entourée de son groupe d'amies, toutefois, son esprit, lui, était plongé dans les ruelles nocturnes de Méthée. Elle revoyait les faisceaux de lumières qui passaient, le chant des sirènes, l'odeur des bars ouverts jusqu'à pas d'heure, elle ressentait encore le froid qui s'infiltrait dans ses vêtements. Parce que *bordel, qu'est-ce que ça caillait !*

Mais ça en avait valu la peine. Le froid était devenu agréable, un ami qui avait motivé ses pas. La peur s'était imposée comme un allié pour vivre encore plus intensément l'excursion. Et Méthée était maintenant une île mystérieuse où chaque recoin demandait à être découvert.

Elle se sentait vivre, exister. Comment les autres pouvaient-ils se contenter de la prison du collège ? De la prison des plannings bourrés à craquer ? Elle avait ce sentiment singulier d'avoir fait quelque chose d'unique ; d'être libre.

Bien que la jeune fille n'avait pas réussi à écrire la moitié des cours de la matinée tant le sommeil s'agrippait à elle pour l'attirer dans les bas-fonds du monde des songes, bien qu'elle sentait ses yeux brûlants de fatigue et ses paupières lourdes, elle ne regrettait rien. L'emballement de son rythme cardiaque au moment de rentrer au petit matin, quand sa mère était déjà réveillée, valait tous les sacrifices du monde. Manon avait ouvert la porte discrètement, suivi les déplacements de la femme en tendant l'oreille, puis, avait balancé son manteau, ses gants et son écharpe dans le fond de la cuisine en espérant que sa mère ne remarque rien. C'était insensé, mais si intense.

Quand elle l'avait croisée dans le couloir qui menait à sa chambre, Manon avait alors ressenti dans son regard un infime changement. Elle ignorait s'il ne s'était agi que du fruit de son imagination, toutefois, à cet instant, cela avait été sans doute sa plus belle récompense. Un fourmillement chaleureux lui avait mordillé les tripes pour se répandre dans tout le corps.

À force d'être considérée comme personne, elle

était devenue personne. La solution s'offrait donc à elle : pour exister, il fallait laisser une trace de son passage dans ce monde.

« Eh, les filles, lança Justine, ma mère m'a dit que le Némésis a été vu cette nuit juste derrière le collège ! C'est ouf !

- Mais elle a vu ça où ta mère ?

- Bah elle écoute la radio le matin, c'est eux qui l'ont dit… »

Manon tenta de rester silencieuse, d'en apprendre plus. Elle savait que ses copines finiraient par en parler, c'était devenu le rituel de la pause matinale. Apparemment, une bagarre avait éclaté à trois rues de là la nuit précédente, et *on* avait aperçu brièvement le Némésis expédiant aussitôt les agresseurs à l'hôpital avant de s'éclipser dans les ténèbres de la nuit.

« Moi, j'y crois pas à tout ça, déclara une fille de la classe. C'est un flic qui se déguise…

- Tu dis vraiment n'importe quoi ! Pourquoi un flic ferait ça ?

- Bah pourquoi pas ?

- Les filles, interrompit soudainement Manon, sous le regard étonné de ses copines habituées à son mutisme, vous pensez qu'il va revenir ?

- Tu parles du Némésis ? demanda Amandine, un sourcil arqué.

- Arrête de l'appeler comme ça ! Il existe pas ! » lança la fille de leur classe.

Manon hésita, se mordilla les lèvres, puis hocha de la tête en direction d'Amandine.

« On dit qu'il est souvent vers la côte, répondit cette dernière, mais ça arrive qu'il soit aperçu vers le centre-ville. Pourquoi ? »

Manon fit mine d'avoir posé la question comme ça,

juste par curiosité.

« T'as envie de le voir ?

- Hum… Qui n'aurait pas envie ?

- Manon est amoureuse du Némésis ! lâcha quelqu'un d'autre avant de pouffer de rire. Il voudra jamais de toi ! »

Là-dessus, Amandine fit un sourire rassurant à son amie ; il ne fallait pas écouter les bêtises des autres. Pourtant, Manon ne s'en était pas offusquée un instant. La plaisanterie lui avait même suscité une réflexion : Pourquoi « il » ? Après tout, pourquoi cette chose appelée Némésis devrait être un homme ?

Némésis était bien la Déesse grecque de la juste colère, la jeune fille le tenait de la bouche de sa propre prof d'histoire qui avait bifurqué un quart d'heure sur l'actualité. Némésis était une femme ! Alors pourquoi on disait *Le* Némésis ? Parce qu'une femme ne serait pas capable de veiller la nuit sur une ville aussi sulfureuse que Méthée ? Parce qu'une femme n'aurait pas les moyens de défendre son prochain ?

Nan ! Ce n'était pas un homme ! Manon en eut l'intime conviction. Elle était comme elle, une femme ! Et elle lui montrait la voie pour donner du sens à sa vie ; exister.

Manon se tourna vers la fille qui venait de la taquiner. Elle la fixa avant de corriger :

« De *la* Némésis… »

Il y eut un bref silence, presque un rire, puis Juliette voulut répliquer quelque chose au moment où la sonnerie retentit.

Ça y est, sa mère venait de rejoindre sa chambre, la maison retrouva son habituel silence. Manon put enfin s'extraire de son lit. Elle ouvrit la fenêtre, un immense sourire aux lèvres malgré la fatigue qui l'accablait, et enfila sa tenue d'excursion. La ville bourdonnait au lointain, elle pouvait presque percevoir son nom émaner des ruelles ; on l'appelait quelque part dans l'ombre. La jeune fille savait que rien ne pouvait lui arriver, que la Déesse Némésis était avec elle. Elle savait qu'elle ne faisait rien de mal, et qu'un jour sa mère lui demanderait pleine d'entrain ce que ça lui avait fait de rencontrer en vrai la légende urbaine. Elle n'écrirait plus des articles pour son magazine à partir de rumeurs colportées par des alcooliques ou des superstitieux, mais bien par le témoignage de sa propre fille.

La seconde fois, franchir la fenêtre lui parut bien plus aisé. Il n'y avait plus cette angoisse du vide, cette peur de se briser la nuque en cas de chute. Il n'y avait que cette détermination, cette confiance de celle qui savait où aller.

Il faisait froid, peut-être plus froid que la veille, mais qu'importe, c'était dérisoire face à sa mission. Après une poignée de minutes, Manon quitta sa rue où les villas de privilégiés se succédaient les unes aux autres pour traverser le pont qui rejoignait le centre-ville.

Au moment où une patrouille de police fonça dans sa direction, le gyrophare peignant les façades des immeubles, Manon eut le réflexe de se cacher derrière un panneau publicitaire. S'ils tombaient sur une jeune adolescente seule, encapuchonnée, sans pièce d'identité, après minuit, il était évident qu'elle finirait la nuit au poste. La voiture fonça vers les quartiers au sud, là où un immense parc prenait vie dès que les derniers rayons de Soleil rendaient l'âme. Elle se dit alors, qu'un jour, il faudrait s'y rendre. Dans l'immédiat, elle avait une autre destination.

Quand la ruelle déboucha sur une grande avenue animée par un chant d'ivrogne, elle découvrit un monde qu'elle n'avait qu'entreperçu à la télé ; le tumulte des bars, les railleries d'une bande de jeunes réunis autour d'un véhicule de grosse cylindrée, des femmes sur le trottoir qui interpelaient les passants. D'autres se baladaient en couple, accoutumés à cet univers, des chiens errants demandaient l'aumône.

Manon fut fascinée par le spectacle, c'était une autre société qui prenait vie dans l'ombre. Les panneaux colorés des enseignes illuminaient la scène où se jouait cette comédie des Humains.

La jeune fille garda bien son visage dissimulé dans sa capuche et son écharpe rose ; il ne fallait en aucun cas qu'on ne la remarque, qu'on ne pose le regard sur elle.

Alors, elle préféra se terrer dans une petite rue afin de rejoindre les environs du collège. C'était comme ça que la Némésis devait procéder ; rester toujours dans l'ombre tandis que le monde s'agitait sous les faisceaux lumineux. Il fallait donc imiter son modèle, s'inspirer d'elle, suivre ses pas pour se fondre en elle.

Après quelques détours, elle déboucha à proximité de son établissement qui baignait dans une singulière obscurité, quand d'un coup, un cri étouffé attira son attention. Elle tourna la tête et, de l'autre côté de la route, à une vingtaine de mètres, elle perçut du mouvement dans un groupe de personnes. En prêtant plus d'attention, la jeune fille comprit tout : un homme se faisait agresser par deux autres.

Sa respiration s'arrêta net, comme un réflexe pour rester invisible. Une douleur lui martela les entrailles. *Merde ! Et si elle se faisait voir ?* D'un bond, elle se plaqua derrière une voiture garée.

Le bruit d'un coup se fit entendre, puis, une tôle

métallique se plia comme sous l'effet d'une charge. Manon en déduit que la victime se faisait pousser contre la porte d'un garage.

Que faire ?

Avec un peu de chance, Némésis viendrait et elle serait aux premières loges pour assister à tout ça. Toutefois, son cœur palpitant la ramena à la réalité ; Non ! Il y avait peu de chance pour que ça se produise.

Sa respiration s'intensifia, elle plaqua ses deux mains sur sa bouche afin de faire cesser le bruit haletant de son souffle.

Un cri.

Elle voulut pleurer, qu'est-ce qu'elle faisait là ? Et d'un coup, malgré la terreur, elle repensa à Némésis, la jeune fille savait qu'elle était là, à veiller sur elle. Alors maintenant, c'était à elle de veiller sur la ville.

Une détermination nouvelle lui fit contracter le poing quand elle songea à son idole. Au moment de ramper derrière les véhicules garés en file pour s'approcher discrètement des agresseurs, ses doigts effleurèrent une masse dure ; une pierre. Parfait !

Elle se plaqua contre une voiture, n'était plus qu'à une poignée de mètres de l'autre côté de la route, elle allait le faire, elle allait sauver l'individu ! Il fallait juste prendre une bonne respiration, ne penser à rien, et y aller sans se retourner.

Némésis était près d'elle, elle le sentait.

Alors, quand l'adrénaline s'empara subitement de son corps, Manon bondit de sa cachette pour foncer vers les agresseurs, la pierre bien serrée entre ses doigts. Elle brandit son arme, cavala à toute allure dans leur direction.

D'un coup, sur sa gauche, une vive lumière éblouissante, un crissement de pneu déchirant l'asphalte, un choc lourd.

Au moment d'ouvrir fébrilement un œil, Manon eut l'impression que tout était loin d'elle, inaccessible, ou plutôt, d'un autre monde. Des masses se dessinaient, prenaient forme. Des voix au loin, un bip discontinu, une odeur de produits désinfectants qui flottait. La jeune fille perçut un mouvement ; quelqu'un qui passait furtivement dans un couloir blanc. Tout était blanc. Une fenêtre sur sa gauche, un écran qui affichait un rythme cardiaque. Elle comprit.

D'un mouvement douloureux, elle tâtonna son torse, son visage, tout avait l'air en place. Puis, elle descendit vers son second bras, des pansements, des bandages, jusqu'aux doigts. Tandis que sa nuque lui lançait de bas en haut, Manon se redressa du mieux qu'elle le put afin d'apercevoir ses jambes sous le drap défait. Avec difficulté, elle put faire bouger ses orteils. Et enfin, elle voulut en faire de même avec sa jambe gauche. Ce fut cette fois-ci plus dur, plus inaccessible. Pourtant, elle crut bien la sentir, il y avait cette vive douleur qui lui martelait la cuisse. La jeune fille força davantage. Mais rien, le drap ne bougeait pas. Elle posa alors sa main sur le tissu blanc, le tira. Il n'y avait plus rien.

Elle voulut pleurer. Crier. Hurler.

Soudain, une voix empreinte d'affolement pénétra dans la chambre. Manon tourna la tête ; sa mère se jeta dans ses bras, en larmes.

Elle lâcha plusieurs mots noyés par l'émotion. Manon n'eut pas la force de répondre. Elle se mordit les lèvres, se retint, ferma les yeux.

« Qu'est-ce… Qu'est-ce que tu faisais là-bas ? » parvint à articuler sa mère durant un court instant.

Manon ne répondit rien. *Que dire ? J'ai voulu vivre ? Exister ?*

La femme ne reposa pas la question, impuissante.

« Il... Il est sauvé ? demanda alors Manon.

- Qu... Qui ?

- L'homme... Celui qui se faisait agresser... ? »

Déboussolée, sa mère lui fit comprendre par le regard qu'elle ne savait pas de quoi elle parlait. Elle la serra de nouveau fort dans ses bras, comme à l'époque où papa était encore là.

Quand Manon pencha la tête vers la fenêtre du sixième étage de l'hôpital, elle vit Méthée s'étaler sur des dizaines de kilomètres à la ronde. Il faisait jour. Quelque chose était différent.

« Maman ?

- Ou... Oui, ma chérie... ?

- Merci... »

Romano

(Personnages vus dans Némésis ;
peut être lue sans crainte de révélations)

Les barreaux qui se ferment derrière moi.

La saisie des empreintes, des effets personnels, de ma vie.

Immatriculation : Méthée 604 S

BLOC C

« Vous êtes incarcérée pour une période de deux ans » me dit-on comme si je ne le savais déjà pas.

Vol avec violence, port d'arme prohibé, outrage à personne dépositaire de l'autorité, recel, un casier long comme le bras pour une peine ridicule de deux ans… Heureusement, ces fumiers de flics m'avaient proposé de collaborer pour choper un poisson encore plus gros…

Exiguë et grise, la taule semble suffoquer.

On tamponne mon acte d'entrée :

Céline Carron

28 juin 2014

On marche dans de longs couloirs étouffants, j'entends des voix au loin, on me parle, semble-t-il. On me guide dans une pièce, ma cellule, quelques mètres carrés enfermant déjà une détenue.

Je perçois le cliquetis de la porte derrière moi et un mot d'ordre :

« Bonne chance, 'fais pas l'con… »

Point d'atterrissage.

J'ai toujours su que jouer les gangsters me mènerait ici. Encore une chance que la morgue m'ait épargnée.

« Salut ! me lance ma codétenue quand elle me voit plantée là. Tu peux poser tes affaires ici… »

Une sorte de commode en métal immonde, un truc indémontable afin qu'on ne la mette pas en pièce pour en faire des armes tranchantes.

« Tu t'appelles comment ? »

Les mots ne viennent pas tout de suite, pourtant ils sont très simples.

« Céline… dis-je, après un temps.

- T'as pas l'air très bavarde toi… »

Je pose les yeux sur elle.

« Le temps d'immerger…

- OK, j'comprends… C'est ta première fois ? »

Je hoche positivement de la tête en foutant mon sac dans un coin de la pièce.

« Ah… Merde… Au début, c'est pas simple, on a l'impression d'étouffer même… Mais tu verras, on s'y fait… Enfin, on n'a pas le choix de toute façon… »

Elle s'appelle Stéphanie. Une discussion s'installe, que faire d'autre ? J'apprends qu'elle est là pour encore très longtemps après avoir fracassé, au sens propre, la tête de son ex-mari. Une femme qui semble si douce que j'aurais pu la confondre parmi mille autres dans la rue.

Un verre de trop, le mauvais mot, et elle a perdu les pédales. J'ai l'air pitoyable avec mes histoires d'argenterie fauchée à des vieillards, de caisses sautées dans des épiceries.

On rit. On se moque de nos échecs. On rêvasse d'une autre vie.

La cantine, les promenades, les parlotes, les regards, les railleries, les trafics, les tentations, les heures qui s'engrènent, on s'y fait pas vraiment, mais étrangement, on se crée une carapace afin de pouvoir survivre dans cet aquarium.

On me dit que j'ai des demandes de parloir, je les refuse toutes sans même consulter les noms. Pas de parents, seulement de sales fréquentations qui veulent me proposer des business, et un seul ami proche. Mais lui ne doit pas venir me voir ; les flics ne doivent rien savoir de notre passé commun.

J'suis seule.

Et c'est peut-être mieux ainsi.

« On m'a dit qu'tu t'app'lais *Céline ?* » me lance un jour une femme à la cantine.

La cinquantaine, soixantaine peut-être. Je l'avais déjà remarquée dans la cour. Elle a l'air d'être ici depuis toujours, comme si elle n'avait jamais goûté l'extérieur. Le teint grisâtre par manque de Soleil. La carrure forte par les années à guerroyer pour se faire une place.

« Ouais, c'est ça… » dis-je, feignant l'indifférence.

La femme jette un rapide coup d'œil à celles qui l'accompagnent, comme si elle se demandait si elles devaient me péter la gueule avant ou après m'avoir rackettée.

« T'es d'Méthée ? poursuit-elle du même ton.

- Ouais, et alors ? »

Je ne baisse pas le regard, ce qu'elle voudrait sans doute. D'un coup, l'une me chope par le col et me tire légèrement vers elle. Je reste inébranlable.

« Tu vas causer autrement toi, tu sais à qui tu parles ? »

Je ne réponds rien. J'attends. S'il faut se savater contre trois salopes pour se faire respecter, alors j'le ferai ! J'ai connu pire au *Village des enfants…* Doux nom pour un centre ramassant les enfants oubliés.

« Pourquoi t'es tombée ? reprend alors la meneuse.

- Rien d'extraordinaire… J'voulais juste me faire un peu d'fric… »

Elle hoche la tête, un sourire presque amical. Elle me toise, m'évalue.

« Tu lui ressembles… » lâche-t-elle, d'un coup.

J'arque un sourcil plein de dédain. *Qu'est-ce que…* De quoi elle me parle cette vieille morue ?

« Quoi ? À qui j'ressemble ?

- À ta mère… Ellie… »

Elle n'a pas encore levé la main, pourtant, ses mots me font l'effet d'une violente baffe qui me coupe net la respiration.

« De quoi… De quoi tu m'parles, bordel ? » hurlé-je d'un coup.

Je sais que les matons vont rappliquer si je continue, mais rien à foutre ! Qu'on vienne pas m'parler de ma *mère* !

« T'as le même regard, cette fierté italienne, je l'ai vue direct…

- Tu vas la fermer ta gueule ! crié-je, emportée par quelque chose qui bouillonne en moi. J't'interdis de m'parler d'elle !

- Ah ouais ? 'Faut croire qu't'as aussi la même arrogance qu'elle et… »

Dans un élan de colère, je tente de lui balancer mon poing dans la gueule. Mais quelque chose me stoppe net, me plaque au sol avec une force écrasante. Des coups m'intiment de ne plus jouer les rebelles. On m'éclate une côte, les jambes, un choc au crâne me fait siffler les oreilles, ma vue se trouble. Je perçois une voix au-dessus de moi, la meneuse :

« Ça suffit les filles ! J'ai déjà défoncé la mère, on va laisser la fille tranquille… »

Mes dents se serrent. La compresse imbibée d'alcool posée sur mes côtes me tire une grimace de douleur.

Les pétasses, ça a été rapide, mais rudement

efficace. Elles savent où frapper, et frapper fort.

Je remets mon t-shirt, descends de la table d'infirmerie. On me menotte et me ramène dans ma cellule.

« T'es folle ! Comment tu lui as parlé ! » me lance alors Stéphanie quand elle me voit revenir toute esquintée.

- Elles l'ont cherché… »

Je joue l'indifférence, range mes affaires, ne montre rien de la douleur qui me tire l'abdomen quand je grimpe sur le lit superposé avec un livre emprunté à la bibliothèque de la prison ; un bouquin qu'un pote d'enfance m'avait conseillé sans n'avoir jamais eu le courage de l'ouvrir.

« Tu sais qui elles sont ? » reprend ma codétenue, accoudée sur le rebord de mon lit.

Son regard… Elle s'inquiète pour moi… J'aurais préféré qu'elle m'ignore…

« Te fais pas de bile pour moi… Ça a toujours été comme ça… T'arrives dans un endroit, t'es nouvelle, 'faut faire tes preuves, c'est comme ça…

- Raquel est pas de ce genre-là… Elle est très respectée ici… Si tu l'as sur le dos… T'auras toutes les autres… »

Je ne réponds rien. Il est hors de question que je lui confie ce que cette pétasse m'a balancé. La prochaine fois, une, deux, douze personnes, s'il faut aller au casse-pipe, j'le ferai !

« Bon… » lâche Stéphanie quand elle comprend que la discussion n'ira pas plus loin.

Elle disparaît sous le lit. Je l'entends s'allonger. Le murmure de ses écouteurs parvient jusqu'à moi ; son passe-temps favori. J'ai pas été cool, mais c'est comme ça…

…

Je me tourne sur le côté gauche afin d'apaiser le poids de la respiration sur mes côtes. Le livre parle de la résistance républicaine durant la guerre d'Espagne. J'apprends des trucs… L'honneur de ceux qui ont tout à perdre… Ma vue se trouble, je tente de résister, mais mes paupières deviennent lourdes. La fatigue m'emporte.

Les jours passent. Les regards changent, m'avisent de raser les murs. Je joue au con. J'ai toujours joué au con. Ça doit être dans mon sang. Ce que m'a balancé l'autre, cette *Raquel* me trotte dans la tête, même si je préfère en rester loin.

Qu'est-ce qu'elle a voulu dire ?

Ce que je sais moi, c'est que je ne suis qu'une rejetée, une abandonnée, sûrement un rejeton de putain. Je devais être trop perturbée et on m'a vite retirée des rayons pour parents stériles malgré le beau paquet cadeau dans lequel le *Village des enfants* avait tenté de me foutre. Puis, quand j'ai compris qu'il fallait que je m'écrase et que je souris, j'étais trop vieille pour procurer à quelqu'un le sentiment d'être sa fille. Pupille de l'État, un coup de tampon sur le visage pour me greffer un nom de famille pondu par un fonctionnaire de l'état civil : Carron ; histoire d'avoir une identité. Un tuteur aux basques jusqu'à mes dix-huit ans… Les torgnoles, les fugues, les murs, les bandes, les clopes, les mecs…

Qu'on vienne pas me parler de *ta mère*…

Le destin comme mère, mes poings comme père.

Stéphanie me conseille de me mélanger aux autres, parce qu'être seule ici, c'est crever. Je voudrais l'écouter, mais j'ai ce besoin de solitude. De me retrouver. Ainsi les coups pleuvront, mais je tiendrai.

Lors des promenades, je le sais, je le sens, ça va me tomber dessus. Je me fous dans un coin, je bouquine. Échappatoire dont j'apprends à me délecter.

Malgré la détermination qui a accompagné chacun de mes pas toute ma vie, lorsque je tombe sur Raquel, je flanche, mon regard chute. Je ne tiens pas. J'étais persuadée de ne trouver que de l'intimidation quand je croiserais de nouveau son regard, et pourtant, il n'en est rien. La forme de bienveillance qui se dégage d'elle me submerge, m'avise de baisser les yeux.

Merde…

Je me reprends, je me ressaisis ! Hors de question de courber l'échine ! Ma tête parvient à se redresser, mon regard tient, je résiste à la tentation de le détourner. Son regard, quelque chose ne va pas… J'ai du mal à le supporter ! Son expression n'est pas celle qu'elle devrait m'adresser.

« T'es tenace ! » me balance-t-elle d'un coup alors que quelques mètres nous séparent.

Elle est accompagnée des deux femmes qui m'ont mis ma rouste.

« 'Faut bien, ici… » osé-je répondre.

Un imperceptible sourire en coin se dessine sur son visage, comme si elle comprenait le fond de ma pensée.

« Raquel ! » lâche-t-elle pour se présenter.

Je ne vois pas où elle veut en venir, je prends un temps pour la jauger.

« C'est ce que j'ai cru comprendre… »

Je sens que les regards se tournent discrètement vers nous, on attend sûrement la sentence. La femme se lève et se dirige vers moi de sa démarche usée par le temps. Qu'est-ce qu'elle me veut ? Qui est-elle ? Et c'est qui cette *Ellie* ?

Je veux rien savoir… J'ai rien à voir avec elles…

Quand Raquel s'installe à côté de moi, comme si nous étions des potes de galère depuis toujours, son ton prend une pointe de discrétion. Elle ne veut pas qu'on nous entende, l'expérience a dû lui apprendre qu'ici les murs avaient des oreilles planquées un peu partout.

« On raconte des choses… » annonce-t-elle une fois assurée qu'on ne nous écoute plus.

Ses acolytes gardent les autres à distance.

« On dit qu't'es tombée à cause de cette chose dont on parle à l'extérieur… »

Fait-elle allusion à ce que je pense ? Je n'avais entendu que des murmures ici et là, comme si chacun voulait se tenir à l'écart de *cette chose*…

« Quoi ? Tu veux parler du *Némésis* ? »

Elle hoche discrètement la tête de haut en bas.

« Pff… C'est que des conneries tout ça… reprends-je. Des légendes qu'on raconte pour pas avouer s'être fait pincer par la flicaille… »

Elle m'observe. Je n'aime pas ça, je me sens analysée dans chacun de mes faits et gestes.

« Y'a pas à dire… Les chiens font pas des chats… La même volonté… »

Elle perçoit dans ma manière de la regarder que je ne vois pas où elle veut en venir.

« Ellie… J'vois la même flamme dans tes yeux… »

Je me la ferme cette fois-ci, je me contiens.

« Ta mère n'a jamais laissé quelqu'un lui marcher dessus… Jamais…

- J'voudrais qu'on arrête de me parler d'elle ! J'ai rien à voir avec tout ça ! Qu'est-ce que tu sais d'moi ? »

Mon sang bout à l'intérieur. Elle le voit. Je sais qu'elle le voit. Elle me pose une main sur le genou pour m'inviter à garder mon calme. Mais je veux exploser, me lever, lui gueuler d'arrêter de m'agresser avec ce nom-là ! Quel genre de personne abandonne ses enfants, hein ?

« Je sais que ta mère était très respectée…

- Je n'ai pas de mère ! Pourquoi tu insistes avec cette *Ellie* !? »

Mes yeux brillants doivent finir par la convaincre que je ne joue pas.

« Tu… Tu n'connaissais pas son nom ? »

Quelque chose me poignarde la poitrine. Je parviens à articuler un *nan*, le visage fuyant. Je ne veux pas qu'elle le voie. Elle se tait, sans doute pour me donner le temps nécessaire.

« Comment… Comment tu l'as connue ? dis-je après un répit, tentant de garder une certaine retenue dans ma voix.

- C'est sûrement pas c'que tu voulais entendre, mais… Ellie… C'était la meilleure… »

…

« C'était pas d'une copine dont j'avais besoin…

- J'comprends… »

Les autres détenues se tiennent à distance de nous, je pense que chacun a compris qu'il ne fallait pas se mêler des histoires de Raquel. Une chance, je n'aurais pas supporté qu'on m'observe.

« J'veux rien savoir d'elle, j'veux pas qu'on m'en parle… Et… Et puis, comment tu peux être sûre que j'sois sa fille, hein ? J'ai été dans ce foutu centre d'adoption dès mon premier jour ! »

Elle sourit, je viens de me trahir. *Merde…*

« T'es son portrait craché… Tu sais, on formait une bande… *Le gang des égarées*, pff, j'sais même plus pourquoi on s'app'lait comme ça… Ellie, moi, et… Sélina… »

Sélina ? Nan…

« Son nom ? C'est de là que vient le mien ?

- Il avait été choisi avant ta naissance… Une chance qu'ils l'aient gardé…

- Mais… Mais pourquoi tu parles comme ça d'elle ? Vous vous battiez ensemble, nan ?

- Je l'ai connue quand elle remontait l'Italie. Une vraie tête brûlée, ta mère… Sélina et moi, on fréquentait déjà les bars après les cours… Elle a débarqué un soir, y'avait un truc chez cette femme. Elle respirait la liberté, c'est comme ça que j'la sentais. »

Je n'ose rien dire, j'écoute. Je veux fuir, et en même temps, je n'y arrive pas... Raquel ne me regarde pas, elle n'en a pas besoin, le timbre de sa voix m'apporte assez d'attention.

« À cette époque, j'pouvais pas la supporter, j'te jure… Toujours à s'faire remarquer ! Une prestance que j'oublierai pas… C'était sa manière de vivre, elle venait, sympathisait, partageait quelque chose, puis, elle disparaissait… J'aurais dû me douter de comment elle s'faisait du fric… Une vraie mentalité de voleuse… Elle faisait partie de ces gens qui avaient encore un honneur, qui étaient du peuple ! Elle piquait les fortunés, et refilait aux autres… J'me souviens d'la fois où elle a joué les aguicheuses pour approcher un gros poisson d'un cartel de drogue en Italie. La pétasse, elle a dû lui faucher au moins dix plaques avant qu'il s'en rende compte ! Elle s'est réfugiée dans le bar, des tueurs à son cul ! Sélina, elle était pas aussi tête de con que moi, elle a insisté pour qu'on aille la voir, c'était flagrant que quelque chose n'allait pas. J'voulais pas, j'voulais la laisser dans sa merde ! Et puis, je sais plus bien pourquoi, on s'est retrouvées toutes les trois dans la même caisse à tracer dans la nuit ! Elle avait laissé deux ou trois biftons de cinq cents balles au barman en lui précisant que c'était pour le pourboire, et voilà, on partait pour la France… *Ellie… Ellie Romano,* c'était ça… Elle emportait les gens, les faisait vivre ! »

Des questions virevoltent dans mon esprit. Raquel le remarque sûrement à mon expression de visage.

« Mais… Qu'est-ce qu'elle a fait pour que tu lui mettes une raclée ? »

Je veux aussi lui demander pourquoi elle est en taule, qu'est-ce qu'elles ont fait, et pour combien de temps elle est ici, mais ça attendra… Elle prend un temps pour répondre. Peut-être ne veut-elle pas m'évoquer les raisons de la brouille avec cette Ellie…

« À Méthée… On a vraiment connu le meilleur… Comme on a connu le pire… » lâche-t-elle.

« Une banque ? Mais t'es malade ! » s'exclama Sélina, avec l'immense sourire qu'elle affichait quand Ellie était de nouveau animée par la folie des grandeurs.

Les trois femmes allaient d'hôtels en maisons d'hôte, restaient deux ou trois jours, payaient en liquide, puis disparaissaient. Les flics commençaient à les surveiller de plus près, mais les indices se faisaient rares derrière elles tant les billets qui pleuvaient sur leur passage liaient les langues des témoins.

« Mais qu'est-ce qu'on en a à foutre de ces fumiers ? répliqua la meneuse. Ce sont les négriers de notre époque ! On travaille pour eux ! Ils ont notre argent, et quand on ose le réclamer, qu'est-ce qu'ils font ? Ils nous demandent de payer !

Intérêts, agios, commission d'intervention, frais bancaires, frais de dossier, frais pour le sourire de la réceptionniste, frais de mon cul ! Cet argent, il est à nous ! Et pas qu'à nous trois, j'veux dire, il est à nous tous ! »

Ellie désigna d'un mouvement du doigt l'ensemble de la terrasse du café dans lequel elles étaient installées.

« Alors, soit on continue à sourire pendant qu'on se fait bien entuber, soit c'est à nous de les entuber··· »

Sélina et Raquel se jetèrent un regard, elles partageaient tout à fait son avis, toutefois, il n'était plus question de piquer une ou deux bouteilles de vin et des steaks à l'hypermarché du coin pour en refourguer la moitié aux SDF plantés dans le décor du centre-ville, c'était un sacré coup de poker cette fois-ci !

« Vous savez quoi ? reprit Ellie. Moi, j'vais l'faire ! J'veux pas vous traîner de force dans un truc pareil ! J'fais l'coup, et on redistribue derrière ! »

Sélina secoua la tête de gauche à droite, esquissant un sourire. Il était hors de question de la laisser faire toute seule. Ce coup, il se fera à trois, ou ne se fera pas.

« Le bordel qu'on a foutu dans la ville... lâche celle qui a connu ma mère. On était prêtes à s'tirer loin, très loin de Méthée ! On placardait nos visages à la télé, j'peux t'dire que ça fait bizarre d'être la star d'un jour… »

Elle rit. J'écoute.

« Et puis… On s'est pas tirés finalement… Ellie nous a annoncé une grande nouvelle… »

« Les filles, j'suis enceinte !

– Quoi ? Nan, tu plaisantes ?

– Nan, j'vous jure ! lâcha-t-elle, debout sur le lit de l'hôtel, plus excitée que lorsqu'elle annonçait le prochain gros coup.

– Bordel, mais 'faut fêter ça ! »

Les égarées se sautèrent dans les bras, félicitèrent la future maman.

« Ce soir, on claque tout ! »

« J'crois que ça a été la meilleure soirée d'ma vie… J'sais même plus comment on a fini sur une péniche à admirer le lever du Soleil… Les couleurs, j'm'en souviens encore, c'était incroyable… »

« Vous savez quoi, les filles ? 'Faut qu'on s'range··· J'peux pas offrir cette vie à mon enfant !

– Ouais, carrément ! répliqua Sélina. On peut pas le traîner dans cette vie !

– On s'ra avec toi ! On s'ra trois petites mamans pour c'gamin !

– Ou cette gamine ! »

Les éclats de rire résonnèrent dans le silence matinal.

« 'Faut qu'on fasse notre dernier coup ! Un coup d'maître ! » ajouta Ellie.

Son ton était celui qu'elle adoptait quand

personne ne pouvait la dissuader de faire marche arrière.

« Un coup où on s'ra blindées à vie ! enchérit Raquel.

– Le truc de malade où on en parlera encore dans dix ans ! »

« Et on y est allées, bordel… Le coup prévu depuis trois mois ! On s'est attaquées au fourgon de la Brink's qui sortait de la banque de France ! Tu sais, 'faut croire qu'on regardait trop de films… Mais on s'est dit qu'on allait l'faire pour la p'tite qui allait débarquer dans notre vie… »

Pas une goutte de sang ! Pas une seule goutte de sang ne devait couler ! C'était la consigne numéro un qu'elles s'étaient donnée et qu'Ellie se rappelait en boucle au moment de prendre la fuite, le coffre rempli de bifton.

Mais le sang avait coulé.

Les flics au cul. Les sirènes frappant ses oreilles. L'hélico au-dessus d'elles. Raquel et Sélina qui gueulaient dans la voiture.

Comment en étaient-elles arrivées là ? se demanda cent fois, mille fois, Ellie. Bordel ! Tout avait été calculé, préparé, millimétré : le fourgon coincé par deux véhicules, les fusils à pompe pour exploser les vitres en deux coups, l'autoroute à deux pas pour sortir de Méthée. Les sacs, le fric. Et d'un coup, tout s'était arrêté. Un coup de feu avait stoppé le temps. Le flic était tombé, Sélina avait lâché l'arme meurtrière, dans l'incompréhension, jurant ne pas avoir voulu tirer. Un homme partait, laissant sans doute derrière lui une femme et des gosses. Et tout ça pour une poignée de billets.

Merde, merde, merde ! lâcha Ellie en frappant le volant.

C'était pas comme ça que ça devait se passer, tout était de sa faute ! De son envie d'aller toujours plus loin ! Plus de liberté ! Encore et encore !

« Fonce ! lâcha Raquel alors qu'une troisième voiture de flics s'était jointe au cortège.

– Tu crois que j'fais quoi, bordel !? »

Le véhicule cahotait sur l'autoroute, zigzaguait entre les voitures et les camions.

Une voix d'haut-parleurs les sommait de s'arrêter avant ouverture du feu. Raquel tapait sur le siège avant comme pour donner un coup de gaz au véhicule.

« Prends la prochaine sortie ! On va dans les quartiers Nord ! » balança Sélina en s'accrochant comme elle le pouvait.

C'était elle qui montait méthodiquement les coups, qui étudiait le terrain avant d'agir. Pourquoi avoir voulu tenir une arme cette fois-ci, bordel ? se répéta-t-elle en boucle. S'arrachant les cheveux de détresse.

Ellie jeta des regards dans le rétro, elle fonçait, slalomait, prenait les virages sur la corde, mais rien à faire, ces saletés d'keufs mordillaient du terrain !

« Les··· Les filles··· On··· 'Faut s'rendre···

– Quoi ? Mais t'es pas sérieuse, Ellie ? cracha

Sélina.

– On a plus l'choix ! »

De l'arrière, Raquel lâcha un cri de désespoir.

« J··· J'suis désolée, les filles··· Ça s'ra pire si on s'arrête pas !

– Nan ! Nan ! répliqua la femme sur sa droite. J'ai buté un flic, bordel ! Si on s'arrête, vous··· »

Son corps chuta brutalement en avant. La détonation avait couvert le fracas du verre envahissant l'habitacle. Sous l'impulsion, la voiture dérapa et quitta la route avant de traverser la barrière de sécurité. Sélina gisait sur le tableau de bord. De sang toute couverte, Ellie resta pour la première fois de sa vie tétanisée par l'horreur. Elle aurait voulu avoir la force pour que tout se passe autrement. Tout était de sa faute. Un cri retentit de derrière. Des pneus crissèrent sur la route sableuse. Des pas. Des voix. Le canon d'une arme encore brûlant se dressa devant elle. La partie s'arrêtait là.

« Trente ans… On est tombées… »

Je ne sais pas quoi dire. Ma voix est bloquée par tout ce que je viens d'entendre. Pourtant, je sais qu'il faut que je me force. Je lui dois juste ça…

« Désolée…

- Le sois pas… J'assume tout c'que j'ai fait… »

Si c'est arrivé avant ma naissance, elle doit être ici encore pour six ans… Bordel… Comment aurais-je pu tenir le coup à sa place ?

…

« Et… Avec cette femme… Ma *mère*… C'est pour ça

que vous vous êtes battues ? »

Son regard m'interroge.

« Vous vous êtes accusées chacune de la disparition de votre amie ? »

Elle ne répond pas. Elle n'ose pas. Je m'excuse de ma question déplacée et me tais. On reste plantées-là le temps nécessaire.

Quand on annonce la fin de la promenade, Raquel m'adresse un salut qui marque à la fois une certaine distance, mais aussi une chaleur, une bienveillance que j'ai du mal à expliquer.

Je ne lui dis rien du fond de ma pensée… La vie l'a déjà assez punie…

Putain…

Je suis née dans cette saleté de prison… Je serre les dents, retiens mes larmes… Bordel… Je suis née en prison ! Tout ça n'est qu'un simple retour à la case départ !

Je voudrais avoir la force d'hurler, foutre mes poings dans ces saletés d'murs qui me retiennent depuis mon enfance ! Je suis née ici, *putain*… La taule coule dans mes veines… Elle ne vaut pas mieux qu'moi en fin d'compte… Cette Ellie, cette égoïste qui croyait vivre au-dessus des autres !

Les jours passent sans que je parvienne à extraire ces pensées de mon esprit. J'ai cette fêlure héréditaire qui m'a accompagnée ici… Et qu'est-ce qu'elle fout aujourd'hui cette Ellie ? Dans quelle prison doit-elle être en train de croupir ? En train de ressasser chaque jour depuis ces vingt-quatre dernières années ce qui l'a emmenée à être une mauvaise mère ?

Depuis que chacun m'a vue discuter avec Raquel, les regards ont changé, il n'y a plus cette défiance. On m'ignore ou, au mieux, m'adresse un signe amical.

Stéphanie me trouve austère, je lui dis que ça passera, que je mets juste un peu plus de temps que tout le monde à m'habituer à l'enfermement. Vaste plaisanterie quand on sait que c'est mon milieu naturel.

À la cantine, elle ose enfin me poser la question qui lui brûle les lèvres depuis plusieurs jours.

« De quoi vous avez parlé avec Raquel ?

- Pas grand-chose… éludé-je. Elle voulait savoir pourquoi j'étais tombée… »

Je sais qu'elle ne me croit pas alors j'essaie de meubler un peu plus ma réponse.

« Tu sais, on raconte des trucs sur cette chose dehors, le *Némésis*… T'en as déjà entendu parler ? »

Ma codétenue me fait un hochement de la tête.

« Bah elle voulait en savoir plus… On raconte que je l'aurais croisé… Tu sais, les racontars, tout ça… Et après elle a évoqué les raisons de son incarcération… »

Stéphanie marque un silence, puis me glisse que c'est mieux comme ça, qu'elle ne m'ait pas dans le collimateur.

« Pourquoi on l'a craint à ce point ?

- Raquel… On n'la craint pas… On la respecte… On dit qu'elle s'est sacrifiée pour une amie… Ça force le respect… »

Hum… J'vois pas où est le sacrifice d'avoir écopé de complicité de meurtre…

« Elle est quand même tombée parce qu'une de ses complices a buté un flic… Trente ans de gâché… Un homme mort pour rien… » rétorqué-je tout en feignant une certaine indifférence.

Là, Stéphanie retire machinalement la fourchette de sa bouche et me fixe, haussant un sourcil. J'attends qu'elle réagisse et insiste pour savoir si elle n'est pas d'accord avec moi.

« Mais… C'est pas pour ça qu'elle a pris trente piges…

- Quoi ? Bah si, le braquage qui a mal tourné ! rétorqué-je, refusant en réalité de m'étaler sur le sujet.

- Tu crois qu'elle aurait pris autant ? C'est pas elle qui a tiré ! »

Je n'ose pas poser la question suivante, mais ma codétenue me devance :

« Même si personne n'en parle, tout le monde la connaît cette histoire… Elle s'est battue avec la meuf avec qui elle avait fait le braquage… »

Ma respiration s'intensifie malgré moi, redoutant la suite.

« Et elle l'a tuée… C'est pour ça qu'elle est ici pour encore longtemps ! »

Elle l'a dit ! Les mots me cognent violemment, s'impriment dans mon esprit, me brouillent la vue. *Elle l'a tuée !* J'suis trop con, j'aurais dû m'en douter ! Tout était sous mes yeux ! Je sens que quelque chose se déchire en moi, le dernier fil qui me raccordait à une possible racine, des origines, quelque chose qui fasse que je ne sois pas juste une enfant de la taule née sans nom. Et avec cette révélation, la peur qui me contraignait à faire profil bas s'envole.

Elle l'a tuée !

Je me lève d'un bond. Je me dirige furieusement vers Raquel, je sais où elle est assise ! Mon pas est ferme et décidé. Les articulations de mes poings craquent de rage. Quelque chose brûle en moi. Mon espoir, si infime était-il, vient d'être consumé par celle qui m'a fait effleurer mon passé. Pourquoi ? Pourquoi tout ça ? Je n'ai plus de passé et pas d'avenir, je n'ai donc plus rien à perdre !

Ma gorge se serre avant d'exploser. Je suis

hermétique à toute crainte. Ainsi vais-je mourir, en vengeant mon histoire ! Mais au moins je l'aurais fait !

Telle une furie, je renverse avec je ne sais quelle force leur table, attrape cette crevure par le col et lui assène un tel coup qu'elle est projetée en arrière. D'emblée, ses sbires me tombent dessus. Au Village des enfants, j'ai appris à en casser des gueules. Je frappe, et frappe encore. On me les rend bien, mais ils ne m'empêchent pas d'avancer vers ma proie encore à terre, se tenant la mâchoire. Un coup violent m'éclate sûrement une côte, je réponds dent pour dent. Je vois dans certains regards de la peur. Qu'ils tremblent ! Les mâtons ne bougent pas encore, pourtant, la salle hurle déjà.

Je parviens à chopper Raquel, je lui en mets une deuxième, et peut-être même une troisième. On tente de m'arracher d'elle, de nous séparer, de m'envoyer droit à l'infirmerie. Mais je ne lâcherai pas. Pas cette fois-ci !

« Elle a buté ma mère ! hurlé-je alors que les mâtons rappliquent enfin.

Ils m'empoignent.

« Cette salope a buté ma mère ! »

Ma voix vacille par l'émotion.

On hurle, on me saisit, ça s'agite autour de nous.

« Laissez-la... » lâcha d'un coup Raquel, l'intonation déformée par la douleur.

Sa bouche ensanglantée parvient à figer l'ensemble de la cantine. Ce qu'elle vient de dire me trouble mais n'atténue pas pour autant ma rage.

« Lâchez-la, j'vous dis... Elle a raison... J'ai tué sa mère... »

On s'exécute. Je voudrais lui bondir dessus de nouveau, mais j'attends. Elle a avoué devant moi ce que la Justice savait déjà et ce pourquoi elle l'avait punie à un enfermement de trente ans.

« Pour… Pourquoi ? » sangloté-je, les genoux frappant le sol.

Je la sens se redresser devant moi, vouloir poser ses mains de meurtrière sur mes épaules. Je me recule.

« Céline… T'as toutes les raisons du monde d'me détester… Chaque jour, j'me rappelle qu'je mérite d'être ici, que j'dois être punie… Mais, j'suis désolée, j'aurais fait n'importe quoi pour Ellie… »

« Mais t'es tarée Ellie ! Jamais j'ferai ça !

– Écoute-moi bien Raquel, c'est pas une vie tout ça ! On n'a pas l'droit de lui infliger ça ! »

Pour son insoumission au règlement de la prison, Ellie venait tout juste de sortir de deux semaines de trou. Sa complice ne l'avait jamais vue aussi marquée par le manque d'alimentation et s'inquiéta pour sa santé. Chaque jour, son ventre lui prenait un peu plus son énergie.

« Tu vas bientôt accoucher, j'te dis ! Ils vont t'envoyer à l'hôpital, ça va aller mieux !

– Nan⋯ Nan, crois-moi ! Ils m'ont classée *Détenue dangereuse,* ils vont m'faire accoucher ici⋯

– Putain ! Tu pouvais pas courber l'échine pour une fois ? »

La femme enceinte baissa la tête, elle savait que son insurrection contre le système carcéral lui coûterait cher. Mais aujourd'hui, il était hors de question que sa punition soit transmise à sa fille.

« Raquel, j'te l'demande une dernière fois, j'veux qu'tu m'envoies à l'hôpital⋯ T'as du talent pour ça··· »

La femme secoua la tête, elle détestait quand Ellie usait d'un trait d'humour dans les situations où rien n'allait plus. Elle détestait son sang-froid quand elle était au bord de l'explosion. Sélina n'était plus, elles pleuraient chaque jour sa disparition. Raquel savait que cette dernière aurait su comment se sortir de cette situation.

« Tu t'rends compte de c'que tu m'demandes ? Tu veux que j'te pète la gueule pour que tu puisses aller à l'hosto, bordel !

– Je··· J'refuse que la première chose que ma fille voie, ce soit des barreaux, des murs gris, des armes ! J'refuse de mettre au monde une gamine qui a rien demandé et qui va passer ses trois premières années ici. J'ai pas l'droit d'lui faire payer mes erreurs··· »

Enlaçant son amie pour faire cesser les larmes, Raquel lui souffla qu'elle comprenait et partageait son sentiment.

« S'il te plait, fais-le··· »

Les deux femmes s'échangèrent un long regard. Ellie n'avait pas besoin d'en dire plus, elle savait.

« Tu sais qu'j'suis une combattante, j'suis invincible, j'm'en sors toujours··· »

« Et elle est décédée durant l'accouchement... Hémorragie... Un truc comme ça, ont rapporté les médecins... Elle était trop affaiblie, les coups, l'accouchement... »

Je suis foudroyée par ce que je viens d'entendre. Ma rage a laissé place au vide.

Merde…

Personne n'ose ouvrir la bouche.

Mes yeux sont tétanisés…

Ma mère…

« J'ai… J'ai sacrifié l'amour que j'avais pour Ellie, pour qu'elle puisse prouver son amour pour sa fille. Elle est morte pour que tu puisses vivre libre, Céline… »

Toute ma vie, j'ai réussi à me cacher derrière la carapace que demande la vie en orphelinat et dans une bande de voyous. J'ai résisté… J'ai toujours résisté…

Je sens une larme chaude glisser le long de ma joue. Une deuxième. Je serre la gorge. Les poings.

Bordel…

« Elle m'a dit avant de partir pour l'hôpital que si un jour j'te voyais débarquer ici, j'devrais t'apprendre la vie à grands coups de pied au cul… Alors… Qui n'a pas le droit de parler d'ta mère, hein ? »

Elle sourit malgré la douleur. Je souris malgré mes larmes.

« J'suis… J'suis désolée… » dis-je.

Je me revoie flipper étant petite, me tourmentant de questions sur les raisons pouvant pousser une mère à abandonner sa fille, je me revois la haïr, la maudire. Je revois le trou dans la porte de ma chambre au Village des Enfants qui m'avait laissé un poing en sang. J'aurais juste dû fermer ma gueule…

« Céline Carron ! hurle-t-on au-dessus de moi. Vous allez être mise en isolement pour la bagarre que vous avez déclenchée ! Suivez-nous ! »

Je redresse la tête, n'éprouve aucune colère, ils ne font que leur travail, qu'appliquer le règlement.

« Très… Très bien… réponds-je faiblement,

trouvant les forces de me relever. Mais… juste… juste une petite faveur, pouvez-vous m'appeler Céline Romano ? »

Égaré

(histoire simultanée au roman La Fin de leur Monde,
peut être lue sans crainte de révélations)

Je me réveillai en sursaut à la première détonation. Le vent frais du dehors s'engouffra par le carreau brisé de ma chambre en même temps que les cris des victimes. Déjà trois nuits que les règlements de comptes faisaient rage dans le quartier. Nous vivions, mon père et moi, dans un taudis de la partie nord de Méthée, lieu oublié de tous. La police était si débordée par les trafics sévissant au Croissant d'or qu'elle ne déniait même plus mettre les pieds chez les classes inférieures ne présentant aucun enjeu économique pour la ville. Un nouveau coup de feu me sortit de ma torpeur, le combat était proche, trop proche. La porte de ma chambre s'ouvrit à la volée.

- Marcus, dépêche-toi, s'inquiéta mon père.

Je ne me fis pas prier plus longtemps et sautai du lit pour le rejoindre dans notre salon. Il referma précipitamment derrière moi et me demanda de l'aide pour positionner la bibliothèque devant la poignée. Une fois barricadés, je me laissai tomber sur le sol les jambes flageolantes. La pièce à vivre était exiguë, mais ne présentait aucune fenêtre sur rue ce qui était un réel avantage en cas de fusillades. Papa s'assit sur le canapé et se mit à tousser. En quelques enjambées, je récupérai sa bouteille d'oxygène et lui tendis.

- Ça va aller papa, c'est promis, tentai-je de le rassurer.

Évidemment que ça irait ! Tant que nous étions là l'un pour l'autre tout irait bien.

Ma mère nous avait abandonnés dix ans

auparavant alors que j'entrais au CP. Ce soir-là, elle était venue dans ma chambre pour m'offrir un paquet immense. Je l'avais ouvert à la hâte, surexcité. Une trottinette ! C'était un rêve devenu réalité.

- Mais comment t'as payé ça ? Nous sommes encore en retard sur le loyer du mois dernier ! s'était inquiété mon père.

Ma mère avait alors caressé mon visage avant d'ajouter ses mots tranchants qui m'avaient hanté pendant toute mon enfance.

- Je ne dors pas ici ce soir.
- Quoi ! Mais pourquoi ? s'était indigné papa.

Elle s'était levée lentement en chuchotant « sois sage » puis avait quitté notre appartement sans un regard. Nous ne l'avions jamais revue. Pas une lettre, pas un coup de téléphone. Sa sœur avait appelé quelques jours plus tard pensant qu'elle nous devait la vérité. Ma mère avait en réalité rencontré un chef d'entreprise dont l'argent faisait l'ensemble du charisme. C'était la porte de sortie à cette vie médiocre qu'elle ne supportait plus. Fin de l'histoire. En l'apprenant, mon père était rentré dans une rage folle, frappant des poings contre le mur, jetant les livres au sol. Je m'étais mis à pleurer, à le supplier d'arrêter, mais ma voix n'avait pas réussi à percer le vacarme de ses propres pensées. J'avais attrapé ma trottinette et étais sorti de l'immeuble sans qu'il ne me voie. Fuir m'avait semblé la seule solution. Le vent s'était engouffré dans mes cheveux bruns et pendant un instant j'en avais oublié ma souffrance. Puis, le trou noir. Je m'étais réveillé quelques heures plus tard dans un lit d'hôpital, mon père pleurant à mes côtés. Traumatisme crânien, m'avait-on dit. À partir de ce moment, j'étais devenu la priorité de papa. Et lui, la mienne.

- Nous serons bientôt partis, Marcus. Tu verras ! Demain, le tribunal nous donnera gain de cause, on aura l'argent nécessaire pour nous acheter notre caravane et après ce sera la liberté, me dit-il le regard pétillant.

Je lui pris la main en souriant. Cela faisait des années que nous économisions pour ce projet. Partir loin, fuir Méthée et son engrenage toxique. Pendant vingt ans, mon père avait travaillé dur pour la boîte numéro un du bâtiment : MéthéeBati, avant que celle-ci ne le congédie à la fin de son énième CDD invoquant un manque d'efficacité. Et pour cause, il s'était considérablement affaibli depuis deux ans. Fibrose pulmonaire, avait diagnostiqué le pneumologue de l'hôpital. On aurait pu se contenter de cette explication si la plupart des anciens collègues de papa ne s'étaient pas retrouvés eux aussi souffrant de maladies respiratoires. Joignant leurs forces, ils avaient décidé d'assigner en justice leur employeur. Les dépenses s'étaient multipliées au fil des mois : avocat, détective privé et autres spécialistes du bâtiment. La conclusion était sans appel : ils étaient tous victimes d'une exposition prolongée à l'amiante. Les preuves étaient accablantes, pour autant l'affaire n'avait jamais été portée devant les médias. MéthéeBati misait sur l'essoufflement des victimes pour enterrer le dossier. La bataille promettait d'être longue et coûteuse, mais la détermination des gens opprimés pouvait être sans limites. Le chômage nous avait permis de survivre, mais les frais médicaux et juridiques avaient bien vite commencé à engloutir les économies dédiées à notre rêve.

- Tu voudras partir où en premier Marcus ? me demanda mon père.

- Je ne sais pas trop, dis-je en me calant confortablement contre le dossier du canapé.

Depuis quelque temps, j'étais trop préoccupé pour m'autoriser réellement à rêver.

Mon père prit ma tête entre ses mains et m'obligea à le regarder dans les yeux.

- Qu'est-ce que je t'ai toujours dit Marcus ?

- Même le plus riche du monde peut se sentir enchaîné à sa vie, récitai-je.

- Donc ?

- Donc il ne faut jamais arrêter de rêver et faire confiance à l'avenir.

- Car la vie sans espoir ne vaut rien, conclut-il les larmes aux yeux.

Je ne voulais pas lui faire de peine. Mon père avait besoin d'y croire même s'il se savait condamné. C'était mon devoir de le soutenir.

- Qu'est-ce que tu penses de la Croatie ? tentai-je alors qu'une sirène d'ambulance retentissait au loin.

Son visage s'illumina.

- Croatie ce sera ! conclut-il.

Le lendemain, mon père me poussa hors du lit pour que je ne sois pas en retard en classe. Les fusillades étaient si banales qu'on ne pouvait s'arrêter de vivre au moindre mort. Ce jour-là, pourtant, la tension était palpable dans la rue et une boule se forma lentement dans mon ventre. Ce malaise s'intensifia lorsque j'aperçus un attroupement devant l'école, le lycée était fermé. Je me mis sur la pointe des pieds pour essayer d'apercevoir quelque chose, mais la foule était trop compacte.

- Notre prof de Mathématiques a été tuée cette nuit. Elle s'est retrouvée dans des tirs croisés entre deux gangs apparemment, commenta Margaux qui était apparue à mes côtés sans que je ne m'en aperçoive.

Un frisson glacé s'empara de moi. Peut-être étaient-ce ses cris que j'avais entendus ? J'eus soudain envie de vomir, mais, plus que tout, j'avais besoin de m'éloigner de cette masse de gens.

- Tu veux qu'on s'en aille ? De toute façon, le lycée est fermé aujourd'hui.

Je me tournai vers Margaux, ses grands yeux bleus, ses cheveux blonds comme les blés et m'étonnai encore une fois qu'elle m'adresse la parole. Elle qui était si belle, si intéressante, mature aussi, je ne voyais vraiment pas ce qu'elle pouvait me trouver. Notre rencontre remontait à six ans plus tôt. Elle avait pris ma défense alors que je me faisais racketter par des élèves de sa classe. Depuis, elle m'avait prise sous son aile. À ses yeux, je n'étais qu'un frère de fortune. Aux miens, elle était l'incarnation parfaite du désir. Je proposai de la raccompagner chez elle, invoquant que le quartier n'était pas sûr.

- Comment va ta mère ? demandai-je.

- Elle est très affectée, madame Savron était une bonne amie, elles discutaient souvent dans la salle des profs.

Je me tus, imaginant la peur, l'effroi qu'avait dû ressentir cette femme au moment de la détonation. Savait-elle qu'elle allait en être victime ? Avait-elle vu sa vie défiler devant ces yeux ? J'imaginai son regard si passionné lorsqu'elle nous parlait de fractions devenir vitreux et ma respiration se bloqua.

Margaux me proposa d'entrer. Elle habitait un grand appartement, sa famille avait choisi le luxe intérieur au détriment de la sécurité. Choix très étrange, mais qui me valait de la côtoyer donc je ne m'en plaignais pas. Nous nous postâmes devant les informations. Pour la première fois depuis des semaines, on parla de notre quartier. Une personne du corps enseignant était abattue et tout de suite ça intéressait les journalistes. Qu'en était-il de toutes les autres victimes collatérales, personnes non diplômées et SDF ? Ils étaient trop nombreux pour que l'on en parle sans doute... Cela m'écœurait.

Mr Dunam, le père de Margaux apparut dans la pièce. C'était un homme imposant qui inspirait le respect, tout en mettant mal à l'aise. Après quelques minutes à échanger sur la tragédie qui avait touché notre lycée, je décidai de rentrer chez moi. Je passai le pas de la porte à la hâte.

- Marcus, attends, m'arrêta monsieur Dunam alors que j'empruntai l'ascenseur.

Il entra dans l'habitacle ses poubelles à la main juste avant que la porte ne se referme.

- J'ai cru comprendre que ta famille avait une situation financière compliquée.

Je fus piquée au vif. Comment Margaux avait-elle pu dévoiler mes confidences ?

- N'en veux pas à ma fille, elle se fait du souci pour toi, voilà tout. Comme tu dois le savoir, j'ai un magasin fleurissant d'électroménager.

J'acquiesçai d'un hochement de tête.

- Il se pourrait que j'aie besoin de toi pour des petites missions moyennant rémunération, continua-t-il en me tendant sa carte de visite.

Quelque chose dans sa façon de s'exprimer ne m'inspira pas confiance.

- Merci, monsieur, mais mon père devrait très bientôt gagner son procès, affirmai-je avant de me précipiter hors de l'ascenseur.

J'entendis papa avant même d'ouvrir la porte.

- Comment as-tu pu accepter ? C'est une trahison Paul ! Tu ne peux pas faire ça !

J'entrai à tâtons pour ne pas perturber sa conversation téléphonique. Il ne m'aperçut pas tout de suite, trop occupé à tourner en rond en hurlant dans le combiné.

- Alors tu préfères sauver ta peau, et nous envoyer tous à la morgue ? Réfléchis-y ! conclut-il avant de raccrocher et de jeter son portable sur le canapé en hurlant.

Je toussai pour signaler ma présence et papa essaya de se redonner une consistance. Tant de rage l'avait considérablement affaibli et il attrapa son oxygène avant de m'inviter à m'asseoir l'air grave.

- Qu'est-ce qui s'est passé ? demandai-je, la boule au ventre.

Papa m'expliqua que MéthéeBati avait payé de façon conséquente une partie des plaignants pour qu'ils retirent leur plainte. De plus, des preuves avaient miraculeusement disparu la veille de la première journée de procès. Leur recours collectif commençait à s'effondrer. Le procès avait été reporté à une date encore inconnue.

- Et c'est pas tout... continua-t-il en me tendant un courrier.

J'ouvris la lettre en tremblant et lus en lettres capitales « AVIS D'EXPULSION ». Je n'en croyais pas mes yeux. Le courrier confirmait que l'immeuble serait rasé pour créer un centre de désintoxication.

- Depuis quand es-tu au courant ?

- Environ deux mois, chuchota papa avec dépit.

- Et alors quoi ? Tu attendais que l'on soit à la rue

pour me le dire ? Qu'est-ce qu'on va faire maintenant ? explosai-je.

- Je ne voulais pas t'inquiéter. Si le procès s'était passé comme prévu, nous aurions acheté notre caravane et serions partis aussitôt, m'avoua-t-il.

La situation était des plus critiques. Nous devions trouver un autre appartement, mais n'avions pas les finances nécessaires pour avancer la caution en même temps qu'un loyer. Pour la première fois depuis le départ de ma mère, je perçus dans son regard de la résignation. Il perdait peu à peu son envie de se battre. Ses mains se mirent à trembler, son souffle devint court. Une larme coula le long de sa joue à l'instant où je lui tendis son oxygène.

- Je devrais peut-être accepter un pot-de-vin de la compagnie.

- Hors de question ! Ils méritent de plonger pour ce qu'ils vous ont fait !

Le silence s'installa entre nous. Papa reniflait calmement à mes côtés. Je cherchai un mouchoir dans ma poche, mais n'y trouvais qu'un bout de carton.

- Je vais trouver un petit boulot, papa, ne t'en fais pas.

Monsieur Dunam ne parut pas surpris lorsque je l'appelai le lendemain pour quémander un travail. Il me proposa de le rejoindre dans sa succursale du centre-ville. Je profitais du fait que papa et ses collègues d'infortune manifestent devant le siège de MéthéeBati pour m'éclipser. Le voyage en bus jusque là-bas était long et fastidieux. Je ne venais que très rarement dans ce lieu où l'opulence régnait. J'avais presque le sentiment d'arriver dans un pays étranger. Ici, les gens portaient tous des vêtements sophistiqués, les immeubles étaient immaculés, bien loin des vitres brisées et façades taguées de notre quartier. Je m'étais habillé du mieux que je le pouvais avec le pantalon à pince de papa et sa chemise blanche. Monsieur Dunam m'invita à entrer dans son bureau avec amusement. De toute évidence, j'étais ridicule dans mon costume légèrement trop grand.

- Assieds-toi Marcus, me somma-t-il.

Sa voix était encore plus autoritaire que d'habitude et je dus m'agripper aux accoudoirs de ma chaise pour maîtriser mes tremblements.

- Bon, je ne vais pas y aller par quatre chemins ! Un de mes employés est en arrêt maladie après s'être fait tomber un fauteuil dessus lors du déchargement du cargo. J'ai besoin de quelqu'un de costaud pour prendre sa place.

- Je suis prêt à tout vous savez, je suis quelqu'un de fiable.

- Ça tombe bien, car justement cette tâche n'est pas vraiment dans les registres.

- Vous voulez dire illégale ? m'inquiétai-je.

Monsieur Dunam se mit à rire nerveusement et me lança une tape dans le dos.

- Bien sûr que non, tu me prends pour qui ?

Il alluma alors une cigarette et s'assit sur son bureau.

- Une partie de notre approvisionnement se fait par la mer chaque semaine. J'aimerais que tu aides et veilles à ce que les colis soient bien chargés dans les camions. Il se trouve que chaque semaine il y a des pertes inopportunes de marchandises. Je pense que certains de mes employés se font de l'argent sur mon dos.

Parlait-il réellement de meubles ? J'hésitai à lui demander et me ravisai aussitôt. J'avais besoin de ce job.

- Il faut que je signe où ?

Monsieur Dunam parut soudain mal à l'aise.

- Pas besoin de contrat entre nous, je pense plutôt te rémunérer au black comme ça tu seras mieux payé. On y gagne tous les deux !

Je pris quelques secondes de réflexion. Tout cela me semblait très louche, mais j'étais dans une impasse.

- Alors partant ? dit-il en me tendant une main ferme.

Je scellai le pacte à contrecœur.

Papa me félicita lorsque je lui annonçai que j'avais trouvé un boulot. Je me gardai bien de lui avouer les circonstances.

- Moi aussi j'ai une bonne nouvelle. Après notre sitting, nous avons décidé de nous rendre devant les bureaux de MéTV. Johanna Delgado en personne est venue nous interviewer.

- Papa, mais c'est merveilleux !

- Oui ! Elle dit vouloir nous aider en tablant sur la possibilité que l'amiante ait été utilisé dans certaines habitations du centre-ville. Si nous affolons la population peut-être nous entendra-t-on enfin !

Il avait préparé des pâtes à la carbonara comme je les aimais pour fêter mon premier emploi. À 20h, il alluma la télévision pour que nous regardions les informations. Marie Clauzel annonça que le Némésis avait encore frappé, forçant un groupe de dealers à abandonner leurs pilules d'ecstasy dans les égouts. Pour un fan de superhéros comme moi, ces reportages étaient passionnants.

- Si seulement le Némésis pouvait aider notre quartier.

- Marcus, arrête donc d'idéaliser ce voyou ! Il n'en a

rien à faire des habitants de Méthée, et encore moins de notre quartier.

- Pourquoi tu dis ça ? Il sauve les gens !

- Tu le crois vraiment ? Alors pourquoi ne les aide-t-il pas réellement ? Tout ce qu'il fait c'est interrompre des trafics de drogues, déjouer des complots. En réalité, son action est à visée économique ou politique. S'il se souciait vraiment de la sécurité des gens, il viendrait ici. S'il se souciait de comprendre pourquoi les jeunes commencent à dealer, il viendrait ici.

- Il peut pas tout faire tout seul, ce n'est qu'un homme.

Papa caressa mes cheveux.

- Oui, tu as sans doute raison. Quand un sauveur rapplique, on aimerait qu'il sauve tout le monde et on oublie qu'il ne peut pas être partout !

Nous terminâmes le repas dans le silence. La séquence sur les protestations d'un petit groupe d'employés de MéthéeBati ne fut jamais diffusée.

Le camion s'arrêta à proximité du cargo et Pedro me décrocha le premier mot de tout le trajet.

- Descends pendant que je fais ma manœuvre !

L'air glacial me fit frissonner. Seul un lampadaire tremblotant permettait de visualiser le bateau sombre dans la nuit sans Lune. Un homme me fit signe d'avancer alors qu'il sortait une palette de la cale. Pedro apparut à mes côtés et serra la main de l'ouvrier. Le chargement commença alors. Je n'étais ni très habile, ni très fort, mais ma motivation était sans borne. Les heures défilèrent et je commençai à suer à grosses gouttes. Pedro m'ordonna d'aller poser le dernier paquet dans la remorque pendant qu'il s'entretenait avec l'homme à quai. Je m'exécutai.

Alors que je me trouvais dans le camion, j'entendis un râle derrière moi suivi d'un cri d'effroi qui me figea sur place. Animé d'un courage que je ne me connaissais pas, je me précipitai au-dehors, le cœur tambourinant dans ma poitrine. Une fois à l'air libre, je m'arrêtai net. Où étaient-ils passés ? Mon regard fureta de tous les côtés avec incompréhension. J'aperçus un carton duquel semblait fuir une poudre blanche sur le ponton.

- Marcus ? m'appela une voix presque inaudible.

Je crus pendant un instant que mon imagination me jouait des tours. J'avançais lentement vers le cargo. À travers l'obscurité, j'aperçus Pedro dans l'eau au niveau de l'interstice entre le quai et le bateau.

- Qu'est-ce que t'attends, putain ? Aide-moi !

Je me mis à genoux et lui tendis la main. À l'instant où il attrapa la mienne, je fus percuté de plein fouet par une masse lugubre qui se mit à m'assener des coups de poing. Le sang remplit peu à peu ma bouche. Je tentai de me débattre face à la bête, en vain. J'étais à nouveau cet enfant de dix ans qui se faisait agresser pour des bonbons. Cette fois, Margaux ne serait pas là pour me sauver.

- Tu ferais mieux d'aller au lycée plutôt que de dealer de la drogue, petit ! hurla le monstre avant de desserrer son emprise sur moi et de me laisser au sol.

Je me recroquevillai sur moi-même. Mon corps trop endolori pour réussir à me lever. J'entendis les sirènes au dernier moment tant la douleur semblait résonner dans ma tête. Je me mis à pleurer lorsqu'un policier m'obligea à me relever et me passa les menottes.

Cela faisant maintenant trois heures que j'étais en garde à vue. La voix de papa s'éleva, réclamant de me voir. Je n'avais pas réellement envie de le confronter.

J'avais honte, si honte. Comment peut-on se laisser berner à ce point ?

- C'est un énorme malentendu ! Mon fils n'aurait jamais fait ça !

- Monsieur, je vous prierai de vous calmer un petit peu, sinon je vous fais incarcérer pour outrage à un officier de police ! répondit le policier avec fermeté.

- Ne me parlez pas ...

Sa voix s'étouffa soudain, il se mit à tousser avec insistance.

- Monsieur, est-ce que ça va ?

Devant le manque de réponse l'officier sembla s'affoler.

- Appelez le SAMU !

Mon père était au plus mal et je ne pouvais pas être auprès de lui. Cette idée m'était insupportable. Je me mis à frapper frénétiquement les barreaux en hurlant.

- Papa, papa ! Laissez-moi sortir, je veux voir mon père !

Plus rien n'avait d'importance, il me fallait être auprès de lui pour lui dire que tout irait bien, que je l'aimais, m'excuser de lui avoir causé autant de soucis. Je n'entendis pas le gardien de ma cellule me sommer de me taire, tout comme je ne l'entendis pas ouvrir le verrou. Je n'entendis que le bruit de la matraque sur ma tempe, puis, plus rien.

Je me réveillai quelques heures plus tard, face contre le sol en béton, la tête endolorie. Un policier vint me chercher et m'informa que ma garde à vue était terminée. J'étais libre mais ne pouvais quitter la ville jusqu'à ce qu'on prouve ou non ma culpabilité. Margaux se jeta dans mes bras à l'instant même où je sortis du commissariat.

- Je suis tellement désolée, tout est de ma faute ! se

justifia-t-elle. Ça fait longtemps que je soupçonne mon père de traîner dans des affaires louches. Si j'avais su que tu travaillais pour lui, je t'en aurais dissuadé.

Elle m'expliqua ensuite que dès qu'elle avait appris pour mon incarcération, elle avait contraint son père de payer un avocat. En échange, elle promettait de ne pas le dénoncer.

- Marcus... Il y a quelque chose que tu dois savoir. Ton père est dans un état critique.

À ces paroles, mon cœur se tordit de douleur.

- Emmène-moi !

J'entrai dans la chambre d'hôpital à tâtons. Papa était relié à tout un tas de machines dont le son semblait résonner contre les murs macabres de la pièce.

- Papa ?

J'arrivai à sa hauteur et m'assis à ses côtés. Sa main n'avait jamais été aussi froide avant et cela me sembla un mauvais présage. Il ouvrit ses yeux avec difficulté.

- Je suis désolé, papa, de t'avoir inquiété. Je n'ai rien à voir avec les trafics de drogue, je te promets ! Jamais je toucherai à cette saloperie.

Il tenta de parler, mais le son fut étouffé par son masque à oxygène. Je l'aidai à le retirer un instant.

- Je n'en ai pas douté une seconde, chuchota-t-il.

Un homme en blouse blanche entra soudainement et me demanda de le rejoindre à l'extérieur. Il m'expliqua que le taux d'oxygène passant dans le sang de mon père s'affaiblissait considérablement. Il n'en avait plus pour longtemps. Je dus m'asseoir pour ne pas tomber à la renverse. Il était pourtant si vif quelques jours plus tôt.

- Parfois la volonté aide à faire illusion, mais la maladie, elle, continue sa progression malheureusement, conclut-il.

Je retournai dans la chambre quelques minutes plus tard et tentai de dissimuler mes émotions, en vain. Papa essuya mes larmes puis me laissa pleurer contre lui jusqu'à ce que j'arrive à calmer mes tremblements. Les battements de son cœur me berçaient et une vive douleur m'assaillit lorsque je compris que c'était peut-être la dernière fois.

- Parle-moi de la Croatie, murmura-t-il entre deux inspirations...

Je relevai la tête avec un grand sourire, je devais être fort pour lui, continuer à entretenir le rêve.

- Il paraît que c'est magnifique papa, il y a des cascades avec une eau d'un bleu clair comme on n'en a jamais vu ici, des plages paradisiaques, et Dubrovnik... avec sa ville fortifiée, ça a l'air incroyable.

- Comment on y va ?

- Bonne question !

Je cherchai sur mon téléphone l'itinéraire. Tous ces pays que nous allions traverser ! Nous pourrions même faire un détour par l'Italie ! Qui sait ! Nous étions libres après tout ! Papa se mit à rire en nous imaginant en train de manger des pizzas faisant notre taille, nous baignant dans des lagons. Le rêve était déjà un voyage en soi.

Papa s'éteignit quelques heures plus tard pendant son sommeil. Il fallut trois infirmiers pour me détacher de lui. Margaux me rejoint dans l'après-midi. Elle ne broncha pas en m'entendant hurler, elle me laissa le temps de déverser ma rage. J'en voulais au monde entier. À MéthéeBati principalement, au père de Margaux, au Némésis aussi pour m'avoir volé de précieuses heures en compagnie de mon père. Moi qui avais cru en lui... Papa avait raison. Il ne se souciait que du paraître et non des causes.

La cérémonie se déroula quelques jours plus tard. Ma mère était là, la dernière personne que j'aurais aimé voir… Elle me tendit un contrat établissant que je pouvais m'émanciper légalement. Je les signai. Je ne voulais pas plus d'elle qu'elle ne voulait de moi. Je fus accueilli dans la maison de Margaux, les parents étant en instance de divorce.

Quelques mois plus tard, alors que j'entamais mon bol de céréales, un ami de mon père m'appela au téléphone.

- Si j'étais toi, j'allumerais tout de suite la télévision sur MéTV.

Je me retrouvai face à un reportage de Johanna Delgado dénonçant les agissements de MéthéeBati.

- L'emploi d'amiante dans leurs matériaux de construction aurait vraisemblablement entraîné de nombreuses maladies respiratoires graves entraînant la mort de plusieurs employés ses dernières années, déclara la journaliste. Il est d'ailleurs possible que des traces d'amiantes se trouvent dans certaines habitations récentes. Des investigations vont se poursuivre.

Puis la caméra se posait sur un homme frêle aux yeux bleus qui m'était si familier.

- J'élève seul mon fils, j'ai travaillé dur pendant des années pour subvenir à nos besoins. J'ai appris que j'avais une fibrose pulmonaire il y a quelques mois, et pour quelles raisons ? Pour avoir fait mon travail correctement ! Et aujourd'hui, personne ne nous écoute ! Réveillez-vous les gens ! Nous sommes exploités par les puissants ! Nous sommes tous victimes ! Mais si nous fermons les yeux, nous sommes aussi tous complices.

Un bandeau d'information défila sous l'image de mon père expliquant qu'il avait été emporté par la maladie depuis.

L'affaire prit de l'ampleur les semaines suivantes. Les propriétaires s'inquiétèrent concernant la sécurité de leur lieu de vie et le recours collectif reprit du service. On m'invita à témoigner au nom de mon père.

La décision de justice fut rendue le lendemain de mon bac. Chaque ancien employé reçut une somme conséquente calculée proportionnellement au temps d'exposition à l'amiante. Certaines habitations allaient être réhabilitées et les gens seraient eux aussi dédommagés. Le jour de mes dix-huit ans, je reçus un chèque me mettant à l'abri du besoin pour quelques années. Mais ce qui était le plus important pour moi, c'était que justice avait été rendue. Non par la force physique, mais par celle de l'union du peuple.

Margaux m'aida à choisir la caravane. Il fallait qu'elle lui plaise. Son avis comptait plus que tout, car elle comptait plus que tout. À l'instant où j'eus les clés, je me mis à trembler. J'allais enfin pouvoir rendre hommage à notre rêve. Mon amie attrapa ma main avec délicatesse et plongea ses yeux dans les miens.

- Je sais ce que ce voyage représente pour toi. Je ne voudrais pas m'imposer le moins du monde. J'ai quelques économies et je me ferai toute petite.

- Où veux-tu en venir ? lui demandai-je le cœur battant.

- Tu le sais bien, conclut-elle.

Remerciements :

Tout d'abord, je souhaite remercier le lecteur qui a parcouru ces pages et donné vie à ces personnages.

Merci à Xavier Seignot d'avoir cru en moi et proposé cette collaboration rendant tout cela possible. C'est un honneur de travailler à tes côtés.

Merci à Nicolas Untz de me soutenir chaque jour dans mes passions et de combler ma vie de bonheur.

Merci à ma famille : ma sœur Alexandra pour son enthousiasme, ma mère Danièle pour ses précieux conseils, ma nièce Élisa à qui j'adore raconter des histoires et à mon père qui m'a appris à utiliser mon imagination.

Merci à mes amis et premiers lecteurs qui m'ont encouragée alors que j'écrivais à mes heures perdues : Marie-Charlotte Turquais, Elsa Caminade, Sophie Davoux, Justine Duhart, Annael Soulam, Élodie Jépus, Céline Cinelli, Lisa Charriau, Mathieu Gay, Alexis Mas, Céline Guédé Benhaiem, Nicolas Dartois, Alice Idalgo, Amandine Poirier, Charley Lambot, Sophie Barteau Thibault Crance et Aurélie Rocquet.

Merci à mes proches qui illuminent ma vie de milliers d'histoires et instants de bonheur.

Johanna Valdizan

Un grand merci aux lecteurs qui font vivre toutes mes histoires et mes personnages. J'espère que vous avez pris plaisir à arpenter Méthée et à aller à la rencontre de ses habitants.

Je voulais également remercier Johanna Valdizan qui a immédiatement été emballée par l'idée d'un recueil de nouvelles se déroulant dans cet univers. C'était un vrai plaisir de découvrir tes écrits et de partager les miens avec toi.

Merci à Jean-Baptiste Bucherre pour cette magnifique couverture qui donne une vraie profondeur à l'atmosphère de Méthée.

Et enfin, merci à Mélissa Motte de m'avoir apporté son soutien, son aide, ses conseils et sa patience durant la création de toutes ces histoires. Cela m'a été très précieux.

Xavier Seignot

Note :

Merci d'avoir lu ces nouvelles. J'espère que vous avez passé un agréable moment.
Pour partager votre avis, n'hésitez pas à me laisser un petit commentaire sur Amazon, ou bien par mail à l'adresse :

xavier.seignot@gmail.com

Découvrez mes autres romans se déroulant dans l'univers de Méthée :

- Au Jour le jour
- Némésis

Vous pouvez aussi vous évader grâce à mes films (Au Jour le jour et Némésis) ainsi qu'à mes courts-métrages sur ma chaîne YouTube :

Xavier Seignot

Je vous souhaite de faire d'autres belles découvertes, et à bientôt !

Table des matières